古代美術史研究

初 編

第 **3** 冊

莊子「技進於道」美學意義之探究

林 翠 雲 著

澹然與悠然的藝術精神

謝 金 安 著

花木蘭文化出版社

國家圖書館出版品預行編目資料

莊子「技進於道」美學意義之探究　林翠雲　著／澹然與悠然
的藝術精神　謝金安　著 — 初版 — 新北市：花木蘭文化出版
社，2017〔民106〕
目 2+122 面／目 2+90 面；19×26 公分
（古代美術史研究 初編；第 3 冊）
ISBN：978-986-254-543-0／978-986-254-488-4（精裝）
1.（周）莊周　2. 學術思想　3. 美學／1.（周）李耳　2.（晉）陶
淵明　3. 學術思想　4. 藝術哲學
820.8　　　　　　　　　　　　　100014993／100000951

ISBN-978-986-254-488-4

9 789862 544884

古代美術史研究

初　編　第三冊　　ISBN：978-986-254-543-0／978-986-254-488-4

莊子「技進於道」美學意義之探究
澹然與悠然的藝術精神

作　　者　林翠雲／謝金安
總 編 輯　杜潔祥
副總編輯　楊嘉樂
編　　輯　許郁翎、王筑　美術編輯　陳逸婷
出　　版　花木蘭文化出版社
社　　長　高小娟
聯絡地址　235 新北市中和區中安街七二號十三樓
　　　　　電話：02-2923-1455／傳真：02-2923-1452
網　　址　http://www.huamulan.tw 信箱 hml810518@gmail.com
印　　刷　普羅文化出版廣告事業
初　　版　2017 年 3 月
全書字數　101618 字／78690 字
定　　價　初編 15 冊（精裝）新台幣 30,000 元

莊子「技進於道」美學意義之探究

林翠雲　著

作者簡介

林翠雲，文藻外語學院應用華語文系專任講師，中央大學中國文學研究所碩士、國立藝術學院（今台北藝術大學）美術史研究所碩士。近年致力於華語數位學習教材開發及研究，代表作品為「華語 e 起來」，首創臺灣華語教學播客（Podcast）系統。學術論文散見於《臺灣華語教學》、《中原華語文學報》等期刊。

提　要

　　基於莊子「寓修道於技藝」的本懷，以及此本懷對於後世藝術創作與理念發生深刻的影響，引發我們反省莊子思想中可能蘊涵的藝術哲學，這個藝術哲學可以標舉為「技進於道」。我們採取「由藝而道」的研究進路，從藝術活動的各個脈絡中，包括藝術創作、作品形成、讀者詮釋、作品完成時，來具體地探究莊子思想中，技藝與道之間的關係，從而瞭解莊子對於藝術的特殊理解。

　　本論文的研究內容可分為總論及分論二大部分。總論所探討的是「道」與「藝」的類比關係以及本質關係。分論部分則有三點：1、創作過程與修道歷程的關涉；2、詮釋原則與體道原理的關涉；3、莊子藝術哲學在創作中可能的體現－以繪畫中「遠」與「空白」的藝術現象作為具體範例。研究的結果，我們發現，莊子「技進於道」之藝術哲學顯示，藝術之最高根據為道，而其意義表現在：1、藝術家的主體修養工夫，表現道之工夫義；2、創作、解釋主體的藝術心靈，表現道之精神義；3、作品的「道境」為「至美」的具現，表現道之境界義。處於藝術活動之關鍵地位者為「藝術心靈」，此精神主體為一切藝術活動之形上依據。而此種藝術精神之觀念也是莊子藝術哲學的核心。總之，能夠具現「道」的藝術，才符合莊子理想中的藝術，而欲達此理想，其樞紐則在於主體之藝術心靈的培養，此與莊子道論中最重視工夫論實相一致。同理可知，「技進於道」所以可能也就在於，「技」必須具備此種可通契於形上精神的特性。

第一章 莊子美學相關藝術諸問題之釐清 ……………… 1
　第一節 「技進於道」美學論題的提出及意義 ……… 1
　第二節 「莊子美學」中是否具有「藝術哲學」之
　　　　 涵義 …………………………………………… 5
　第三節 莊子「美學」的特質對於「藝術本質」
　　　　 的決定作用 ………………………………… 10
第二章 本文研究的思維方法、論述程序及資料
　　　　處理 ………………………………………… 17
　第一節 思維方法 ………………………………… 17
　第二節 論述程序 ………………………………… 24
　第三節 資料處理 ………………………………… 26
第三章 「道」、「藝」的關係 ……………………… 29
　第一節 「道」、「藝」是否必然關涉 …………… 29
　第二節 「道」、「藝」如何關涉 ………………… 38
第四章 藝術創作過程與修道歷程之關涉 ………… 45
　第一節 藝術創作前主體的精神存養 …………… 45
　第二節 藝術創作時的審美心理狀態 …………… 52
　第三節 作品的完成及審美經驗的發生 ………… 65
第五章 詮釋原則與體道原理的關係 ……………… 75
　第一節 「語之所貴者意也」：文本意義的獲取 … 76
　第二節 「得意而忘言」：文本意義獲取的開放性 … 80
　第三節 「意之所隨著，不可以言傳也」：文本意
　　　　 義的默會致知 ……………………………… 85
第六章 莊子藝術哲學在藝術創作中可能的體現 … 91
　第一節 「遠」與「空白」的藝術現象 ………… 93
　第二節 「遠」與「空白」如何呈示無限 ……… 98
　第三節 畫境中詩意的思惟模式 ………………… 103
　第四節 莊子相關「遠」與「空白」之藝術原理 · 106
第七章 結　論 ……………………………………… 111
參考書目 …………………………………………… 115

目
次

第一章　莊子美學相關藝術
諸問題之釐清

第一節　「技進於道」美學論題的提出及意義

　　徐復觀在《中國人性論史》中曾說：「中國思想的發展，是澈底以人為中心，總是要把一切東西消納到人的身上，再從人的身上，向外向上展開。」〔註1〕先秦道家莊子哲思關注的核心，便是人的問題，而「如何」實現完成真正的個人，則為其終極關懷，至於「道」則是莊子反省這個「如何」，給予回答的根本依據，即「道」是人成其為人之本質內涵。莊子感悟得「道」之奧秘，欲宣告世人，在傳道途中，為了保全道之「不失真」，便必須儘量去避免可能產生的混濁與障礙。「藝術」作為傳道的方式之一，是人類特殊的一種知覺能力，其最大的特質乃在於以一整體感悟之方式，儘可能地逼近於終極性存在，而呈現生命之全體內容，因此它便成為莊子用來喻示「道」的一種表現途徑，此即「寓修道於技藝」。〔註2〕然而，「寓修道於技藝」所以可能，乃因莊子認為，「技」與「道」是可以相通的，《天地篇》說：〔註3〕

〔註1〕　見《中國人性論史》，第十二章「老子思想的發展與落實——莊子的心」，頁363，台北：臺灣商務印書館，1987年。對於西方來說，理性本身不借助外力可作動態的發展；然而從中國思想的發展可以看出，理性本身並沒有一種完整的支柱和一種內在的動力發展。在中國哲學中，理性涵蘊於生命體驗及生活經驗中，要有許多的外緣條件，理性才會被激發顯現出來。

〔註2〕　此名詞源於王煜〈寓修道於技藝〉一文，收於《老莊思想論集》，台北：聯經出版事業公司，1986年。

〔註3〕　本論文之《莊子》引文，俱根據郭慶藩《莊子集釋》，台北：漢京文化事業有限公司，1983年。

通於天地者德也，行於萬物者道也，上治人者事也，能有所藝者技
也。技兼於事，事兼於義，義兼於德，德兼於道，道兼於天。

「技」屬於人爲事件，既繫於人之精神主體，便賦有某些價值創造的意義於
其中，這些意義乃貼切於人真實生命的存在，甚而相合於超越的宇宙自然之
理，換句話說，展現人之價值創造的「技」之現象，正是「道」的具體呈現，
所以「技」才可以喻示「道」之境界。魏初文學家徐幹於其《中論‧藝記》
說：「藝者，所以事成德者也。德者，以道率身者也。」（台北：中國子學名
著集成編印基金會，1978 年）就正是對於這個道理的精闢見解。這也就是爲
什麼莊子在〈養生主〉「庖丁解牛」的寓言中，於生動地描寫庖丁解牛出神入
化的技巧之後，文惠君有「善哉！技蓋至此乎？」的疑惑，而庖丁則回答說：
「臣之所好者道也，進乎技矣」，庖丁所重視的並非只是工匠式的技術，他的
「技」乃是已經超越一般的「技」而進入「道」的領域。

實質而言，莊子所說的「技」，其意義即等同於「藝術」，「這不但因爲在
古代技與藝不可分，而且在莊子學派用來說明『道』的各種『技』中就包含
有宋元君的畫史作畫，梓慶削木爲鐻（雕刻）這樣的藝術活動。同時，在古
代生產分工尚未發展，人尚未成爲機器的附屬品，產品大部分尚未成爲商品
的情況下，許多生產技藝都帶有類似於藝術創造的性質。」〔註4〕以藝術寓言
來喻示道，使人較容易體會道的意義，此乃莊子「寓修道於技藝」的本懷，
其理由則是「技」可以進於「道」。他並無心追索藝術活動之種種，「藝術」
在反思「道」此一「焦點意識」下只具「支援意識」的作用，〔註5〕它的意義

〔註 4〕 見李澤厚、劉綱紀合著《中國美學史》上冊，頁 313、314，台北：谷風出版
社，出版日期不詳。事實上，在古代西方，「藝術」一辭就其原始用意而言，
它所包含的事物較今日所使用之「藝術」一辭所包含者爲廣泛。Wtadystaw
Tatarkiewicz 在《西洋六大美學理念史》中說道：「其實，我們今天所使用之
『技術』一辭，比我們所使用之『藝術』一辭更能切合古代之藝術的概念。
因爲我們所使用之『藝術』乃是『美術』之簡稱，希臘並沒有名稱給後者，
因爲他們辨認不出它們的特性來。他們把美術跟手工藝混合在一起，並且相
信雕刻家的作品和木匠的作品，在本質上乃是一樣的，也即是指它們的技
巧，……因而，包含著美術之一般性的概念，不得不同樣也包含著手工藝。」
見第二章「藝術：分類史」，頁 68，台北：丹青圖書有限公司，1987 年。

〔註 5〕 博蘭尼認爲人之知覺一件事物乃由兩種意識所構成，即「支援意識」及「焦
點意識」，後者是事物的意義，即所欲知覺的目標，而前者則是幫助吾人知覺
此目標的輔助線索。經由輔助線索方能由支援上的「轉」（起點）而進入焦點
目標的「悟」（結果）。見博氏《意義》一書，第二章「個人知識」，頁 42，台
北：聯經出版事業公司，1986 年。

是從「道」的意義衍生出來的。但是，一旦後世的藝術家，作為讀者來面對這些藝術寓言，與之對話時，卻事實地在理念與創作上受到它深刻的影響。一方面，我們可以說這些寓言題材，本身就具有提供藝術思考的性質，故能開顯後世藝術創作者、思想者可能的理解；另一方面，我們也可以視後世受莊子影響的藝術創作現象，就是莊子藝術精神可能的種種體現，因此，李澤厚才說：

> 莊子學派有關「言」與「意」、「道」與「技」的許多論述，雖然不是直接針對藝術而言的，在先秦美學中恰恰是這些言論最為深刻地揭示了藝術形象和藝術創造的特徵，所以它在後世不斷為人們所引述和發揮。(引自李澤厚、劉綱紀合著《中國美學史》上冊，第七章「莊子的美學思想」，頁 309，台北：谷風出版社)

本論文便是在此後設的立場下，針對莊子「技進於道」的思想，提出以下幾個相關的美學論題：

1. 「藝術」為何可以被莊子用以喻示「道」？
2. 上一個問題是否牽涉到莊子對「道」以及「藝術」本質的特殊理解？
3. 假如我們再做一後設的反思，則這個藝術的本質與道的本質是否必然有關係？
4. 假若有關係，那麼是如何的關係？
5. 這個關係怎樣落實在具體的藝術活動：包括作者→作品→讀者？

藝術作為一精神層次來說，乃關乎人之領悟於宇宙人生，因此瞭解莊子所肯定之藝術，對於其所欲揭示之道之性格，更能有較相應的理解，除了這個哲學意義之外，探究這些彼此連繫的美學論題，對於中國美學之研究亦至少有三點重要性及意義：

一、證明莊子並不是終極地反對藝術，而是自有其所肯認的藝術。莊子所否定的藝術是指缺乏「道」的那種「技藝」；沒有本體精神的藝術，所謂「羽旄之容、鐘鼓之音」就只是「樂之末也」(〈天道篇〉)。他所肯定的是「道技合一」的藝術，道是藝術之所以存在的本體，而藝術則為道的具體顯示，可知莊子「未嘗反對藝術、否定藝術，而是從最根本的精神開顯了藝術」(顏崑陽《莊子藝術精神析論》第一章「緒論」，頁 8，台北：學生書局，1985 年)。莊子若不是對於藝術有一價值定位，又怎麼會積極地利用藝術來詮釋他對道體的解悟呢？

　　二、對於後世藝術創作或美學思想之受莊子影響者，提出可能的合理解釋。並且許多爭議不休的美學範疇問題，如「言」與「意」、「形」與「神」、「虛」與「實」等，皆能從「道」與「技」問題的探究中，找到根源性的解答。因爲，僅以經驗研究的方法來歸納、演繹創作上的種種現象，往往得出各是其是、各非其非的結論。要想從本質意義上解決這些藝術問題的話，就不能只靠各個事實、材料、現象的經驗研究，因此，「必然要從更高的總括見解向原理論的、價值論的研究轉向。藝術學的中心課題只有從『事實學』向『本質學』發展才能夠完成」（竹內敏雄主編，池學鎮譯《美學百科辭典》美學體系部分「藝術學」一條，頁124，哈爾濱：黑龍江人民出版社，1987年）。劉綱紀說：「『藝』與『道』的關係問題，是理解中國藝術哲學、藝術精神的核心、關鍵和根本。」（見〈「藝」與「道」的關係——中國藝術哲學的一個根本問題〉一文，收於《藝術哲學》附錄，頁688，武漢：湖北人民出版社，1987年）便是認爲，「道」、「技」問題的探究是一個追本溯源的工作。

　　三、莊子對於藝術本質的體認，在當今美學研究中具有特殊的意義，對於美學的未來發展亦有重大的啓示。所謂「美學」，在古代的觀念中，乃是以哲學地思考「美的存在」爲核心。隨著西方近代以至當代美學的發展，其核心則主要已經轉向分析藝術品與審美心理活動。然而，藝術作爲人之「精神的」存在，乃是文化的現象之一，離開人之存在價值，則藝術之價值亦值得懷疑。因此，沈清松說：

> 在當代西方哲學一片批判美學之聲中，吾人談論莊子的美學似乎是不識時務，有違於時潮。然而，學者們若能以開放的心胸，仔細研讀莊子的美學思想，仍可證明美學有其未來，不過，其條件在於美學必須掘深自身的存有學（本體論）基礎，而這點正是莊子美學的特性。……值此中西哲學互動頻仍，而美學又在當代哲學中遭受批判，學者紛紛轉向所謂「藝術品的存有論」之際，莊子的美學思想仍有值得吾人深思再三者在。〔註6〕

這樣說來，依前述第一、二點，我們似乎自然地預設莊子有其藝術思想，並且實然地發生了影響，而第三點則是莊子美學最顯著的特徵，乃是視「美」

〔註6〕沈清松並且稱莊子美學爲「存有論的美學」以別於「藝術品的存有論」，他認爲，莊子所欲解構的正是藝術品，以便張舉一種美的存有論。「美」爲明白全體存在界之眞理所必備的要件，故在莊子哲學中具有核心地位。見〈莊子論美〉一文，刊於《東方雜誌》復刊號第二十三卷·第八期。

為存有的本質，與西方近當代發展而成的「藝術哲學」是不同的範疇。況且，莊子畢竟罕少論及藝術，藝術終究不是他所關懷的焦點，如此一來便引發了「莊子美學」中是否有「藝術哲學」的涵義，甚至專門地探討莊子的藝術思想是否能獲致有效的知識此一類質疑。由於這樣的質疑牽涉到本論文的研究基礎，故勢必有加以澄清之需要，以下乃就此一問題試作討論。

第二節　「莊子美學」中是否具有「藝術哲學」之涵義

十九世紀後半葉，西方的美學研究，由於受到實證論科學觀的影響，亦逐漸變成一種經驗科學，形上美學讓位給強調經驗描述的實驗美學。近代美學的基本性格，已不再從抽象的假設和信仰出發，而是從實際的經驗出發；於是，美學徹底地從哲學體系中解放出來，使美的哲學本體論讓位於審美經驗的現象論。這種方法的先驅者是德國心理學、哲學家費希納（Gustav Theodor Fechner 1834～1887）。他所推行的方法在美學史上被稱作是「自下而上」的方法。費氏斷言：「舊的哲學方法是『自上而下』，從一般到特殊。謝林、黑格爾，甚至康德的研究，所用的就是這種方法，……我們所用的聰明的辦法則是：另闢門徑，創建『自下而上』的美學。我們應該從各種事實出發，然後謹慎地、逐漸地上升到綜合、概括。」（轉引自吉爾伯特（K. E. Gilbert）與庫恩（H. Kuhn）合著，夏乾丰譯，《美學史》，第十八章「科學時代的美學」，頁690，上海：上海譯文出版社，1989年）一直到當代，西方美學從總體的趨勢看來，仍然受到費希納的經驗主義方法的巨大影響。當代西方美學的經驗主義對於美學的思考最顯著的特徵，就在於加深「經驗的方法」和「邏輯的方法」兩種類型來進行，前者可稱為「科學美學」，後者則為「分析美學」。「科學美學」是透過經驗科學的方法來掌握藝術以及與藝術有關的人類行為和經驗模式的知識，如精神分析美學、格式塔美學、現象學美學等；「分析美學」則是透過哲學分析的方法，試圖把美學研究的中心集中在與藝術和審美判斷有關的語言問題和意義問題上，如分析美學、符號論美學等。〔註7〕綜合看來，由於美學實驗主義的「哥白尼式的革命」，使得原來美學研究的主要課題，從以「美」為研究對象，如什麼是美，其本質為何？美如何發生？如何存在？

〔註7〕以上描述參考朱狄《當代西方美學導論》第一章第一節「概述」，頁4～9，台北：谷風出版社，1988年。

是主觀或客觀？以及對崇高、滑稽、悲劇、喜劇等傳統美學範疇的研究，轉變到研究與藝術相關的諸問題上，以「審美經驗」為研究的核心，可以說，「美學」已為「藝術哲學」所取代，今日所說的「美學」實即等同於「藝術哲學」。

從以上所述，如果我們以「美學」即「藝術哲學」的標準來考量莊子的「存有論美學」，那麼，莊子美學的地位，不禁要令人焦慮，而莊子美學的研究是否仍具有意義，亦面臨重大的考驗了。

不容置疑地，莊子對於「美」的意義為何、「美」如何存在等問題，皆有一定的回答（見本章第三節）。然而，倘若要以藝術作為對象，從而對於藝術的本質、功能等現象作原理性的思考之「藝術哲學」觀點，來面對莊子美學的研究，懷疑論者便要提出否定的態度了。對於懷疑論者的這項質疑，我們的回答有兩點：

1. 就題材而言，《莊子》此一「文本」，的確談及幾個藝術類型，而且並非只是描述性地說及，當中實際涵蘊了一些涉及「藝術哲學」的觀點。由於在人文知識中，任何一種「描述」必非絕對客觀描述者，都必然以一主觀「預見」、「預測」的形式先在於所要描述的對象。並且，更基於「文本」意義的豐富性、全面性，必須依賴於解釋者的參與始得完成，準此，則「莊子美學」中便蘊含有「藝術哲學」意涵的可能。

在《莊子》文本中，〈養生主〉「庖丁解牛」涉及藝術本質的問題；〈馬蹄〉、〈駢拇〉、〈繕性〉、〈天地〉以及〈胠篋〉等篇，關於「禮樂文章有失性命之情」的說法皆涉及藝術品的功能問題；〈達生〉中「梓慶削木為鐻」以及〈山木〉「北宮奢為衛靈公制鐘」涉及解釋藝術家的創造活動；〈天運〉中「黃帝答北門成問咸池之樂」，以及〈田子方〉「宋元君將畫圖」涉及藝術品的評價問題，〈天下〉「論莊周文辭風格」，涉及解釋、評價藝術品等等。現今解釋者面對《莊子》文本所談及的這些題材，在進行「理解」與「詮釋」活動時，可依文本中非直接涉及藝術之其他思想來發掘、印證這些題材所預設的可能觀點。

2. 在《莊子》中，不談及藝術的其他思想，也可能具有與「藝術哲學」相關的向度，因為不談及藝術與《莊子》有無藝術哲學顯然為兩回事。況且，既然可以從非關藝術之題材而提煉出相關藝術之觀點，自然是不把《莊子》視為一封閉性的消費作品，〔註8〕而是認為此一「文本」可以容許很多可能的

─────────────────────

〔註8〕巴爾特（Roland Barthes）於〈從作品到書寫的成章〉一文中，區別了傳統所

解釋。這種豐富的可能性也可以看成是內在於《莊子》本身的特質中，才有衍生相關解釋的可能。這種方法，仍不失爲就《莊子》內在意義的脈絡而論其藝術哲學的進路。

雖然，懷疑論者可能還會進一步提問：縱使《莊子》涉及了藝術哲學的討論，但是莊子的本意只是「寓修道於技藝」，「藝術」只是作爲喻示「道」的一個工具，並不具備本身價值或內在價值。〔註9〕對於懷疑論者的第二項質疑，我們的回答亦有兩點：

1. 「藝術」的指義是多重的，當其作爲「意符」時（可以指藝術品、藝術創作等），必然有所彰顯之「意指」（指一藝術境界或藝術品中的眞理）。作爲「意符」時，「藝術」也許可以被捨棄，但作爲「意指」時，「藝術」則絕無棄置之理由。〔註10〕

一般所用的「藝術」一詞，其意義常含混而不明確。例如，當我們說：「他從事藝術」，「藝術」一詞的意義其實指「藝術創作活動」；當我們指著一個物品說：「這眞是一件藝術」，「藝術」一詞的意義則指創作活動的產品——藝術品；當我們在欣賞一幅圖畫時說：「他畫得很藝術」或「這畫很藝術」，則「藝術」一詞，前者指的可能是「形式技巧」，但也可能和後者同樣，指的是一種整體的風格，並且可以是描述語，也可以是評價語。可知，在大多數的情形下，我們常是不加辨別地使用「藝術」這個詞語。甚至在許多著作中，提及「藝術」一詞時，常常也只是總括性地說，意謂一切的藝術活動現象，「藝術」在此只是一個概念語。嚴格說來，《莊子》隱然地涉及「藝術」的下列兩重指

謂的作品（work）與現代關於書寫成章（text）的觀念，當中強調「書寫成章靠讀者的合作來開顯；它不是消費品」，筆者未見本文，轉引自蔡源煌《當代文學論集》中〈當代文學理論的主要課題〉一文，頁217，台北：書林出版有限公司，1986年。

〔註9〕劉昌元在《西方美學導論》中區別三種價值：工具價值、本身價值（inherent value）與內在價值（intrinsic value）。工具價值指一物之被需求「不是因爲它本質的緣故，而是因爲它能助某人（或某些人）達到其目的」；內在價值「指的不是物品而是有快感或滿足感之經驗」；而本身價值則是因爲一物「它能給人帶來具有內在價值的經驗」。「本身價值與工具價值相同之處在皆指事物而不指經驗，不同之處在前者與滿足感直接相關，後者只是間接地相關。」見頁70、71，台北：聯經出版事業公司，1987年。

〔註10〕此二名詞借用自索緒爾（Ferdinand de Saussure 1857~1913）《普通語言學教程》，台北：弘文館出版社，1985年。索緒爾認爲，每一個符號都看作由一個「能指詞」（Signifier）和一個「所指詞」（Signified）組成，前者指一個有聲的意象或書寫下來的對象物；後者指概念或意義。

義：第一，是指藝術之所以為藝術的本質，也就是「藝術精神」，亦即道之境界；第二，則是指「得魚忘筌，得兔忘蹄」，而「得意忘言」的藝術成品。一旦得道之旨時，其媒介形式便當被超越、解構。

「藝術精神」是「藝術」的真義所在，換句話說，一切藝術活動所產生的藝術品，皆應涵具意義。這意義，在莊子而言，乃是能提昇人之存在，喚醒真實價值者。這種「藝術精神」對於藝術品的解釋者來說，也就成為伽達默爾（Hans-Georg Gadamer,1900～2002）所謂的「真理的期待」。張汝綸在《意義的探究》一書中便陳述伽達默爾的這種觀點：

> 伽達默爾認為，文本固然有它的內在性，但它一旦成了我們的理解
> 對象，或者說，一當我們要開始去理解和解釋文本時，我們總有一
> 種對於文本所包含的真理的期待，否則文本對於我們來說就是沒有
> 意義的，我們也不會試圖去理解它。正是對於文本真理的期待使我
> 們把文本作為一個內在的、自我包容的意義系統來對待。對於真理
> 或意義的期待始終指導著讀者的理解。（見第七章「釋義學和文學」，
> 頁 209，台北：谷風出版社，1988 年）

既然，藝術品內在的永恆價值存在於它所欲開顯的意義，啟發解釋者進入道之境界，而有所體悟；相對這終極目的來說，藝術品一旦完成功能，便應立即解構，懷疑論者所欲捨棄的，應該是指這個「藝術作品」的層次而言，而非「藝術精神」。所以，沈清松在〈莊子論美〉一文中便認為，為了直奔美的存有學，獲取藝術境界，莊子的想法正在於解釋藝術作品，他說：

> 莊子的藝術理想就在於「進技於道」，……藝術不只是技藝而已，卻
> 要能彰顯道趣。一旦藝術作品完成，便須藉解構的運作，加以超
> 越。……藝術作品旨在具體顯示遊於道的意境，一旦凝思顯意，即
> 可隨說隨掃，予以解構。〔註11〕

這裡所說的「藝術作品完成」，當非指物質性的成品而言，更精確地說，應是指審美主體參與完成的審美對象，這個審美對象的形成才宣告「藝術作品完成」。沈清松亦強調解構藝術品，並不意味莊子是持一種單純的工具論，這也是我們對於懷疑論的第二點回答：

〔註11〕沈清松並且借用海德格之意來說明，海氏認為，「存有雖難表詮，總得設法予以述說；一旦有所述說，便已不相稱於存有，因而必須予以抹掃，免得落入形跡。」見《東方雜誌》復刊第二十三卷第八期。

　　2.「藝術」即便是作為工具時，亦有其特殊的「工具價值」；因為，作為一「符號形式」，藝術並非僅是一個簡單的、物質性的工具。為了獲取道之整全意義，「藝術符號」有被一再、重新解釋的無限可能。莊子說「得意忘言」，只是就終極的端點，並非就起始的端點及過程而說。

　　關於「符號」的特質，卡西勒（Ernst Cassier 1874～1945）在對其作哲學分析時解釋說：「所有在某種形式上或在它方面能為知覺所揭示出意義的一切現象都是符號，尤其在當知覺作為對某些事物的再現或作為意義的體現、並對意義作出揭示之時，更是如此。」（轉引自朱荻《當代西方美學》第一章第十一節「符號論美學」，頁 209，台北：谷風出版社，1988 年）也就是說，符號的重要性在於它們能進入到人類「意義的世界」中去，並且有一種揭示意義的功能價值。一個符號，有著精神性的意義和作為這種意義載體的形式，這兩者之間乃不可分割的結合，卡西勒的符號學告訴我們，精神性的意義唯有在符號的表現中才能得到揭示。符號在「表現」精神意義時，並不是單純地重複心靈中的各種觀、感所得，而是進行創造性的表現活動，不是現存實在的簡單摹本，「記號的觀念化內容」乃是「超越意識的摹寫論」。〔註12〕「藝術」既作為一種符號形式，卡西勒在其名著《人論》第九章「藝術」中強調，藝術家的眼睛並不只是被動地接受和記錄事物的印象，而是一種「構成的」（constructive）活動，〔註13〕而早在〈符號形式哲學總論〉，卡西勒便曾說：

> 藝術圖畫並不反映感覺整體中的印象，而是選出某些「富有創造力」
> 的因素；通過這些因素，擴大給予的印象，並按照一定的方向引導
> 藝術創造想像力和空間的綜合想像力。〔註14〕

由以上所述可知，「藝術品」透過其表現形式，創造性地來體現人所感悟到的世界及當中的意義。然而，由於「道」是豐富而無限的，而藝術品不能也不

〔註12〕總括卡西勒之意是，符號活動的產物與一開始時的純粹材料根本不同，符號
　　　　不是被動地接受外界無定形的材料，而是將這些材料組合成實在的各種形式
　　　　和領域，在這個意義上，符號表現著我們精神意識活動的過程，為我們構成
　　　　了實在。見〈符號形式哲學總論〉，收於《語言與神話》，頁 218～228，台北：
　　　　桂冠圖書公司，1990 年。
〔註13〕見中譯本《人論》第九章「藝術」，頁 250，台北：結構群出版社，1989 年。
　　　　這段話的內容與〔註12〕大致相同。
〔註14〕見《語言與神話》，頁 221，台北：桂冠圖書公司，1990 年。這段話的內容亦
　　　　與〔註12〕大致相同。

可能是存在的摹本,所以必須不斷以其創造性來逼顯道之意境。爲了較完整地彰顯道之旨趣,藝術品所運載的意義,便不能是圈定、封閉的;於是,解釋者必須儘可能地一再體驗藝術品,重新理解以及詮釋當中之所指,而道之整全意義,方能在這過程中逐漸顯露出來。

對於懷疑論者的二項質問既已澄清,說明「莊子美學」中的確涵攝了「藝術哲學」;不過,莊子的藝術哲學,其實質又不全然等同於當代西方的藝術哲學,由於其藝術哲思發生的歷史文化處境迥異於當代美學,故造就了莊子藝術哲學的特殊性格,此亦涉及本論文的詮釋觀點,故有討論之必要。

第三節　莊子「美學」的特質對於「藝術本質」的決定作用

「藝術哲學」是以藝術現象爲對象而作原理性的思考,在相關問題中,又以「藝術是什麼?」爲最本質的問題。描述、解釋、評價藝術時,必然對此或顯或隱地有所預設,以爲基準。莊子對於這個問題的思考,並不是根據科學知識的態度,也不是分析式的藝術哲學的態度,把藝術當作一個知識課題加以思考,也沒有對它作正面、直接的論述。如今,我們要瞭解他對「藝術是什麼?」可能的看法,就必須將此問題放入他整體的美學思想中去考察,以其美學的特質作爲探究的根據。因爲,對於莊子來說,真正的藝術必須展現「美」之最高境界,它可以處理「醜」的題材,卻必須將「醜」轉化爲符合「至美」的境界。以「美」爲對象的「美學」與以「藝術」爲對象的「藝術哲學」是一體的。事實上,無論東西方,在早期的藝術思想中,根本無意去劃分二者。

關於莊子美學的特質,李澤厚在《中國美學史》中「莊子的美學思想」論到:

> 莊子的美學同他的哲學是渾然一體的東西,他的美學即是他的哲學,他的哲學也即是他的美學。這是莊子美學一個突出的特點。(第七章,頁 259、260,台北:谷風出版社)

至於莊子的美學與哲學究竟是怎樣內在地聯繫,李澤厚進一步說:

> 莊子認爲那永恆無限、絕對自由的宇宙本體——「道」是一切美所從出的根源。莊子論「道」同時也是論美。他從不離開「道」去講美。他的美學同他的本體論是不可分離的。(李氏前揭書第七章,頁 274)

「美」的最高根源是「道」，所以「藝術」的最高根據亦應爲「道」，此即爲藝術之所以爲藝術的「本質意義」。至於如要討論此本質意義的形成及內容，便必須從其「發生意義」（參勞思光《中國哲學史》第一卷第一章，台北：三民書局，1987 年）說起，換言之，考慮莊子美學的此種特質，必須將它置於歷史文化的時空下來觀察，才能深刻地掌握其生成之由，此乃討論莊子美學所必經之途。因爲中國學問的形成，很少像西方那樣產生於純粹思維的分析論斷，而是產生於歷史經驗的具體解悟，所以不能與歷史脈絡割裂而只論其本質意義。顏崑陽在〈論先秦儒家美學的中心觀念與衍生意義〉一文中便認爲「討論中國的一家之學，所謂『本質意義』假如完全脫離『發生意義』，便很難獲致實質性的理解。因此，對一家之學的研究分期斷代而考慮其文化處境，會使問題的解答，更爲具體而切實。」（本文刊載於《文學與美學》論文集第三集，台北：文史哲出版社，1990 年）尤其在人類文化的早期，藝術更容易處於依賴社會條件，受社會條件影響的情況。

　　莊子的時代，是個人心「與物相刃相靡，其行盡如馳，而莫之能止」、「終身役役而不見其成功，苶然疲役而不知其所歸」（〈齊物論〉語）的時代，貴族文化的奢靡腐爛，帶來虛僞、巧飾種種的弊端，充斥著的盡是「世俗浮薄之美」、「純感官性的樂」、「矜心著意之巧」（見徐復觀《中國藝術精神》第二章「中國藝術精神主體之呈現」，頁 75，台北：學生書局，1988 年），藝術活動的觀感純粹是直接的感性情緒的作用，藝術品的製造，則爲機心的工具理性之運作。莊子極力批判這種現象，以爲巧智徒亂人心，而工具理性之濫用將自絕於道，導致人存在本身之異化。因爲社會風氣的低迷影響文化現象的庸俗，而文化現象的庸俗更無以提昇人之存在價值，工具理性反過來宰制價值理性，藝術已喪失其理想。莊子認爲，眞正的藝術，應該能具有抵抗社會世俗價值的力量，而揭示一種永恆而眞實的理想，這種揭示人存本原之道的特質，恰恰才是藝術存在的依據，藝術一旦體現此一特質，便具有超昇庸俗文化的原動力，使人從舊有庸俗的價值觀掙脫、超越而出，能對事物產生全新的觀照，因此，眞正的藝術對於人心應當有一種阿多諾（T. W. Adorno, 1903～1969）所說的「震動」、「驚愕」的反應：

> 作爲有關生活經驗的傳統觀念的反題，震動決不是自我的特殊滿足方式；確實也無愉悦可言。確切地説，它提醒人排除自我。由於受到震動，自我覺察到自己的局促和有限，因而震動的體驗與文化產

業所提倡的自我的弱化截然相反。〔註15〕

阿多諾以爲對藝術正當有效的主體反應是一種驚愕，驚愕是由偉大作品所激發，也就是一種震動。在這一片刻中，他凝神於作品，感受到在審美意象中顯現的人生眞諦，而不像在文化產業（或文化工業）中，藝術只是迎合大眾口味的消費品，創作者只是注重巧飾的形式而不講究內容的品格，欣賞者則把藝術品當作爲感官服務的娛樂。總之，莊子批判徒具感官性及工具理性之技藝，他的用心是「要從世俗浮薄之美追溯上去，以把握『天地有大美而不言』（〈知北遊〉）的大美，要從世俗感官的快感超越上去，以把握人生的大樂。要從矜心著意的小巧，更進一步追求『驚若鬼神』的，與造化同工的大巧。」（徐復觀前揭書第二章，頁57）

「大美」、「大樂」、「大巧」所以可能，乃基於「美」——最高根源的道體——這個超越依據。這是莊子投注於歷史文化的脈絡中，依人之實存經驗爲入路，而提出超越此實在經驗的理想。「美」的根據爲「道」，此乃美之爲美的內在本質意義。由於莊子美學與哲學有著如此內在的聯繫，方呈現出以下幾個特質：

1. 「美」的極致爲「至美」，就其呈現的客觀境象而言，是一有理序、和諧、眞實的自然現象，此即「天地有大美而不言」的寂然境界，卻隱涵著自然生命和諧的律動。這種天然的節奏，就是莊子在〈齊物論〉中所說的「天籟」。天地之籟由萬殊之聲並發而成，卻有著「聲雖萬殊，而所稟之度一也」（郭象注語，見郭慶藩《莊子集釋》）的和諧。

2. 天地之美的境界，實爲精神主體之心靈所體悟而得的價值境界。在莊子，這個價值，它的絕對性建立在超越於人之主觀所設的相對價值之上，內在主體能夠遣除造作是非之成心，破除人爲對於宇宙萬象的框架，一任眞性流露而直觀天地，方能「原」天地之美（〈知北遊〉曰：聖人者，原天地之美而達萬物之理），而這個觀照主體之「無心」所朗現的內在境界，亦就是「至美」的表現。並且，精神主體透過心靈的修養去獲致至極之美，也就具現了至高無上精神的「人格美」。

3. 「至美」之境界，乃發生於審美主體與審美客體交融合一時。就審美

〔註15〕羅務恆《當代西方藝術文化學》「藝術與社會」，頁77，北京：北京大學出版社，1988年。阿多諾爲法蘭克福學派主要代表之一。他主張，藝術的社會性根本就在於它站在社會的對立面，而不是服從現存的社會規範，並由此顯示自己的「社會效用」。

的效果而言，主體心靈必然體受了「美感」，而此「美感」亦必然同時帶來「樂感」，此種樂感，是為「至樂」，不同於一般感官情緒直接產生的樂感，也不是西方美學的經驗主義者所說的「快感」，因為「西方審美活動中所謂的『快感』，都指由視、聽等感官作用於一特定的審美對象，從而獲致心理情緒上的快適經驗。它與審美對象恆存著因果關係，沒有審美對象，也就沒有快感。故它是緣起的、短暫的，非主體心靈自在恆常的操存」（引自顏崑陽〈從莊子「魚樂」論道家「物我合一」的藝術境界及其所關涉諸問題〉一文，收於《中國美學論集》，頁 131，台北：南天書局有限公司，1987 年），至於所謂的「至樂」，顏崑陽指出：

> 就是見道之後，一種自由無限、逍遙自在的心靈境界，乃是主體通過「致虛守靜」的修養工夫所得，不從外境對象的感觸而來，故恆常、絕對、自在、自足。「至樂」既是最高樂，無哀樂之相，也就是超越生理情緒哀樂相對之假相，故〈至樂篇〉云：「至樂無樂」。（同上，頁 132、133）

這種「至樂」的「樂感」，也就是莊子對鯈魚出遊現象作美底觀照，因而得出「魚之樂」的趣味判斷之所由來。

4. 「至美」就其客觀性來說，是一個渾然不封，普遍流行之「天地有大美而不言」的境界；就其主觀性來說，則是主體心靈無所用心、超越哀樂相對之「至樂」的境界。二者皆是一種不可言喻之非描繪性的意域，此亦由於「道」是一不可限定的境界，語言之限定描述，必然破壞「道」之整全。既然「至美」、「至樂」之境是不能以言說表達的，那麼在傳達上就必須運用種種「非分別說」的方式。〔註16〕所以，莊子為我們示範了寓言、重言、卮言、弔詭之辭等非一般言說的表意方式。

以上乃是以「美」為對象，對莊子所謂「美」的一些特質作概括性的說明，如果我們將具體的藝術活動置入這些特質的脈絡下，以尋求藝術活動與「至美」的道境界的內在關連，可以得出藝術之所以為藝術的本質所在，當

〔註16〕牟宗三說：「用非分別的方式把道理、意境呈現出來，即表示這些道理、意境，不是用概念或分析可以講的；用概念或分析講，只是一個線索，一個引路。照道理或意境本身如實地（as such）看，它就是一種呈現，一種展示，……如寓言、重言、卮言，又如謬悠之說、荒唐之言、無端崖之辭，來看莊子的思想，他所呈現的就是非分別說。」見《中國哲學十九講》第十六講「分別說與非分別說以及『表達圓教』之模式」，頁 347，台北：學生書局，1986年。

中的層次可循序如下：

　　1. 「宋元君將畫圖」的藝術寓言，深刻地揭示眞正的繪畫具有一種「解衣般礴」的「意境」。此「意境」就是文藝創作者透過媒介經營形式而表現主體悟「道」的心靈經驗。這種成品才是可以生發美感的藝術品，而欣賞者在面對此一藝術成品，則能更有效地將「藝術成品」轉換成「審美客體」。〔註17〕

　　2. 藝術作品的「意境」由作者創造而出，復由解釋者領悟而得，這都必須是主體懷有「藝術心靈」才能奏功；亦即對於世界之種種現象，能以異於尋常慣用的觀看方式去感悟，這種特殊的觀看方式就是「美底觀照」。通過「美底觀照」體見「至美」境界之後，再依據具體的媒介形式表現這種內在經驗。

　　3. 問題正在於「藝術心靈」如何可能？莊子認爲，這有賴於主體心靈的修養工夫，事實上也就是「人格美」的形成歷程。準此，則顯示了作爲藝術創造的主體與作爲悟道的主體在乃爲同一。所以方東美說：

　　　天地之大美即在普遍生命之流行變化，創造不息。聖人原天地之美，
　　　也就是在協和宇宙，使人天合一，相與洪而俱化，以顯露同樣的創
　　　造。換句話說，宇宙之美寄於生命，生命之美形於創造。(《中國人
　　　生哲學》第一章「中國人生哲學概要」，頁 53，台北：黎明文化事
　　　業公司，1983 年)

又說：

　　　一切藝術，都是從體貼生命之偉大處得來的。(同上，頁 54)

由以上可知，在莊子，藝術創造的完成，也就是「道」的具體顯現。所謂「藝術之最高根據爲道」的意義，表現在：

　　（一）作品的體要「道境」，應該是「至美」的具現，表現了道的境界義；

　　（二）創作、解釋主體之藝術心靈，表現了道之精神義；

　　（三）藝術家的主體修養工夫，表現道之工夫義。

（一）與（二）爲「道」的靜態現相，而（三）則是「道」作爲歷程的動態現相。由此也可以知道，處於藝術活動之關鍵地位者爲「藝術心靈」，此精神

〔註17〕法國現象與美學家杜夫海納（Mikel Dufrenne 1910～1995）認爲，由藝術創作者製成的作品還要被觀眾知覺才告完成，他說：「藝術作品刺激目光，目光把藝術作品改變成審美對象。」意謂審美對象的存在就是通過觀眾來顯現的。相關意見請參考其著作《美學與哲學》「第一部分：美學中的哲學問題」，北京：中國社會科學出版社，1985 年。

主體為一切藝術活動之形上依據。而此種「藝術精神」觀念也是莊子藝術哲學的核心。總之，能夠具現「道」的那種藝術，才符合莊子理想中的「藝術」——「道技合一」的藝術。而當中最具樞紐者則在於主體之藝術心靈的培養，此與莊子道論中最重視工夫論實相一致。同理，也能明白「技進於道」所以可能，也就在於「技」具備了此種可通契於形上精神的特性。

第二章　本文研究的思維方法、
　　　　 論述程序及資料處理

第一節　思維方法

　　此處所謂的「思維方法」包括兩方面：研究方法以及詮釋觀點。前者指
處理本文諸論題時思考形式上的程序；後者指本文終極的解釋立場。

　　莊子關懷許多的哲學問題，但是，不論在思維方式或表述方式上，他所
採取的往往是非哲學的方法，亦即是一種研究哲學的非哲學方法，所謂的「後
哲學」（postphilosophy）。既為非哲學的方法，故後世詮釋者對於莊子哲學往
往產生許多不同的研究進路。對於莊子之「道」的研究，學者近來有從「語
言哲學」的角度入手去探索莊子如何描述道的趨勢，〔註1〕畢竟要瞭解莊子道
論的真理內容究竟為何，必須透過他所表述出來的語言。「藝術」，是莊子描
述「道」的另一個進路，此進路與語言之進路相同，俱表現莊子意在揭示真
理的用心。如果我們重視莊子語言哲學的研究成果，則對於莊子「技進於道」

〔註 1〕 關於語言哲學的界定及範疇，黃宣範說：「語言是有意義的結構體，而且語言
　　　　之有意義在於它具有結構，結構實際上影響或決定我們要表現的意義，或我
　　　　們要追求的意義，……哲學的活動使我們深入探究人文活動的意義是什麼，
　　　　語言哲學的活動就是追求語言意義的學問。」「語言哲學的任務是分析、澄清
　　　　或研究與語言（的使用）有關的概念。」參《語言哲學》導言，頁 1；自序，
　　　　頁 7，台北：文鶴出版有限公司，1983 年。因此，以「語言哲學」來研究《莊
　　　　子》，主要的課題就是去發掘莊子對於語言與道之間的體認為如何，以及他如
　　　　何用語言來表意。

這個別出心裁的喻道方式，亦應當予以重視。實質上，語言哲學之進路未能脫離藝術哲學之範疇而單獨用來作為考究莊子道論的方法，因為莊子的語言觀並不落在將語言作為知識對象而客觀地分析語言的構成系統。莊子真正注意的是「歷時性」的語言，〔註2〕即在歷史文化中流通變異、約定俗成的語言，如〈齊物論〉中的語言觀即是；以及「文學性」的語言，亦即具有象徵、暗示作用的語言，如他用來表意的寓言等。所以，僅管莊子藝術哲學並不能全部涵括其語言哲學，但缺乏從藝術的觀點去研究莊子的語言，亦必然不盡全面，可知前者當有助於後者之研究。

傳統對於莊子藝術哲學之理解，大都是透過「由道而藝」的方法，即以「道」為切入點來思索藝術概況，圍繞道的種種性格來考察藝術的特質，這自然是因為在莊子美學體系中藝術本質是為「道」所決定。然而，既然莊子是從根本的道體來開展藝術，以藝術精神為藝術活動之根據，所以，如果我們從莊子有關藝術活動的寓言及相關思想，逆推而上，應能尋得一藝術精神，再比較於道體，便能得知藝術精神與道體有何關係，乃至技藝活動如何可能進升於道的層次。因此，本文研究之方法，乃別於一般採取「由道而藝」的方法，而代之以「由藝而道」的進路來詮釋莊子的藝術哲學。「由藝而道」的方法，是想從藝術活動的各種脈絡中，包括藝術創作（包含傳達）、作品形成、詮釋（包含接受）、作品完成等，來具體地探究《莊子》中，「藝」與「道」的關係。這個方法不同於原則地或思辨地說明「道」、「藝」的關係。不過，由另一方面看來，研究方法應適當於研究對象，任何方法的運用，皆有其內在限定，有其自身適應的範圍及客觀的根據。根本地說，每種方法皆相應於其本體意識而有所限定。本文的研究，並不希望止於對藝術性質作邏輯分析的認識層面，而是期許透過對藝術活動的分析以得其與道之間的關聯，終極依準仍在於最高層次的「道」，所以，「由藝而道」之法的本體意識是建立在「道」之上，本文一切詮釋皆依莊子之「道」而有所限定。如此一來，「由藝而道」之法與「由道而藝」之法似乎並非極端對立、截然二分，乃是相互印證，相互補充。關於方法的反省，成中英曾說：

> 由於一個理性系統、一個方法的運用，往往有它看不到的限制，所以可以對方法提出一個本體的批評。……另一種，是自方法的知覺

〔註2〕 索緒爾將語言學區分為「共時性」與「歷時性」的語言學，前者指研究語言較穩定的結構系統，後者則是研究語言在歷史中的生成變化。參其《普通語言學教程》，台北：弘文館出版社，1985年。

對本體的一種批評。任何思想的批評，可以分成兩種：對方法的批評和來自方法的批評。這兩種批評是相互的，在我們的說明中就是本體的批評方法和方法的批評本體。（引自〈從本體詮釋學看中西文化異同〉一文，收於《中外文化比較研究》，北京：北京三聯書店，1988 年）

我們可以這樣說，「由道而藝」就是「本體的批評方法」，而「由藝而道」則是「方法的批評本體」，二者形成詮釋上所必要的循環。〔註3〕

　　任何一種詮釋進路，必然與其詮釋者的「詮釋觀點」有所關涉。本文之研究方法即為「由藝而道」，則在詮釋「藝術」與「道體」的關係時，對於「藝術」的特性便不能不有所註解與規定；然而，莊子於此卻鮮少直接論及，以致我們對於莊子的藝術觀，只好方便地建立一個基礎預設；不過，此預設乃是自莊子美學的內在理路衍發而來。

　　在第一章中已略微談及，我們認為，莊子對於藝術的看法乃是屬於人存主義的觀點，藝術是透過感性形式來表現人之存有經驗與所體悟的價值理序。〔註4〕藝術必要涉及人的存在，涉及人與世界關係的體認。而莊子人學的中心任務則「在於揭示人的自由的可能性和現實性」。〔註5〕一切藝術活動的究竟目的，皆在於揭示此一存在的真義，是要把終極存在「至美」表現出來。換言之，人應該如實於「道」而存在著，「道」使人成其為人；因而藝術亦根據於「道」，這個「道」就是決定藝術的具體現象，以成其為美的「美本身」。準此，則莊子的藝術觀又屬於「形上美學」。總之，我們認定，莊子對於藝術本質的體認，是基於「存有論的形上美學」。對於此「存有論的形上美學」的藝術觀，也許我們可以作以下三點提問：

〔註 3〕　「解釋的循環」（hermeneutic circle）原由海德格在《存有與時間》中提出的。後由伽達默爾進而肯定其本體論意義，認為解釋者認識對象，必須根據事物本身，但並不意味這些事物是客觀地存在那兒為解釋者所掌握，解釋主體必要去除一切理解的背景，相反地，他要以一預設的意見去理解事物，亦即理解的「成見」是必要的。海德格強調「解釋的循環」不是一個「壞的循環」，而是可「被容忍的循環」。參張汝綸《意義的探究》第五章「哲學釋義學的興起」，頁 129、130，台北：谷風出版社，1988 年。

〔註 4〕　事實上，先秦儒家所認為的藝術本質，也是以感性形式來表現成熟之人格與和諧的社會秩序。在儒道二家，藝術絕非可以脫離人生而說其獨立意義。

〔註 5〕　作為一存在的詢問者，莊子提問人的存在究竟有無自由可言？人的自由來自何處？自由的內涵為何？這些都是人存在的本質問題。參邵漢明〈莊子人學二題〉一文，刊載於《哲學與文化》第十八卷第一期。

1. 藝術的存在價值不必然要關聯於人之存在價值，那麼如何解釋莊子的存有論與藝術活動的關聯？

2. 當代分析美學堅持「藝術本質」的詢問是沒有意義的，不能也不可能予以回答，那麼，如何定位「存有論形上美學」的藝術本質的意義？

3.「存有論形上美學」認為藝術必要與存在主體相關聯，如是的觀點與西方「美學主體化」的傳統美學〔註6〕有何差異？

實質而言，莊子的存有論與藝術活動的關係，並非在理論上推演出來的邏輯關係。在概念上不斷後退窮究藝術本身存在的「因」，這種思維方式並不相應於莊子，在他看來，存有與藝術的關係是「實踐解悟」地連繫，這種二個存在項作異質性地跳躍的因果關聯，是無法以推演式的邏輯來論證的。關於此，顏崑陽說：

> 他們（先秦）在美學上的中心概念，乃是從個體自身的價值存有與
> 個體和個體合理的秩序去具體解悟「什麼是美」以及「美如何存在」。
> 然後推衍出去，才會觸及到人存與藝術之間的關聯。其因體致用，
> 由本及末的思惟進路，完全相應於人存的實踐因果邏輯。（引自〈論
> 先秦儒家美學的中心觀念及其衍生意義〉一文）

這段話提示了兩個重點：第一，先秦美學是以存有論的角度來思索關於美的問題，並以此為基準，再去建立藝術的存在地位；第二，既不能脫離存有來考量藝術，則顯示人存為體，藝術為用，二者為「體用相即」的實踐因果邏輯關係。換言之，在「體用相即」的關係中，人存與藝術二個異質物因而得以轉換成同質性的存在。這種因果邏輯只有在實踐時的具體感悟中得以成立，斷不能以概念推演判定其有效或無效。

至於第二點，藝術的本質意義是否可能獲致確切的答案？此一提問，乃是源自於當代分析美學的質疑。分析美學是採用維根斯坦（Ludwig Wittgenstein 1889～1951）以來的語義哲學的研究成果去對待美學問題，他們共同的信念就是：對「美」、「藝術」進行概括性的界說是毫無意義的命題。在維根斯坦早期的著作《邏輯哲學論說》中說到：

> 哲學中的絕大部分命題和問題並不是假的，而是無意義的，因此我

〔註6〕伽達默爾以為西方美學一直有「美學主體化」的傳統，直到康德由趣味概念出發的美學，推重的是先驗主體，即天才，完全揭示了美學中的主體性精神，「美」的秘密就在於主體。參《真理與方法》，王才勇譯，瀋陽：遼寧人民出版社，1987年。

們根本不能回答這一類問題，我們只能認爲它們是荒謬的，哲學家們的大多數問題和命題是由於不能理解語言中的邏輯而來的。無論善與美有多大的同一性，它們都屬於這類問題。（轉引自朱狄《當代西方美學》第十節「分析美學」，頁124，台北：谷風出版社，1988年）

可知，維根斯坦之意是，「美的本質是什麼」這個問題在邏輯上並非眞，亦非假（如果爲假，表示仍具意義），而是無意義，故爲荒謬、不可理解的詢問。傳統美學各個學派，不管彼此在理論上有何分歧，卻都一致主張各類藝術必然具有共性，通過概括性的描述，可以對藝術作出具有普遍意義的界定。帕克（De Witt Parker）就曾尖銳地指出美學家在提出「藝術是什麼」這一類問題時，都假設它一定可以尋求到確當的答案。他在〈藝術的性質〉一文中，這樣寫道：

> 一切藝術哲學都有一個共同的假設，就是不論諸門藝術在形式和內容上如何差異，其中都存在著一種共性，一種在繪畫與雕塑、詩歌和戲劇、音樂與建築中保持不變的東西。人們也承認，一件藝術品都有其獨特風格，一種只可意會，不可言傳的東西使其與其他任何作品難以同日而語的東西。但是另一方面，卻又有某一種或某一類標誌，它們只要適用於任何一件藝術品，就必定適用於一切藝術品，而不適用於藝術以外的任何其他事物——可以說，這是一種共同點，它構成了藝術的定義，把藝術與其他人類文化的領域區分開來。〔註7〕

不僅如此，維根斯坦後期著作《哲學探究》中，曾利用「家族相似性」（family resemblance）的概念來描述許多種「遊戲」只存在著相似特徵。〔註8〕分析美

〔註 7〕肯尼克爲帕克解釋，我們畢竟僅用「藝術」這一名稱去指涉不同的藝術類型——圖畫、詩歌、樂曲、雕塑等，自然是認爲這些東西之間必定有某種共同點，否則我們怎麼會將它們統稱爲藝術呢？肯尼克並且強調這是傳統美學最首要的錯誤。請參考肯尼克（William E. Kennick）〈傳統美學是否基於一個錯誤？〉，收於李普曼所編《當代美學》。帕克之意見，轉引自此文，見該書頁222，鄧鵬譯，北京：光明日報出版社，1987年。

〔註 8〕維根斯坦的家族相似的理論出現在他的《哲學探究》第一卷第六十五到六十七節。在論及他所謂的語言遊戲時，維根斯坦寫道：
這些現象並沒有產生任何我們所稱的語言的共性，相反，我要指出的是，由於這些現象之間沒有任何共同點，我們更不能用同一字眼概括全體。但是它們以許多方式互相聯繫著。正是由於這種或這些聯繫，我們才統稱它們爲「語言」。（第六十五節）

學家充分運用了這種理論以駁斥傳統美學企圖尋找一個符合必要和充分條件的藝術定義。他們認為諸藝術品間只存在著相似點而無共同點,並進而肯認像藝術一類的類概念,是「開放式」的,而非「封閉式」的。莫里斯・韋茲(Morris Weitz)就認為,在藝術領域中,不斷出現的新形式以及各種運動都會導致藝術這一概念的改變,所以絕不可能為藝術這一概念提供必要和充分的條件,視藝術為封閉的概念,只會束縛藝術的創造性。(參朱荻前揭書第十節,頁 136、137)

對於分析美學以上的看法,西方學者多已提出批評,〔註9〕我們並不打算再作詳盡討論,而只提出與本文相關的幾點看法:

1. 分析美學所以無效於尋求藝術本質,乃因為他們太把焦點放在「藝術品」上所致。他們以為只要堅持不懈地把認知焦點放在藝術品上,則藝術本質的問題便可真相大白,那麼結果恐怕未必能如願以償。因為,就客觀存在的藝術品而言,詩是詩,畫是畫,樂是樂,各自有其物質媒介及特殊屬性,不容相互逾越。〔註10〕然而吾人竟然統稱其為「藝術」,足見,吾人其實並非從它們的物質或形式層面去尋求所謂的本質,也就是說,吾人乃發掘了藝術品的「隱型特徵」而不是「顯型特徵」,〔註11〕而藝術品的隱型特徵就存在藝

隨後他用了許多種「遊戲」來說明他的論點。這些遊戲有棋類遊戲、紙牌遊戲和球類遊戲等。他的結論是:

我們看到的是重複交叉的相似點的複雜網絡。有時候是所有的細節上的相似。(第六十六節)

我想不出比「家族相似」更貼切的字眼來描述這些相似了,因為一個家族的成員之間的各種相似之處——體形、容貌、眼珠的顏色、步態、氣質等等以同樣的方式重複交叉。我不得不說:「遊戲」組成了家族。(第六十七節)

轉引自曼德爾鮑姆(M. Mandelbaum)之〈家族相似及有關藝術的概括〉一文,見李普曼所編《當代美學》,頁 250。簡括維氏之意,我們不應該認為被同一字眼稱呼的全部對象在任何情況下都必定具有某種共同特徵。事實上,人們使用同一名稱的依據只是不同事物和活動的交叉和重複的相似特徵而已。

〔註 9〕 可參西布利(Frank Sibley)〈藝術是一個開放概念嗎?——一個懸而未決的問題〉、迪基(George Dickie)〈何為藝術?〉、曼德爾鮑姆〈家族相似及有關藝術的概括〉等文,收於李普曼所編《當代美學》。

〔註 10〕 早在德人萊辛(Lessing)的著作《拉奧孔》中便提出詩畫兩種表現媒體有所不同。不過,西方亦有一「出位之思」的傳統說法,「指一種媒體欲超越其本身的表現性能而進入另一種媒體的表現狀態的美學」(見葉維廉〈「出位之思」:媒體及超媒體的美學〉一文,《比較詩學》,頁 195,台北:東大圖書公司,1983 年)。而在中國,一直就認為「詩中有畫,畫中有詩」。

〔註 11〕 曼德爾鮑姆批評維根斯坦只注意到家族成員之間,在表面上相似的外部特

術的本質中，若此，則藝術品的共性便可能發現。

2. 這是因爲，詢問「藝術的本質」是不同於詢問「藝術品的本質」，甚且可以說，後者必然要根源於前者才有可能獲致。分析美學說藝術本質的問題毫無意義，其實是混淆了「藝術」與「藝術品」二個不同的概念。我們可以設想：藝術作品的本質乃得之於藝術作品，可以通過對現實中各種藝術作品的比較考察而歸納出來。但是，假若我們事先不存有一「藝術」的概念，那麼如何能確認一物是爲藝術品呢？所以，藝術品的本質不能止於把呈現在眼前的藝術作品的標記集中在一起就可以「徹底地」把握，藝術品之能成其爲藝術品的本質是依據一個超越物質藝術品的抽象存在，即「藝術」。換言之，「藝術」對一切藝術品來說，是共同的東西。

3. 莊子所認爲藝術的本質，基於「存有論形上美學」，就是爲藝術品尋求一超越依據，而藝術本質則必須向創造藝術品的藝術心靈去尋求。此心靈根源於存有者眞實的存在經驗及超越的價値觀，因而成就一種特殊的觀看之道，亦即一切藝術活動是源出於這個直觀「存在」的「存在者」。當然，莊子這個藝術的形上依據，只是作爲界定藝術本質之基礎的規範條件，藝術創作依此可有種種的表現形式，因而容許一切可能的創造性，是極具「開放性」的，並且是「有原則地開放」，它界定藝術卻又不束縛藝術，放任藝術的創造卻又不喪失自主性的終極理想。〔註12〕然而，在此我們也會疑惑：莊子把藝術本質立足於「藝術精神」，是否有落入藝術之主觀主義的嫌疑？並且，其「存有論形上美學」的藝術觀與西方「美學主體化」的傳統美學究竟有何差異？

我們知道，存在主義美學之祖海德格（Martin Heidegger 1889～1976），其對藝術本質的思考，乃是內在地聯繫了藝術與存在的眞理，因而反對傳統美學將藝術品視爲感性經驗之對象，欲解構傳統遺忘「藝術品」乃本原於「藝術」之美學觀。探究海氏所持之理由，依沈清松的說法有三層：其一，是因爲傳統美學假定了主體哲學，一物所以爲美，乃是對我而言才有美，關於美或藝術的評價，也只是個人品味的主觀好惡；其二，因爲傳統美學把藝術品視爲引起令人愉悅的感性經驗對象，只停滯在存有者感官之形器層次；其三，

徵，忽略了非顯而易見的血緣上的遺傳關係。同〔註8〕，頁252～254。藝術本質的考慮，亦應顧及藝術家的情感、欣賞者的感受，這些都不能單由審視藝術品本身而得到的「隱型特徵」。

〔註12〕迪基便認爲：「實際情況倒可能是：藝術的一切次屬概念都是開放的，而其總概念是封閉的。」見〈何爲藝術？〉，收於李普曼所編《當代美學》，頁103。

因為感官經驗的美感遮蔽了真理的開顯。(以上參考沈清松〈莊子論美〉一文)莊子與海德格同樣重視藝術與存有的關聯,藝術要開顯真理,故不能執於感官情緒上的快適,而是要超越此一形器層次,進入道之至美的境界,所以不同於上述第二、三點所說的西方傳統美學。並且,在第一章第三節中,我們已一再強調過,莊子所說的藝術,其最終是一「至美」的境界,是根據「道」所開展而出,「藝術心靈」乃是展現道之「精神義」,故其所謂「主體」實具普遍性與超越性,而非如西方主體哲學之美學,其所謂「主體」最終不免落入相對主觀的地步。

以上我們已澄清關於本文詮釋觀點所可能被提及的幾點疑惑,主要是在說明,我們認為,莊子是將藝術本質植基於其存有論中,二者屬於具體地實踐解悟的因果關連,而非概念不斷後設的邏輯關聯。這個「藝術本質」乃是「藝術品」之所以為藝術品的超越依據,並非要扼殺藝術的創造性,藝術品可以創造各種形式以表現此一本質,故為「有原則地開放」。並且,作為藝術之形上依據的藝術心靈,此主體精神乃依於道,體合於道,不以自己為中心,故有其普遍性與超越性,不同於西方之主觀主義。

第二節　論述程序

本文一開始,即以不少的篇幅來說明及強調《莊子》文本中可以衍生出一套特有的藝術哲學,而此藝術哲學乃決定於莊子「存有論的形上美學」之種種特質。之後,我們又說明了本文技術上的研究方法以及全文終極的解釋觀點。事實上,這些都可以說是我們面對研究對象、處理論題的「前——理解」。〔註13〕並且,本文在論述程序上的安排,是以幾個提問的論題作為行文的鋪陳。我們之所以作這樣的安排,則是基於「前——理解的存在說明,批評者並非白板一塊,因為一個貧乏的大腦不能理解也不會告訴我們任何東西。忠實於理解的衝動之真正的前——理解就其本性來說,是不斷地提出問

〔註13〕前理解包括:前有、前見及前設。前有指的是解釋主體的「文化背景、傳統觀念、風俗習慣,他那個時代的知識水平,精神和思想狀況,物質條件,他所從屬的民族的心理結構等等這一切他一存在就已有了並注定為他所有,即影響他、形成他的東西,就是所謂的前有。」前見是解釋的特定角度和觀點,即解釋的入手處,其功能是「把我們的注意力引向一個特定的問題領域」。至於前設則是對解釋對象預先所作的一些假設。同〔註3〕,第四章「釋義學的本體論轉折」,頁107、108。

題。」（引自米歇爾・默里〈新聞釋學的美學觀〉一文，收於王魯湘等編譯《西方學者眼中的西方現代美學》，頁99，北京：北京大學出版社，1987年）。因此，本文在第三章以後的論說程序上是以在第一章第一節中所提出的五個美學論題來貫串，其中以第一個論題：「莊子爲什麼要用『藝術』來喻示『道』？」或者說是「『藝術』爲何可以被莊子用以喻示『道』？」爲引導論題，由這個論題可以導出四個依次相關的論題，而以最後一個論題爲核心母題：如何在具體的藝術活動中一一印證「藝」與「道」的關係。並且，這個核心母題，必須透過三個子題：作者、讀者、作品，始獲解決。全文的討論由「道」、「藝」二者關係的討論展開，以下就一一細說二者的關係；所以，全文大致可區分爲總論以及分論兩大部分。

在第三章中，我們所要處理的是「藝術」與「道」之間的關係問題，有兩項討論重點：

第一節：「道」與「藝」是否必然關涉？就這個論題，我們想要說明的是：

1. 「道」作爲一切存有者的存在眞理，爲了表明其爲「存在」，故必須自我展現出來。人，作爲一特殊的存在者，其體現道，便是道自我展現的證明。

2. 人以「藝術」作爲一個理解世界的特殊方式，由此而說「道」必然關涉於「藝」。

3. 人如何表現道？有談論式的表達方式，有體悟式的表現方式。就「藝術」作爲保存、傳達道之體悟式的表現方式而言，「道」必然關涉於「藝」。

從人的表現道來證明「道」與「藝」有所關涉，那麼，二者又是如何地關涉？

第二節：「道」、「藝」如何地關涉？就這個問題，我們想要說明的是：

1. 就形式結構來看，當「藝術」是作爲「能指」之意義時，「道」與「藝術創作」或「藝術品」爲兩個不同之存在物，以二者具有相似性，故後者可以用來比喻前者，就此而言，「道」與「藝」有著類比關係。但是，在莊子的藝術哲學中，「道」、「藝」不僅止於外在的類比關係。

2. 就實質內涵來看，「道」的境界，就是一種「藝術精神」的呈現，「藝術精神」是「道」之一相。由於道體不可描述，故若就道相以說道體，則可謂「藝術精神」即「道」，就此而言，「道」與「藝」有著「體用不二」的本質關係。

關於分論，是要處理如何在具體的藝術活動之脈絡中，見出上述「道」

與「藝」的關係，這部分我們將分為三章以作討論：

第四章為創作過程與修道歷程的關涉，這部分所要討論的是在藝術之全體活動中，藝術家創造藝術品的現象，與修道者修道過程相較有何相似之處。這個問題我們將依創作前的主體修養工夫、創作時的審美心理以及創作後審美經驗的形成三節來討論。第一節是關於工夫的論述，第二節是關於主體修養時的意識或心理狀態的論述，第三節則是經驗完成時種種心理特徵的論述。

第五章為「解釋原則」與「體道原則」的關涉，這部分所要討論的是藝術鑑賞活動中，解釋者理解與詮釋作品的態度，與體道者的體悟道理之態度有何相似之處。這個問題，我們將各依文本意義的獲取、文本意義的開放性以及文本意義的默會致知三節來討論。第一節是要說明閱覽文本的終極目的在於獲得其有效的寓意，語言文字就是為傳達意義而存在；第二節是要說明文本意義不是透明的，乃是開放予具能動作用的讀者；第三節則是要說明文本的「言外之意」、「弦外之音」無法一一分析而得，畢竟必須依賴讀者的「默會致知」的直覺力才有解悟的可能。

第六章所要討論的是藝術品「意境」中，「道心」或呈現或隱蔽的表現原理，意境為一作品總體的風格展示，乃是透過一定的表現形式來彰顯內容主旨，內容與形式是辯證互動、彼此牽引的有機組合。然而除了文學作品能較直接地以文字的媒介來傳達意義外，其他之藝術門類幾乎就只能靠非文字的形式手法以映現出意思。因此，在這章我們將以中國山水繪畫為討論範疇，採用兩個藝術表現方法的具體範例來說明：

1. 山水繪畫中流動的氣韻為一「無言之境」，亦即道之「至美」的境界。
2. 在傳達這樣的藝術境界時，必然遭受到表現上的限制，因此必須藉種種特殊的手法，來象徵地、暗示地創作出一「有意味的形式」，以超越表現上的限制。形式其實是包括可見的媒材經營以及不可見的「形式思維」，例如山水繪畫中「散點透視法」的不定點的觀看之道，乃為「游心」的表現方法；「虛實相生法」的無限時空觀，乃為「游心無何有之鄉」的表現方法。

第三節　資料處理

本節是要交待本文直接和間接採用的資料以及運用的態度。

　　關於本文所用的資料大致可分爲三類：原典、相關史料以及現代學術論著，以下略作說明：

　　1. 原典部分：屬於直接材料。指的是《莊子》中明顯涉及藝術之「寓修道於技藝」的寓言，以及其他具有解釋效益的語句或思想兩種類型。

　　《莊子》中「寓修道於技藝」的藝術寓言，約有以下數則：

　　（一）〈養生主〉中的「庖丁解牛」；

　　（二）〈天道篇〉中的「輪扁斲輪」；

　　（三）〈天運篇〉中的「黃帝答北門成問咸池之樂」；

　　（四）〈達生篇〉中的「痀僂者承蜩」；

　　（五）〈達生篇〉中的「津人操舟若神」；

　　（六）〈達生篇〉中的「紀渻子爲王養鬥雞」；

　　（七）〈達生篇〉中的「呂梁丈夫之游縣水」；

　　（八）〈達生篇〉中的「梓慶削木爲鐻」；

　　（九）〈達生篇〉中的「東野稷以御見莊公」；

　　（十）〈達生篇〉中的「工倕旋而蓋規矩」；

　　（十一）〈田子方〉中的「宋元君將畫圖」；

　　（十二）〈田子方〉中的「列禦寇爲伯昏无人射」；

　　（十三）〈知北遊〉中的「大馬之捶鉤者」。

　　然而，這些材料必須放入莊子整體思想的實質內涵中去作考察，並與其他涉及藝術理念者互作詮釋，才能較全面地掌握莊子的藝術哲學。至於另一類與藝術相關而具有解釋效能的思想語句，由於不是顯而易見或固定在文本中等待我們去取用，故必要依賴解釋主體運用自己的視界去與文本中的視界融合而作判斷及抉選，例如，《莊子》中「言」、「意」、「道」三者的關係並非直接涉及藝術，卻與「技」、「道」二者具有密切的關係。

　　至於間接材料，則有二類：

　　2. 後世相關史料：包括《莊子》注釋本，畫論、詩論，山水繪畫之藝術作品等。主要有郭象注、成玄英疏、郭慶藩《莊子集釋》；俞劍華《中國畫論類編》、傅抱石《中國書畫理論》、今人所編《中國美學史資料選編》等書。值得注意的是，我們考察後世之藝術理念及具體的實踐成品與莊子藝術哲學可能的相應關係，所謂「可能的」，意指：藝術發展史上發生的事實，不必與莊子學說的發展有必然性的關聯，但從莊子藝術哲學自身的系統來看，是可

能衍生出來相關的美學理念及藝術品的觀看原理。著名的德國藝術史學家沃爾夫林（Heinrich Wolfflin 1864～1945）便認為：「的確不該以為內在技法是自動運轉的，且無論如何都能製造一連串的理解方式；要讓這種現象發生，必須以某一方式去經驗生命，……實際上，我們只看到自己所追尋的，只追尋自己所能看到的。無疑地，某些觀看方式像是潛能般地早就存在了，它們是否及如何進入發展的階段，但視外部情況而定。」（引自《藝術史的原則》，頁 241，曾雅雲譯，台北：雄獅圖書公司，1989 年）這裡沃爾夫林意味，技法所蘊含的理解方式是由一定的生命觀產生出來的，並且形成某種觀物態度，影響我們自己的所見、所為。而這種技法所有的觀看方式，並非由我們自己無中生有，早就潛能地存在於傳統中一種隱然的視界，而它則是在歷史中不斷地形成，一旦有適當的人物、事件、時機，便發生為實在的視覺模式了。

　　3. 現代學術論著：包括直接論及莊子美學者以及提供參考或解釋者二種。前者主要有徐復觀《中國藝術精神》、李澤厚、劉綱紀《中國美學史》、敏澤《中國美學思想史》、顏崑陽《莊子藝術精神析論》等書，以及沈清松〈莊子論美〉之論文；後者主要有牟宗三《才性與玄理》、徐復觀《中國人性論史》、王煜《老莊思想論集》、卡西勒《語言與神話》、博蘭尼《意義》、朱狄《當代西方美學》、張汝綸《意義的探究》等。另外，在各章中尚有一些重要的參考著作及文章，分別介紹於下：

　　第三章主要有卡西勒《人文科學的邏輯》、伽達默爾《真理與方法》、唐君毅《中國哲學原論·導論篇》等；

　　第四章主要有劉昌元《西方美學導論》、滕守堯《審美心理描述》、笠原仲二《古代中國人的美意識》、石守謙〈賦彩製形——傳統美學思想與藝術批評〉等；

　　第五章主要有葉維廉《比較詩學》、錢新祖〈佛道的語言觀〉、沈清松〈莊子語言哲學初考〉、林鎮國〈莊子的語言哲學及其表意方式〉、奚密〈解結構之道：德希達與莊子比較研究〉等；

　　第六章主要有宗白華《美從何處尋》、王伯敏〈中國山水畫的「六遠」〉、葉維廉〈無言獨化——道家美學論要〉、李霖燦〈中國畫的構圖研究〉、成中英〈時間與超時〉、蘇丁〈「空間信賴」與「空間恐懼」——中西藝術的空間意識比較〉等。

第三章 「道」、「藝」的關係

第一節 「道」、「藝」是否必然關涉

　　人類對世界與人生的看法隨著時代的改變而不斷有著根本的變化。只要人既存於世，不論自覺或不自覺，其對於世界人生便不能不採取一基本的觀點與態度。廣義地說，也就是每一個歷史中的存有者必要有某種「形上學的基設」，即使此存有者完全不作形上學思考；即使在現代哲學界，一股強烈的反形上學潮流，也只能說現代哲學的形上學基設有了根本的變化，在方法、精神上，與傳統形上學有了很大的區別。形上學並未真的陷入絕境，不過是以另一種形式出現，學者所批判的形上學，可能只是某一種形態的形上學，而不能是所有形上學。然而究竟什麼是「形上學」呢？「形上學」（Metaphysics）所追究的是存有物之所以為存有物之根據，也就是存有物普遍俱存之原理或基礎，這種根本原理是不變且超越於感官經驗的。形上存有可分為二種形態：其一，內在於可經驗事物中，即遍在於一切存有物之存有；其二，超越一切可經驗事物之第一根源或元始。〔註1〕總之，形上學便是對一個「整體的」問題，提出一種「最後的」答案。由於東西文化所隱含的形上基設或終極關懷的差異，造成東西方哲學的根源最大的不同在於「西方哲學始於對客觀宇宙玄思冥想，東方的哲學却在其源頭即表現一種鮮明的實存性格」。〔註2〕循於

〔註 1〕 以上參考布魯格（Brugger）編著，項退結編譯之《西洋哲學辭典》二一三條及三二條，台北：先知出版社，1976年。

〔註 2〕 見劉述先〈形而上學序論〉一文，刊於《中華文化復興月刊》第八卷第四期。文中並且指出，東方哲學絕非沒有通過理性的反省而建立的宇宙觀與人生

形上學的界義，可以說，西方哲學重於「超越的」形上思考，而東方哲學則重於「內在的」形上思考；但這並非意味前者無屬於「內在的」形上思維而後者無「超越的」形上思維。確切說來，應是西方哲學「內在的形上之物」必須遵循於「超越的形上之物」，而東方哲學則是「超越的形上之物」就在「內在的形上之物」之中，二者合一，所以，唐君毅〈論中西哲學問題之不同〉說：

> 我以爲：中國人對宇宙的看法，根本上是採取「分全合一天一不二」的看法的；西洋人對於宇宙的看法，根本上是採取「先裂分於全離人於天」的看法的。……這兩種宇宙看法之根本不同，直接決定兩方哲學心靈之不同，間接決定兩方各所著重之哲學問題之不同。（見《中西哲學思想之比較論文集》，頁 92，台北：學生書局，1988 年）

基於中國哲學並不把宇宙人生如西方那樣作爲知識對象，不把主客作二元對立，分裂而後再作彼此的聯繫，不是以思辨爲哲學方法，而是以直覺爲哲學方法，所以宇宙即人生，人生即宇宙，不可二分，也因而產生了中國重行，西方重知的不同人生態度。〔註3〕

在中國，道家老子所把握的道體具有「道之主宰性」、「道之常存性」、「道之先在性」的特質，〔註4〕故爲形上性格。但老子並非將道當作一個對象以進行思辨地了解，也不是一般邏輯式的概念推論可以達到的境界；因爲，以分析的概念推演所牢牢抓住的道體，最終是疏離於人，而落入不可感知體悟的範圍，變成一個純粹的X。老子的「道」，則絕非一個死寂之體，做爲宇宙萬物生成變化的原理及規律。它的作用具體而普遍地瀰漫於整個宇宙之間，無處不在地自我開放展現出來，「道」與「存有物」並非各自獨立而封閉地存在

觀，只是他們直覺地領悟到僅僅憑藉思辨並不足以建立終極的形上學，因爲終極關懷的解決端賴於人的實存的體驗與智慧的抉擇。

〔註3〕唐君毅在〈論中西哲學問題之不同〉中，比較中西方對哲學的不同態度：
　　（一）中國重行、西方重知之不同。
　　（二）中國以直覺爲哲學方法、西方以思辨爲哲學方法之不同。
　　（三）西方重講習辯論、中國則否之不同。
　　參看《中西哲學思想之比較論文集》，頁 52～55，台北：學生書局，1988 年。

〔註4〕此爲老子對於道之「本體論的體悟」，參見牟宗三《才性與玄理》第五章，頁139～143，台北：學生書局，1985 年。《道德經》第廿五章經文：「有物混成，先天地生。寂兮寥兮，獨立不改。周行而不殆。可以爲天下母。」即爲老子本體論的總括見解。

著,再做二者的相互聯繫,而是一「既存有而又活動」〔註5〕的道體。然而,從另一方面看,老子畢竟是「先觀物勢之道,而地道,方反云內在之修道成德者」,〔註6〕以道為萬物存在之超越根據,其道論仍較著重於「道」之種種形上特徵的分解與陳述,相形之下,對於人論,亦多半強調人之法道,以「道」為存有者活動的客觀基礎,並沒有明確提出道內存於萬物的命題或道與實存是內在統一的思想。莊子道論的義理形態繼承老子〔註7〕而與老子有所不同,牟宗三說:

> 老子之道有客觀性,實體性,及實現性,至少亦有此姿態。而莊子則對此三性一起消化而泯之,純成為主觀之境界。故老子之道為「實有形態」,或至少具備「實有形態」之姿態,而莊子則純為「境界形態」。(《才性與玄理》第六章「向、郭之注莊」,頁 177,台北:學生書局,1985 年)

推衍牟宗三之意,我們可以說,在老子的存有論秩序中,道乃是先於人,道不必然要藉著人才成為道。而莊子哲學發展老子道無所不在的遍在性和內存于宇宙萬物的內在性,更進一步地將「道」內在於「人」。人之所以「是」這樣,而「不是」那樣;之所以為「人」,而不是其他的「存有者」,之所以成其為自己,就是必須在自我中將道開顯出來。人面對的不再是一個客觀、超越的道體;道體實即於人之中,於是轉老子道體之「實有形態」而為「境界形態」。所以,邵漢明〈莊子人學二題〉一文說:

> 道向物和人內化伸展的過程與物和人向道回歸升拔的過程原本就是一個過程,向下之道與向上之道原本就是一個道。這種觀念在老子那裡雖已初露端倪,但惟有到了莊子,到了道的內在性的發現,才得以真正明確和清晰。(刊於《哲學與文化》第十八卷第一期)

莊子於〈天地篇〉謂:「物得以生謂之德」,德是物生存之理,故德即是道,就是內在於萬物中的道,所以〈天地篇〉又謂:「通於天地者德也,行於萬物者道也」。關於德即是內在於萬物之道,徐復觀在《中國人性論史》第十二章

〔註5〕 參牟宗三《心體與性體(一)》,台北:正中書局,1987 年。「存有」指一切現象活動的超越之理;「活動」指大化流行的現象界。道家之「道」為二者合一。

〔註6〕 見唐君毅《中國哲學原論‧原道篇(一)》第十二章,頁 404,台北:學生書局,1986 年。他認為,莊子所關懷的是為人之道,重視人對於其自身生命與心知的調理,而能上與天為徒,外與人為徒,其思想方向與老子恰成一對反。

〔註7〕 《莊子‧大宗師》及外雜篇言道為客觀性存有,皆是繼承老子之處。

曾歸結地說：

> 莊子所說的天，即是道；所說的德，即是在萬物中內在化的道。不
> 僅道、天、德三者在實質上是一個東西，並且，莊子主要係站在人
> 生立場來談這些問題，而將「道」、「天」，都化成了人生的精神境界；
> 所以三者常常是屬於一個層次的互用名詞。換言之，莊子之所謂道、
> 天，常常與德是一個層次。所以他說「夫恬淡寂寞，虛無無爲，此
> 天地之事，而道德之質也，故聖人體焉」（〈刻意〉）。（頁270）

由此可見，莊子是以人體現道，來做爲老子之道具體朗現於世的最好證明。
基於此，莊學的旨趣「自始至終，乃一爲人之學，而歸于一人之成爲眞人、
至人、神人、聖人之道之陳述者」（唐君毅《中國哲學原論・原道篇（一）》
第十二章，頁403，台北：學生書局，1986年）。由此亦可以明瞭魏晉向、郭
之注莊所謂的「迹冥論」，人體現道（冥）而爲道之迹。然而，人是如何去確
知這種在主體境界上所呈現出來的「道」呢？

我們說莊子的道是立於主體境界而說的，它的意涵其實是指人對於世界
所採取的態度不同了，人與世界的關係改變了。我們知道，沒有一種感知是
不指向對象的，意識必然有一意向性，所以感知有一必然的對象性關聯。莊
子所謂的「道」，是指主體眞實無待的逍遙境界。分析地說，此一逍遙境界必
然包含著一感知主體與其關聯的對象。就主體而言，是一自得而無所依待的
修養境界；就萬物自身而言，則是一物物各依自己呈現而和諧的藝術境界。
然而，「凡藝術境界皆繫屬於主體之觀照。隨主體之超昇而超昇，隨主體之逍
遙而逍遙。所謂『一逍遙一切逍遙』，並不能脫離此『主體中心』也。」〔註8〕
換言之，既爲一觀照對象的活動，便不能不有一觀照主體，既以主體之心去
涵攝對象，便是「以我觀物」而呈現「有我之境」。但是，此主體並非以成心
的自我去框架、扭曲對象，而是從萬物的自身，靜觀其各自之性，讓萬物自
在地顯現其象，故又爲「以物觀物」而呈現「無我之境」。雖然，形上學首要
基礎的建立，是必須以一絕對預設的視域爲背景去考慮，但莊子之形上學的
特殊及弔詭處，便在於他是在絕對普遍中涵攝相對差異，或謂他所要體現的
絕對普遍存有，就是解構一切概念上的絕對預設，所以他的「道」只是一個
純綷的「虛理」。這種既主觀又客觀的觀物態度，其建構現實世界就是以一種

〔註8〕同〔註4〕，頁182。藝術境界雖是就萬物而言，但並非意味萬物眞能達到逍
遙的境界，此境界，乃是以至人之心爲根據而來之觀照。

藝術式的觀照方式，以「至人之心」創造性地構成世界，然其所創造的並非
一個物質性的實在界，人之心靈不能真的創造實在，圍繞於人的現象界並非
人創造而出的。人只能將它作為一個已發生的事實來加以接受，但是卻可以
去做創造性的解釋。人並不是僅僅作為外在世界的被動接受者，而這種解釋
世界的任務，以不同的方式出現於人類的文化活動中，在莊子，便是以藝術
的方式來解釋實在，這是一種「玩味哲思」。由於這樣的解釋方式，一個自然
無為的藝術境界方有可能在主體心中朗現出來，吳光明說：

> 道家老莊的哲思則是「玩味哲思」。在這活動中我們的思考一直不離
> 開日常實際的生活，具體的人間世。我們的理論思惟不在抽象的天
> 空，而是浸透實際的經驗，我們的熟思體悟本身就是個純醇的經驗，
> 這經驗呈示出在這裡可看到的，遍滿天地的真理。

又說：

> 玩味是永遠浸在具體事物中，不是抽象邏輯可整理證明得完的。……
> 在具體的經驗世界裡不可能有像數學那樣子的封閉無隙性的證明。
> 因為在實際的世界裡不可能詳盡舉出應有盡有的理由來。每個情況
> 都不一樣，每個事物都有其特殊的地方，是我們預想不到的。〔註9〕

即是基於人以「藝術」方式觀看事物，乃獲致「道」的必要過程，我們由此
而說「道」必然關涉於「藝」。

人以藝術的方式觀物所體驗而得的道之境界，是心靈「當下」瞬間全體
的流動，以物理性的眼光來看，它是存在於「這裡」和「現在」，它有產生而
復消逝的變化。然而，對於精神意識而言，在此「當下」的瞬間，此體驗便
同時發生了「意義」，此「意義」使得道之主體可以一再召喚其體驗，使之成
為永恆而超越物理性的一現即逝。不僅如此，精神主體更可以透過一些符號
形式以保存其體驗而傳示於人。在這些精神的外現的形式中，可以看到人精
神的本質內容的折射，因為人的精神本質惟有塑造成可感受的材料方能「顯
示」於人，即便是「以心傳心」，亦須有可感受的媒介才成為可能。關於此，
卡西勒在《形式哲學總論》中曾說：

〔註9〕吳光明〈提煉、玩味、與莊惠魚樂〉一文提出「提煉思辨」及「玩味哲思」
兩種「想法」。後者是具體的尋想，而前者則是抽象的思考，「它的好處在於
解說清晰、理路井然，它的不足的地方，就是它一直趨向抽象，有時候根本
無法指出共通的特質，有時候所抽出來的共性、原則，往往無法適用到實際
的世界。」本文刊於《哲學與文化》第十六卷第五期。

對意識來說，記號彷彿是客觀性的第一步和最初的表現，因為通過記號，意識的內容之流第一次被停頓下來，在記號中，某種持久穩定的東西被確定並突顯出來。……這是因為相對於具體意識內容的實際流動來說，記號具有一種確定的觀念的意義，這種意義本身是持久的。與簡單給予的感覺不同，它不是一個孤立的個體、一現即逝，而是作為潛在內容的集合體、一個整體的代表而常存。（見《語言與神話》，頁 198、199，台北：桂冠圖書公司，1990 年）

由此可知，思想內容之所以能夠再現而揭示於世，必須依賴著記號。莊子對於記號的重要性功能，可以從其「語之所貴者意也」的思想看出。「得意忘言」說並不表示莊子採取一種悲觀的語言哲學觀，而是警惕世人語言的局限及其有效程度，換言之，莊子是有條件地肯認語言的必要性。然而，莊子是基於何種性質的語言而說其必要性？莊子認為最能夠傳道的語言乃是具有藝術性質的語言。為什麼呢？從前面的陳述，我們知道，人必須藉著一些記號形式將道顯示出來，所以「道」有「說」之意，但是應該視「說」為顯示道之種種方式的總體名詞，至於如何「說」（顯示）道？可以大致區分為兩種形態：一種為認知地分析的邏輯論述方式，即所謂的「推理符號」；另一種為想像地感悟的表現方式，即所謂的「表象符號」。〔註10〕前者是正面而明確地陳述道的特質，屬於「表詮」的表意方式，但是傳達並非總是討論、分析，況且討論、分析所表示者總有其一定之限制（所表示者為可說的）；更重要的是，道在最終點是無法論證的而只能被「指出」，由於它獨特的性質同時就隱涵著將如此的內在體驗外顯出來的表現方式，於是，我們必得去找尋可以儘量表現道之整全性的表現方式（所表現者為不可說的）。這種方式則是屬於體悟式的表意方式。莊子之所以肯定藝術語言，關鍵就在於此種語言形式的「藝術性質」是必須透過整體的感悟能力去創造和理解。既然，藝術是做為精神內容必要的傳達形式，我們便可以說，「道」是必然關涉於「藝」的。

以上乃是就藝術做為一個理解世界的特殊方式以及保存、傳達人之體驗

〔註10〕蘇珊·朗格在《藝術問題》中，將符號分為兩種，一種是推理符號，另一種是表象符號。前者如概念語言，根據的是推理性的思維，其所整理出來的思想模式必然有時間的順序。然而在情感的領域中，經驗卻並非按時間的順序依次出現的，因此就必須透過表象符號的表現方式，例如藝術，便是一種表現人類情感的符號。參看朱狄《當代西方美學》第十章第十一節，台北：谷風出版社，1988 年。

的符號形式而說「道」必要關涉於「藝」。然而，如果後設地評估莊子以藝術的方式所「看到」的世界，甚至以藝術的方式所「描繪」的世界，是否比「科學」所認知的世界更「眞實」呢？或者藝術自身所建立的眞實是就哪一層次而言呢？倘若「藝術的眞」沒有比「科學的眞」具備至少同等的眞，那麼，莊子的所見便值得疑慮了。

根據卡西勒在《人文科學的邏輯》中的意見，人類往往以雙重的樣式去經歷實在世界。一者爲「事物的感知」，所感知的對象是外於主體的「其他東西」。這是一種屬於自然科學的感知態度，它力圖建構一個將「我」與「你」的世界摒除的世界圖象，而對另一種感知加以壓抑及限制。所謂另一種感知，指的是「表達的感知」，其所感知的對象是「另外的我」，這是一種屬於人文科學的感知態度，它使「一些屬於靈魂心智的內容可以藉以得到披露」。〔註11〕由於藝術作品中有藝術家自身心境之表達，涉及心靈存在的層次，所以藝術明顯地可以被歸入爲「表達的感知」，而不能以自然科學的邏輯思維來衡量藝術。其實，廣義的思維定義是指「對『問題情境』做出解決辦法所經歷的符號運演過程」，〔註12〕以此言之，藝術亦具有「思維」性格，亦有屬於其自身的存在邏輯。藝術思維的特質是「形象思維」，不同於科學的「理論思維」。具有「形象思維」的藝術家是以「領悟」的態度去面對對象而使之成爲「審美客體」，它的認識作用，是通過直覺而不是概念，是通過具體的生命體驗而不是思考，此種運作程序不同於科學以「觀察」的態度使對象成爲「物理客體」的過程。「理論思維」以推演式的運作方式，把所得到的經驗一一加以比較、分析、歸納，把每一個印象安裝在一個統一封閉的概念體系中，每一個印象不復爲孤立的點，而在此體系下各有其定位，它們以某種確定的序列在一個涵蓋一切的聯繫整體中彼此連鎖起來，關於「理論思維」的這種特質，錢新祖指出：

〔註11〕關於「事物之感知」及「表達之感知」之詳細內容，可參看卡西勒《人文科學的邏輯》第二章「事物之感知與表達之感知」，台北：聯經出版事業公司，1989年。

〔註12〕引自俞建章及葉舒憲合著之《符號：語言與藝術》第四章，頁126，台北：久大文化股份有限公司，1990年。作者認爲思維有廣義及狹義兩種，「狹義的思維是指運用語言概念所進行的抽象推理運演過程；廣義的思維是對『問題情境』做出解決辦法所經歷的符號運演過程。面對某些情況，我們可以不用思考，完全靠慣用的辦法不能解決，需要考慮和發明出新的解決辦法。這樣的情境就是『問題情境』，與之相應的認知性符號行爲便是廣義的思維。」

> 理智思維有分辨性，講究序列，以時間、因果或邏輯上的本末先後
> 爲建構原則，所以是一種「念念遷流、無有斷絕」的序列性思考。（引
> 自〈公案、紫藤與非理性〉，刊於《當代》第二十六期）

相對於理論思維的「序列性思考」，藝術思維則是「非序列性思考」，以異於尋
常慣性思考所成就的世界秩序，打亂原來靜態、視爲當然的感官世界。萬物在
主體的觀照中，其出場的次序是錯置的並列方式，不依一定的機械時序，沒有
一定的概念將觀物印象局限在一個特定的認識規律裡。因此，藝術所建立的眞
理是異於科學「符應的眞理觀」，而爲以想像來創造實在的「開顯的眞理觀」。
〔註13〕「符應的眞理觀」認爲眞理的客觀性是導自於實體的存在，而實體的存
在則是獨立於主體之心智，以及主體對於存在的思考。眞理所以能獲得，乃是
因爲主體思想與其嘗試認知的實在一一對應、吻合，故「符應的眞理觀」有所
謂的眞假可言，如維根斯坦在《論說》中所定義的世界觀，如果一個命題的結
構符合眞實世界事態的結構則爲眞，否則爲假，要不然就是無意義的。若以此
標準來看，似乎只有邏輯形式，即概念、認知才享有眞正的自律性，藝術所作
的審美判斷就沒有眞理可言。然而，恰恰相反，伽達默爾就極爲認定藝術是有
其眞理的，張汝綸在《意義的探究》第七章第三節說道：

> 許多哲學家也都認爲眞理只是與斷定和陳述有關，這些斷定和描述
> 都包含著一種描述關係，即是對現實世界某一方面的描述，因此，
> 它們是與世界的某一部分、某一方面相對應的，這才談得上眞理與
> 否。……伽達默爾的釋義學理論不僅肯定解釋的眞理，而且也肯定
> 藝術本身的眞理。（頁208，台北：谷風出版社，1988年）

伽達默爾批判了康德在《判斷力批判》中所作審美判斷並不是知識判斷，從
而也就不可能擁有「眞理」的論定。在《眞理與方法》中，伽達默爾正是要
揭櫫屬於藝術的眞理性，張汝綸又說：

> 康德美學把藝術同知識和眞理問題隔絕開來，藝術的任務不是提供
> 對象的知識，所以它也沒有眞理。康德以後的美學家繼續貶低藝術
> 與眞理的關係。……他（伽達默爾）提出了一系列指明他思維方向
> 的問題：「在藝術中沒有知識嗎？是否藝術中不包含眞理的主張，這
> 種眞理的主張既不同於科學的眞理主張，同樣肯定也不低於它？藝

〔註13〕 此二名詞借用自沈清松〈莊子的語言哲學初考〉一文，刊於《國際中國哲學
研討會論文集》，台北：台灣大學哲學系，1985年。

術經驗是一種獨特的知識模式，肯定不同於爲科學提供材科——科學用這些材料構造自然的知識——的感覺知識，肯定不同於一切道德的理性知識，實際上不同於一切概念知識，但仍是知識，即眞理的傳達，美學的任務難道不正是爲這個事實提供基礎嗎？」（同前揭書第五章第二節，頁 119）

藝術所建立的眞實是一種「內在事實」，是人之心靈在所居世界的林林總總體驗，藝術並不以反映外部世界的純粹事實爲其目的，在《藝術問題》中，蘇珊・朗格認爲，藝術作爲一種推論性符號具有：

> 不同的功用，即去溝通那些由於牽涉到不能被形式地轉換爲推論的方式，因而不能推論地表述的知識。這些經驗是生活的節奏、有機、情感和心靈的東西；它們不僅是因而復始，而且複雜非凡，一觸即發。總之，它們構成僅爲非推論符號形式才能呈現的動態型態，而這正是藝術創造的目標和核心。（轉引自伽里・哈伯格〈藝術與不可言説：朗格的邏輯哲學論美學觀〉一文，收於《西方學者眼中的西方現代美學》，頁 150，北京：北京大學出版社，1987 年）

透過上述的陳說可以得知，藝術判斷是以另一種方式來維護自律性、自主性。但是，要注意的是，我們不斷地強調區分二者的差異，並非有意加深二者之間的鴻溝。實際上，更有可能的是，正是整體的、混沌的形象思維才能萌育精確思維，前者乃爲一前邏輯形式，爲概念推理思維的根基。卡西勒的文化哲學一再提示我們，摒除語言、神話、宗教以及藝術等人文學領域的研究，而單純以自然科學認識爲基礎所建立的知識論就必然是不完全的，甚至是飄浮無根的，所以卡西勒要進一步擴大知識論，而將人文學視爲不同於自然科學之認識形態的另一種認識形態。甘陽對於卡西勒這種「擴大的知識論」曾精闢地介紹：

> 《語言與神話》一書即是想說明，這種神話的隱喻思維實際上乃是人類最原初最基本的思維方式，……語言的邏輯思維功能和抽象概念實際上只是在神話的隱喻思維和具體概念的基礎上才得以形成和發展的。這就意味著，人類全部知識和全部文化從根本上說並不是建立在邏輯概念和邏輯思維的基礎之上，而是建立在隱喻思維這種「先於邏輯的（prelogical）概念和表達方式」之上。（見〈從「理性的批判」到「文化的批判」〉，收於《語言與神話》，頁 21，台北：桂冠圖書公司，1990 年）

藝術思維的某些特徵原就是神話思維的衍生物，「隱喻」亦是藝術語言的特質，典範地代表了所有藝術類型的思維特徵，從而有力地說明了「藝術」在人類認識作用上的重要地位。

第二節　「道」、「藝」如何關涉

　　「類比」，是莊子極為基本而精彩的思維方式，他並且用此方式聯繫「道」與「藝」。所謂類比式的聯想，是自發地依事物外觀、性狀或者結構方面的相似處而將感知對象同已有的經驗同化在一起，其「一般模式是以已知事物或現象的特徵事實出發解釋大的、遠的、神秘的非經驗事實」（同〔註12〕，頁134）。由於「道」是一個形上對象，而舉凡形上之物，絕非感官經驗的材料意義下的對象。為了要認識這種對象，便需透過可感覺的經驗活動來呈示，莊子便是藉助「藝術活動」與「修道」的相似特性及規律而將二者作類比之關涉。透過類比解釋，以「藝術活動」之有限經驗，意指於修道之無限體驗。事實上，莊子將「道」類比為「藝」本身就是一種「美學方法」，以藝術思維來解消主客之間的對立關係。主客二元對立的最終和解，一直是東西哲學思維之目的，而中國哲學便是根本地採取類比思維來調和主體與客觀自然界的關係，吳光明在《歷史與思考》中比較中西思維方式說：

> 我們如果把中西思維方式比而觀之，就會發現：西方有計算式的邏輯，從混雜的諸多具體事物進入抽象、濃縮普遍性，由此「測量」、「綜合」而得計算式的秩序。但是，中國思維方式卻不離具體事，而以「比興」方式進行思考。（頁 74，台北：聯經出版事業公司，1991 年）

吳光明並且解釋「比興的思維方式」說：

> 「比較」是我們瞭解事物不可或缺的重要方法。「比較」兩個因素——相異的對照與相似的比擬。我們碰到一個新的情況，就會產生對照。我們的注意就「興」發起來，然後我們看到新情況中有類「比」我們以前經驗的地方。（同前揭書，頁 84）

「類比」的方式乃是與客觀的事物合作而不是以征服的姿態對立之，是古人的一種典型的思維模式，以現代嚴謹的科學邏輯的反思來看待這種思維方式，則往往斷定其為謬誤，認為類比思維忽略層次之間的差異，只有偶然性而不具備「邏輯上的必然性」。然而，李維·史特勞斯（C. Levi-Strauss）的人

類學則一再強調，類比思維遠非現代人所認為的缺乏邏輯。事實上，它是以一種和現代不同的「具體的邏輯」，在自然的秩序和社會秩序之間，建立起相類似的事物，從而可以圓滿地詮釋他們所身處的世界。〔註14〕霍克思（Terence Hawkes）曾就李氏的觀點進一步闡釋道：「我們和『原始人』一樣，也有那種思維（類比思維）」。〔註15〕至此，我們可以說，做為人類彰顯意義的方式之一，「類比」並非無效的，反而是必須者，莊子將「道」與「藝」作類比，自有其解釋效力，由於「道」為難以描述的形上之物，以常見而與之有某種程度類似的「技藝」作比照之說明，對於「道」必能獲致比較相應的瞭解。

以「藝」來隱喻「道」，其相似性乃是建立在藝術做為「能指」的意義下，即藝術創作過程與修道歷程、藝術詮釋與體道原理等相似結構。就此看來，「道」與「藝」似乎只建立了外在的關係。然而，如果我們進一步追究何以藝術的創造、詮釋與修道、體道有其相似？則發現，「道」、「藝」不僅止於「類比地關涉」，尚且為「本質地關涉」，此層關涉則是成立於藝術做為「所指」的「藝術精神」或「藝術境界」，乃是「道」之意域的具體開顯、表現。由於這層內在本質的關係，致使「道」、「藝」並非只是一般性的單純類比，而為具有本質相關的「歸屬類比」的關係。所謂「歸屬類比」，乃是指二個事物的關係有「原因與效果、主要與次要、長上與屬下或整體與部分的關係」；或者稱為「屬性類比」，「意指物之屬性與該物本身的關係，因為一物的屬性為該物所有，是屬於該物所有之物，以說明該物的性質，該物為根基，它所擁有的性質或屬性，乃由此根基所流出或引出，與根基有相當密切的關係」。〔註16〕「道」作為根

〔註14〕可參看李氏《野性的思維》第一章「具體性的科學」以及第二章「圖騰分類的邏輯」。李幼蒸所譯，台北：聯經出版事業公司，1989年。在中譯版序中，李幼蒸說：「《野性的思維》一書主要研究未開化人的具體性思維與開化人的抽象性思維不是分屬「原始」與「現代」或「初級」與「高級」這兩種等級不同的思維方式，而是人類歷史上始終存在的兩種互相平行發展、各司不同文化職能、互相補充互滲透的思維方式。」見該書頁5。雖然，李維‧史特勞斯以法國實證主義結構學派為其理論根據所建構的文化人類學，學界仍有爭論，但是，李氏提出的原始人的「類比思維」卻被公認為重要的見解。

〔註15〕引自霍克思著、陳永寬譯《結構主義與符號學》，頁48，台北：南方叢書出版社，1988年。霍氏認為李維‧史特勞斯的人類學極深刻地探討了人類最基本的思維特性，而這種思維形態並不限定在那個特定的社會。參看該書「語言學和人類學」一章。

〔註16〕嚴格地再加以區分，歸屬類比又可分為「內在的」與「外在的」。「內在歸屬類比」要求所類比的內容，其所指之意義必須「真正地」、「確實地」存在於兩個類比事物中，亦即類比事物彼此間的關係，不僅僅是由人的思想概念加

源之物,是「藝」的源頭、根據、原因或基礎,即「藝」乃根據「道」而產生、存在,所以基本上屬於「道」所有、歸屬於「道」,而具有「道」之屬性。藝術依於此本質上的相干,故類似於道,並且是「蓋然性強的類似點」,故具有較大價值的類比效能;因為,類比的事物在「質」上的關聯性愈強,則其愈接近真理,價值愈大。關於此,黎建球說:

> 由類比推出的結論,雖是蓋然性的,但蓋然的程度能有極大的差別,
> 蓋然性強的,接近真理,價值較大,蓋然性弱的,距離實際就遠,價
> 值就小了。因此,在運用類比法時,要設法尋找蓋然性強的類似點,
> 以達到價值較大的結論。為達到此目的,有些規則是需要注意的。
>
> (一)類似點當是本質的屬性,不可為偶然的屬性。
>
> (二)類似的各屬性與待論的事物的關係,當是彼此相容納(com-
> patible),相適合(congruent)的,不可矛盾衝突。
>
> (三)互相比較的二事物之類似點不可過少。
>
> (見鄔昆如等著《理則學》第九章,頁 122、123,台北:黎明文化
> 事業公司,1988 年)

就此三點規則來衡量「道」與「藝」之間的類似則皆成立,因為「藝術精神」乃是「道」的本質屬性,而且藝術精神可以再具體地指出為「真、虛、和、美」,此四屬性亦為道之基性,〔註17〕彼此相互適合、容納,並且類似點在數量上亦無過少,足以證明,「道」、「藝」的「本質關涉」,使「道」、「藝」之類比顯示蓋然性的強度,其重要性自不待言。以下我們將依「體用不二」的

以造成的,而是事實地如此。至於「外在歸屬類比」則是藉人的概念去牽連能歸屬者及所歸屬者。前者之例如:無限存有者是獨立和絕對的,而有限存有者則是依賴和相對的、分享無限存有者之屬性,二者的類比內容確實相關。後者之例如:「張三是健康的」與「人的皮膚是健康的」,皮膚實際上並不能擁有健康,乃是因為皮膚的顏色顯示人體的健康,所以說它是「健康的」,可知是經由人的思想加以轉化。以上均參考曾仰如〈存有者的類比概念之探微〉(上)、(下),刊於《哲學與文化》第十三卷第七期。

〔註17〕顏崑陽《莊子藝術精神析論》認為:「藝術與道的共同基性,分而言之是真、虛、和、美,但總歸來看,則可以用『自由無限』來概括。真,在於消除偽妄;虛,在於消除固實;和,在於消除對立;美,在於消除俗惡。……因此,所謂真、虛、和、美,就是將個體心靈中,以及個體之間的種種限制消解;限制消解,則得到充分的自由。藝術之所以能彰顯宇宙人生蘊藏的無限可能,而達到『創造』的成效,便全在這『自由無限』的精神。」(頁 154)詳細的剖析,請參看該書第三章第一節「乙、道與藝術之共同基性」。

觀點進一步來說明「道」與「藝」這種內在的本質關聯。

　　我們在前面說過，莊子所說的道體是內在於萬物之中的，此內在於萬物中的道，又稱爲「德」。實際上，這個「德」，也就是「性」，「莊子內七篇雖然沒有性字，但內七篇中的德字，實際上便是性字」（徐復觀《中國人性論史》第十二章，頁 372，台北：臺灣商務印書館，1987 年）。性即是德即是道。那麼，性亦是做爲萬物生存活動所依據的形上實體，並且，此「性體」非只具存有的靜態義，尚有現象上活動的動態義。就人之存有者而言，「心」之靈覺的精神作用便是「性體」具體的流行發用。「性體」所開展精神之多重面向，在心的種種作用上可以獲致印證，此即「即心以言性」，「若沒有心知，則賦與於人的寂寞無爲的本性，將從何處通竅，而使人能有此自覺？」（同前揭書，頁 282）「藝術」，就其精神層次而言，便是道心，乃是性體所開顯精神面向之一，爲性體發用的一種活動狀態。性體有「藝術」之「體」，故能有「藝術」之「用」。郭象注〈則陽〉說「體其體，用其性」，[註18] 便認爲有什麼樣的「體」、「性」，就有什麼樣的「用」。另一方面，由「藝術精神」之「用」則能推溯性體之超越感知的本質，有所體悟其內涵。足見，「道體」與「藝術精神」乃是「體用不相離」，從「藝術精神」之「道相」可進而把握不可言說的「道體」，所以，唐君毅說：

> 其自道體而觀之，爲不可說，不可名者；自道相而觀，則儘是大有可說，可道，可名者在。因自道相而觀，則說其不可說，道其不可道，名其不可名，亦皆是有所說、有所道、有所名，而皆在「說」、「道」與「名」範圍中；說其無一切相，即說其具無相之相。[註19]

[註18]　〈則陽〉：「人之好之亦無已，性也。」郭象注：「見所嘗見，聞所嘗聞，而猶暢然，況體其體用其性也！」

[註19]　見唐君毅《中國哲學原論・導論篇》第十一章，頁 375，台北：學生書局，1986年。值得注意的是，「藝術精神」只是道體所開展的面相之一，所以可以說藝術精神即是道，但道不可全體規定爲藝術精神，因此，徐復觀說：「在概念上只可以他們（老、莊）之所謂道來範圍藝術精神，不可以藝術精神去範圍他們之所謂道。」（《中國藝術精神》第二章第二節，頁 50，台北：學生書局，1988 年）顏崑陽亦謂：「以『藝術』之一性格概念去規範『道體』而顯其一相，就如同以大、久、常、一、自然等性格概念去規範『道體』而顯其一相。既是對他而顯，則非絕對唯一，故於言詮所顯立之道相，必然名目萬殊，而皆非『絕對同一』，也就是不能以大、久、常、一等等名詞作爲『道體』的全稱之詞。否則，便是滯於一相。」（《莊子藝術精神析論》第三章第一節，頁 91，

又說：

> 人之知有爲萬物之本始或本母之道體，惟賴逆溯萬物之所自，並由
> 此所自本始本母之道體之相，其異於萬物之相者，以默識此道體；
> 則人固可以道相攝道體，進而以指道相之辭指道，而意涵道相即道
> 體之義；而觀道相或循道相，以觀世間，即亦可同於觀道矣。〔註20〕

我們就是在「道相」的層面上去「說」：「道體具有藝術性格」，意味「藝術的」
人格或生命境界，以此生命整體地證成道體自身，顏崑陽亦謂：

> 道乃遍照無方，化成萬相，一方相之中莫不有道。因此，道雖不滯
> 一相，但是一相乃道之所顯，只要能不滯不執，則即一相以見道，
> 也是當然之理。……「莊子之藝術精神即是道」，實乃「以道相攝道
> 體，進而以指道相之辭指道」的命題方式。「藝術」是道一相之所顯，
> 故即相以明體，應是當然之理，這就是爲什麼莊子養生主「庖丁解
> 牛」能由技中以見道。(《莊子藝術精神析論》第三章，頁91，台北：
> 學生書局，1985年)

道體必須透過道心去「覺」、去「明」，問題是道體爲寂寞虛無，如何可能「明
體」呢？線索便在於「即相」。因爲，「道無所不在」（〈知北遊〉），宇宙森羅
萬象中莫不有道，人人皆至少能擇一相以爲見道之法門，庖丁則是在「技藝」
之一相中見道。不過，藝術活動只是見道之媒介，若欲一窺道之堂奧，關鍵
是主體必須具備「藝術精神」，這是一種體道的「態度」：無心無爲地融入於
存在的具體情境中，整體地直觀世界，而此態度便是「即相」之「即」的眞
義所在，史作檉曾經說明：

> 一切整體性之存在物，卻必是以人存在之整體以爲法，方能有所獲
> 致之物。呈現人之整體之可能者，即藝術、道德或宗教，亦即眞正
> 之美學之方法。……對于一般現象來說，形式就是方法。若對於眞
> 正存在性之本體來說，只有眞正整體性人之存在的完成，才是唯一
> 的方法。但眞正呈現人之整體存在可能者，即美學的世界，而美學
> 之實際呈現，即藝術與道德。〔註21〕

台北：學生書局，1985年)

〔註20〕同〔註19〕。

〔註21〕見史作檉《形上美學導言》「六、美學與中國哲學」，頁72、73及74，台北：
仰哲出版社，1988年。他指出，由於中國哲學中的本體是一個眞正具有存在
性的本體，而西方哲學本體則是形式概念中的本體，因而，中國哲學在方法

又說：

> 以美學以爲法，即以眞實之人的整體存在以爲法，其所得即人唯一
> 可得之眞正具有存在性之本體。無他，即因其超越形式而包含形式，
> 並以眞實之藝術與道德之過程，由宇宙中唯一趨近于存在性整體之
> 完成，並趨近於絕對可能的關係。〔註22〕

這兩段話指出：1. 整體存在之本體，必須有相應的方法來把握；2. 美學，可以作爲一方法，其特質是「以眞實之人的整體存在以爲法」，故可相應於存在本體；3. 美學超越科學之形式法則並包含之。由此可見藝術與人之存在的密切關聯，是建立在精神性格上而言。卡西勒《語言與神話》表示，對於人類的精神生活來說，藝術在探求眞理的效用上，並不低於邏輯和科學認識；因爲，邏輯和科學認識的本質無非在於它是人類把特殊事物提高到普遍法則的一種手段。但問題就在於，神話、宗教、藝術等同樣也都具有把特殊事物提高到普遍有效層次的功能，關鍵只在於它們取得這種普遍有效性的方法與邏輯概念和邏輯規律絕然不同而已。

　　總結本章的論述，我們的看法是，道、藝的必然關涉乃是成立於：藝術的觀物態度以及藝術是一表示道的特殊符號形式。並且，二者就分別的兩個事物來說，以其相似性成立了「類比關係」，而其有效性之強度則是成立於二者的「本質關係」，這層關聯也是道、藝之間最重要的聯繫。以下第四、五、六章，我們將在藝術活動的個個要素中，一一闡發道、藝的這個本質關聯。

　　上就是一種美學的方法，西方則偏向形式的方法。美學方法之所以異於形式
　　之方法，即在於它是一個整體性的追索方式，是純自我生命的面對。
〔註22〕同〔註21〕。

第四章　藝術創作過程與
修道歷程之關涉

　　本章乃是根據《莊子》中「寓修道於技藝」一類的藝術寓言，整理出藝術家創造藝術品之前、時、後三個階段過程中的形神狀態。並且與莊子道論所揭示修道者修道漸進的精神歷程相比較。藉以印證藝術家與修道者在「道技合一」的藝術理想下，乃是同體的存有者，以及析論由工匠技術的形下層次，如何可能進階至「藝術精神即是道」的最高境界。

第一節　藝術創作前主體的精神存養

　　藝術家與一般人最大的不同點，在於他能夠從一個不尋常或陌生的觀點去觀看事物，換言之，藝術家具有一種特有的「審美態度」。莊子認為藝術家在創作前，如果不能涵養自己與眾不同的「看的方法」，便不可能成就出令人歎為觀止的藝術成品。那麼，莊子所認為的審美態度，其內容為何呢？

　　〈達生〉「梓慶削木為鐻」的寓言，指出藝術家「將為鐻」主體修養的精神三境界；總說：「未嘗敢耗氣，必齋以靜心」，主體超越感官知覺的直接性而「不外從」，並逐漸向內修養「不內變」的精神三境界：

　　1.「齋三日，而不敢懷慶賞爵祿」，主體超越合功利目的之思慮；
　　2.「齋五日，不敢懷非譽巧拙」，主體超越合是非、成敗等價值之判斷；
　　3.「齋七日，輒然忘吾有四枝形體也」，主體超越自我達到「忘我」（「喪我」）的「全德」境界。

　　「未嘗敢耗氣」是對於「形軀我」之生理慾望的摒棄。人之感官的視、聽、言、動，若無心神加以克制，則有「奪取」物質對象的直接性。在此狀態中，生理作用乃是受物所引誘、甚至制約。孟子所謂「物與物相交，引之而已矣」，莊子所謂「與物相刃相靡，其行盡如馳，而莫之能止」。生理衝動地作用於所對的物質，這種現象便是「氣的發用」。〈達生〉「紀渻子養鬥雞」之寓言，鬥雞「方虛憍而恃氣」、「猶應嚮景」、「猶疾視而盛氣」，都是「耗氣」，致使心神動亂不安定。「氣」本身並無反省、抉擇的功能，它塊然的形下性質必然阻礙主體的精神修養，不能開出精神境界，因此，修養之第一要義便是克服來自形軀之內，氣之非理性的運作，徐復觀說：

> 他（莊子）雖然認為形由德而生，但他實際認為形生以後，與生它的德，依然有一隔限（德是未形，形是已形，未形與已形之間有了距離、間隔，形也可能脫離德而成為獨立性的存在，這是創造過程中的一種危機）；於是他所主張的回到生所自來之道，依然是要通過自覺，通過自覺而來的工夫，才可突破形的限制以達到其目的。（《中國人性論史》第十二章「老子思想的發展與落實──莊子的心」，頁373，台北：臺灣商務印書館，1987年）

由於形與德是有所「隔限」的，形骸有可能獨立於德，放縱官能而意氣用事。主體作修養工夫必須要突破這種形軀上的限制，因此莊子主張要「不位乎其形」（〈秋水〉），也就是「不為形所拘限，不使形取得了生活上的主導權」（徐復觀前揭書，頁 379）。然而，如何可以突破形的限制？條件是必須通過自覺而來的工夫，而此自覺工夫則必要落在「心」上，心定則神凝，神凝則氣聚，氣聚則眼耳感官不外從於物。關於形與神二者的主從關係，《淮南子》依據莊子思想而有所發揮，〈原道訓〉云：

> 以神為主者，形從而利；以形為制者，神從而害。

〈精神訓〉云：

> 心者形之主也，神者心之寶也。

〈詮言訓〉云：

> 神貴於形也，故神制則形從，形勝則神窮。聰明雖用，必反諸神，謂之太沖。

心、神既然為形之主，為什麼有時又會受制於形呢？既為形所制，又如何能說是「主」呢？事實上，感官自身並不作任何的價值判斷，只是純粹地接受

刺激並加以直接反應。視覺接受光波，其自身並不「知」對象爲「紅」色。
對於眼睛這個感受器而言，對象本身無所謂「紅」色，只是有「不同的」顏
色。能在對象上加以判別其屬性、特徵，皆是心識之作用。聽覺、嗅覺、味
覺乃至觸覺，亦復如是。可知，官能所以受物質之誘惑，主要是因爲感官面
臨對象時，心知在同時生起判斷，與感官同時作用於對象，「愛」之故「取」
之。總之，感官所以「外從」，乃是基於心神「內變」之故。梓慶削木之前「必
齊以靜心」，使心神凝定，即緣於此理。至於要在心上下何種工夫，便要進入
以下三階段的討論了。

　　第一階段「不敢懷慶賞爵祿」，所要超越的是主體意識中種種功利目的。
創作者心懷功利，所關心的便不是對象自身的特性，而是對象能衍生什麼樣
的功利以資享用，這種實用的功利性態度，對於技藝活動的負面性影響，莊
子在〈達生〉「津人操舟若神」的寓言中，曾明白地喻示：

　　　　以瓦注者巧，以鉤注者憚，以黃金注者殙。其巧一也，而有所矜，
　　　　則重外也，凡外重者內拙。

比賽射箭時，倘若以便宜的瓦器爲賭注，便很靈巧輕妙；以較貴重的帶鉤爲
賭注，便心生恐懼；以更貴重的黃金作賭注，便心神昏亂。技巧並無改變，
只因過於計較外在的利害得失，有所顧忌，以致影響心神的凝定，於是，再
高明的技巧，也無法充分發揮。所謂「外重者內拙」，意指人愈是深受外物的
牽絆，內在精神的自由靈活度愈是減弱。不過，功利固然會迷亂創作者的心
志，而對於名譽道德、是非、成敗的執著卻更難以超越，於是進入第二階段
「不敢懷非譽巧拙」的修養層次。〈田子方〉「宋元君將畫圖」之寓言，對照
了兩種畫師作畫前所持的不同態度，指出創作主體「無關心」於外的審美態
度乃爲創作技巧能否高度發揮的關鍵所在。莊子說：

　　　　宋元君將畫圖，眾史皆至，受揖而立；舐筆和墨，在外者半。有一
　　　　史後至者，儃儃然不趨，受揖不立，因之舍。公使人視之，則解衣
　　　　般礴，裸。君曰：可矣，是眞畫者也。

在這則寓言中，必須作一個很重要的提問：宋元君如何判斷後至的畫師爲眞
正的畫者？葉朗曾對這則寓言加以解釋說：

　　　　因爲多數畫師心中充滿了「慶賞爵祿」、「非譽巧拙」等各種考慮，
　　　　缺乏一個審美的心胸（空明的心境）。他們的創造力也受到利害觀念
　　　　的束縛而得不到自由的發揮。獨有後來的這位畫師卻超脫了「慶賞

爵祿」、「非譽巧拙」等利害觀念，他的心境是空明的。他的創造力
也不受束縛，能夠得到充分的發揮。（見葉朗《中國美學史大綱》第
五章「莊子的美學」，頁 118，台北：滄浪出版社，1986 年）

葉朗對於此一提問所下的判斷，是基於後至畫者持有「超功利」的態度。除
此之外，我們認為這則寓言還有一個重要的啟示：多數畫師奉國君之命作畫，
精神皆極為緊張、戒懼，並且謹守禮儀規範，不敢有所逾越。而另一位畫師
姍姍來遲，卻從容不迫，絲毫不關心於場合中應有的行為規範。「禮」乃是「德」
之形式，內在的道德操守必然形於儀表、舉止，乃至於待人處事皆能遵守應
有的規範。那麼，後至畫師卻不在乎場合中的禮節，是否意味他也不在乎道
德呢？確切地說，後至畫師並非不在乎道德，而是超越於道德之上。然而，
他為什麼要作「道德」上的超越呢？在莊子哲學最重要者便是要破除相對立
的價值系統，「德」為「善」，乃是正面的價值規範，其所可能產生的副作用
是〈人間世〉所說的「德蕩乎名」，德性一旦流蕩失真，便成為負面價值，以
此類推，是之於非，美之於醜等等價值判斷，皆為相對立的觀念系統，而非
超越相對而為絕對的「全德」。〈至樂〉說：

夫天下之所尊者，富貴壽善也。所樂者，身安、厚味、美服、好色、
音聲也。所下者，貧賤夭惡也。所苦者，身不得安逸，口不得厚味，
形不得美服，目不得好色，耳不得音聲。若不得者，則大憂以懼，
其為形也亦愚哉！……今俗之所為與其所樂，吾又未知樂之果樂
邪，果不樂邪？吾觀夫俗之所樂，舉群趣者，誙誙然如將不得已，
而皆曰樂者，吾未之樂也，亦未之不樂也。果有樂无有哉？吾以无
為誠樂矣，又俗之所大苦也。故曰：至樂无樂，至譽无譽。天下是
非果未可定也。雖然，唯无為可以定是非。至樂活身，唯无為幾
存。

〈德充符〉亦謂：

死生存亡，窮達貧富，賢與不肖毀譽，飢渴寒暑，是事之變，命之
行也；日夜相代乎前，而知不能規乎其始者也。故不足以滑和，不
可入於靈府。使之和豫，通而不失於兌；使日夜无郤，而與物為春，
是接而生時於心者也。是之謂才全。

在這兩段話語中，莊子一併遣除從形軀的慾望到相對成立的價值判斷，此中
甚至括及倫理上善惡判斷的「德性之知」，以及知識上是非判斷的「見聞之

知」，〔註1〕總之，是要「離形去知」，〔註2〕採取「非功利」、「非道德」、「非認知」的態度，不使它們「入於靈府」。「非」的態度，就是「無為」的態度，不是本質地否定，而是「作用地保存」，〔註3〕才有可能與有形物質、無形事物保持和諧，不為之所傷害身心，即「與物為春」、「勝物而不傷」（〈應帝王〉）、「不以物挫志」（〈天地〉）、「不以物害己」（〈秋水〉）。綜合以上所述，超越非功利、非道德、非認知的態度，才能有後至畫師之從容自然、安適自得的心境。這種心境，同於「津人操舟若神」之「沒人之未嘗見舟而便操之也，彼視淵若陵，視舟之覆猶其車卻也。覆卻萬方陳乎前，而不得入其舍，惡往而不暇。」的心無所懼；「列禦寇為伯昏无人射」中伯昏无人所言「至人者，神氣不變」的神態；「呂梁丈夫之游水」的泰然自若。有此心境，創作技巧方得以充分自由地施展。康德在《判斷力批判》中指出：功利態度是「對象之存在合乎我們某種實用目的」；認知判斷是「對象內在的形式結構合乎我們在概念上所了解之該物的本質」；以及決定吾人之行為方向的道德判斷。有此三種態度便不是無所指向的「品味判斷」（Judgement of taste）或審美判斷，審美判斷所要排除的就是此三種有所指向的意欲活動及判斷。〔註4〕然而，不涉及欲望、知識、道德，對於享有「想像力與理解力產生遊戲般的自由活動」〔註5〕的審美愉快感，仍只是消極條件，積極條件乃必須進入「梓慶削木」中「無己」的第三階段。

　　「忘吾有四枝形體也」就是莊子所謂「虛心」、「心若死灰」的精神狀態，因為外形表現出「形若槁木」的模樣，故似乎喪失自「身」的存在物性。然而，為什麼藝術家在創作時會發生這樣的情況呢？前面說過，超越功利、認知、道德的思慮只是形成審美經驗的消極要素，因為，有非功利、非認知、非道德的態度，並不必然保證一定積極地持有「審美態度」，換言之，非功利、非認知、非道德只構成審美經驗的可能條件而非必要條件。那麼，什麼才是

〔註1〕《張載集・大心篇》云：「見聞之知乃物交而知，非德性所知。德性所知，不萌于見聞」。台北：漢京文化事業有限公司，1983 年。張載所謂「見聞之知」指的是經驗知識，為認知活動之探究；「德性之知」則是指道德心靈之呈現。

〔註2〕「離形去知」是「坐忘」境界中的狀態。「離形」最基本是要遣除物質欲望，究竟則是「忘身」；「去知」之「知」應包括「德性之知」與「見聞之知」，究竟則是達到「外於心知」、「心無所知」的境地。

〔註3〕參牟宗三《中國哲學十九講》第五、六章，台北：學生書局，1986 年。

〔註4〕對於這三種態度與審美態度的特徵與區別，參考劉昌元《西方美學導論》第二章「論康德對美的分析」，台北：聯經出版事業公司，1987 年。

〔註5〕同〔註4〕。

美感產生的必要條件呢？就是專一精神純粹地觀照審美對象之整體，以對象
的整體為關注焦點，而不以主體之我的情志為焦點；不以主體之我的情志為
焦點，而自然發生審美之情。劉昌元認為：

> 審美經驗產生的必要條件不是審美的動機或態度，而在注意力是否
> 集中與是否集中在正確的地方。〔註6〕

他指出審美經驗產生的必要條件是：注意力的集中並且集中在正確地方，但
是並未說明「正確的地方」所指為何？在《莊子》的幾個藝術寓言中，作了
這樣的提示：丈人承蜩時「用志不分，乃凝於神」的專一，就是劉昌元所說
注意力的集中。其次，丈人承蜩時「雖天地之大，萬物之多，而『唯』蜩翼
之知」；大馬捶鉤，「於物无視也，非鉤无察也」。呂梁丈夫游水「從水之道而
不為私」；梓慶將為鐻「入山林，觀天性」、「以天合天」。這些寓言都揭示了
在審美活動時，就是注意力集中在對象的自身上。所謂對象自身，即物之「道」
或物之「性」，此「道」或「性」乃是對象尚未為人之理念所分析離判之前、
本真的存在自體。關於莊子的這些提示，我們在下一節中，都有較仔細的討
論。總之，藝術創作前能修得一心空明、虛而待物，以致忘了創作者自身的
存在，就能使創作活動登峰造極，完成偉大完美的藝術品。

審察梓慶削木為鐻創作過程的三境界，與「女偊見道」以及顏回「心齋」、
「坐忘」的修道歷程如出一徹。心靈的修養，是修道者「見道」的關鍵，其
歷程如何？〈大宗師〉有一段描述：

> 吾猶守而告之，參日而後能外天下；→
>
> 已外天下矣，吾又守之，七日而後能外物；→
>
> 已外物矣，吾又守之，九日而後能外生；已外生矣，而後能朝徹，
>
> 朝徹而後能見獨；
>
> 見獨，而後能无古今；无古今，而後能入於不死不生。

這裡指出「見道」活動的幾個要素：1.「守」而不失的工夫，即內收心神而
不使外放；2. 心靈修養的歷程是由外天下→外物→外生的層層漸進；3. 心靈
終至豁然開朗（朝徹）、無所依待、當體自足（獨）。在2. 中，女偊超越天下

〔註6〕見劉昌元前揭書，第五章「論審美態度」，頁93。劉昌元對於審美態度所持的
立場是，主體可以對任何對象採取審美態度，卻不一定因此即可獲取審美經
驗，或使該對象具有審美價值，他以為莊子只涉及了審美態度。我們同意他
的看法，卻認為莊子美學不止於此，還言及精神專一、投入對象、觀照對象
的本真之處等。

萬象到超越於切近之物質需求到超越自身的生死，由外而內的層層遣離，亦就是梓慶削木爲鐻之不敢懷「慶賞爵祿」、「非譽巧拙」，「忘吾有四枝形體」的層層遣離。另外，〈人間世〉、〈大宗師〉中顏回「心齋」、「坐忘」的存養工夫，則更詳盡地說明修道主體「能忘」之心及「所忘」對象之間的關係。〈人間世〉說：

> 回曰：敢問心齋。
>
> 仲尼曰：若一志，无聽之以耳而聽之以心，无聽之以心而聽之以氣！聽止於耳，心止於符。氣也者，虛而待物者也。唯道集虛。虛者，心齋也。

〈大宗師〉則說：

> 顏回曰：回益矣。
>
> 仲尼曰：何謂也？
>
> 曰：回忘禮樂矣。
>
> 曰：可矣，猶未也。
>
> 他日，復見，曰：回益矣。
>
> 曰：何謂也？
>
> 曰：回忘仁義矣。〔註7〕
>
> 曰：可矣，猶未也。
>
> 他日，復見，曰：回益矣。
>
> 曰：何謂也？
>
> 曰：回坐忘矣。
>
> 仲尼蹴然曰：何謂坐忘？
>
> 顏回曰：墮肢體，黜聰明，離形去知，同於大通，此謂坐忘。

這兩段話合起來解釋，可以有幾個要點：

1. 「坐忘」是修道者所要達到的境界，爲一「同於大通」的「道」的境界。

2. 要達到此境界，主體必須具備能忘的條件：心齋。

   心齋是要下兩種工夫：

〔註7〕各本皆作先忘仁義，後忘禮義，此據王叔岷《莊子校釋》理校爲先忘禮樂，後忘仁義。禮樂爲仁義之表，仁義爲禮樂之質，故修道者先忘禮樂，漸進以忘仁義。

2-1 無聽之以耳：耳目等外在感官的內歛，以致「墮肢體」，乃至「離形」。

2-2 無聽之以心：心識之內在感官的淨化，以致「黜聰明」，乃至「去知」。

「離形去知」就得到忘身（形若槁木）及虛心（心若死灰），道之工夫義就在虛心、忘身的修養。

3. 所忘的對象：外在禮樂規範→內在仁義價值、是非判斷等觀念（即德性之知、見聞之知）→身心俱忘。

4. 「益」表示修道歷程是一個動態有變化的漸進活動。

經此分析，〔註8〕可見這幾個要點，完全蘊含於梓慶削木爲鐻「未敢耗氣」→「不敢懷慶賞爵祿、非譽巧拙」→「忘吾有四枝形體」的藝術修養中，「技」所以可能進於「道」的層次，就是成立於這個「存養工夫」之上，藝術精神實在是以修道精神爲形上依據。因此，二者的區別只是，修道者「將這種境界保守在主體生命中，成就了藝術化的人生。而梓慶卻將這種境界落實於藝術客體的經營，成就了驚動鬼神的藝術品。」（顏崑陽《莊子藝術精神析論》第三章「莊子藝術精神之體性」，頁163，台北：學生書局，1985年）以下我們就要繼續討論藝術家如何將此工夫運用在創作上。

第二節　藝術創作時的審美心理狀態

在本章第一節中，我們指明了創作主體在創作前具備了與修道主體本質上同一的養性工夫。而在這一節則要進一步考察，創作者如何以此工夫事實地運作於藝術創作上？以及表現出何種的效果？我們從《莊子》的藝術寓言中，至少可從兩個面向來作此探究：一、藝術家創作時的精神狀態；二、感官知覺的運作狀態。以下作分析討論：

一、藝術家創作時的精神狀態

這部分是指創作主體超越感官知覺的直接作用——不外從，以及超越功利、道德、認知等思慮——不內變，而能專一、純粹地觀照並投入藝術對象的審美心理狀態而言。〈達生〉「丈人承蜩」描繪了這種「專心」的心理狀況：

〔註8〕關於「梓慶削木爲鐻」與「女偊見道」、「心齋、坐忘」之比較，我們參考了徐復觀《中國藝術精神》及顏崑陽《莊子藝術精神析論》之意見。

> 仲尼適楚，出於林中，見痀僂者承蜩，猶掇之也。
>
> 仲尼曰：「子巧乎！有道邪？」
>
> 曰：「我有道也。五六月累丸二而不墜，則失者錙銖；累三而不墜，
> 則失者十一，累五而不墜，猶掇之也。吾處身也，若厥株拘；吾執
> 臂也，若槁木之枝；雖天地之大，萬物之多，而唯蜩翼之知。吾不
> 反不側，不以萬物易蜩之翼，何爲而不得！」

痀僂丈人承蜩時聚精會神於所觀照的蜩翼上，排除與承蜩活動無關的一切事物，這種「唯」的狀態實際上同時描述了主體與客體兩方面，一方面承蜩者只「知」蜩翼；一方面天地萬物之現象中，只「蜩翼」被所知。這個主客體合一的境界，乃朗現於「用志不分，乃凝於神」的精神狀態中。另外，〈知北遊〉「大馬捶鉤」寓言中「於物无視也，非鉤无察也」的「非彼唯此」態度，也如同「唯承蜩之知」的「知」，是一種特殊的審美思維。在此思維中，它不能像科學思維般以邏輯概念去支配對象，而使對象與其他事物彼此關聯、互相比較。在整個審美觀照及活動的經驗中，創作心靈可以感知到「現在」是如此宏大，以致其他萬事萬物在它面前統統相形萎縮變小了。當前的「這個」對象，完全徹底地充滿於審美意識中，以致沒有任何一個其他事物能夠與之並存。自我將其全部的精神統統傾注於這個「唯一」的對象上，這種精神高度「凝集」的狀態，我們可以稱它爲「守」，這正是審美思維的特質。大馬捶鉤之道在於有所「守」，亦即審美意識全神貫注於一的心理特徵，而這創作美學上的工夫論，可以說是「女偊見道」有所「守」的工夫在藝術創作上具體的落實。

審美態度是一種專一心志於對象上的精神狀態，但並不表示在整個活動中，藝術家的心靈是完全被動地受對象所支配或控制。前述的「凝神」狀態，既是心靈的全部投入，實際上便包含有主動參與的成分，只是在審美經驗的形成中，不能明顯分化出屬於主體或客體的部分。〈達生〉「工倕旋而蓋規矩」的技藝，便指出此種「身與物化」的境界：

> 工倕旋而蓋規矩，指與物化而不以心稽，故其靈臺一而不桎。忘足，
> 履之適也；忘要（腰），帶之適也；知忘是非，心之適也；不內變，
> 不外從，事會之適也。始乎適而未嘗不適者，忘適之適也。

這則藝術寓言精要地歸結了我們在前面所強調的審美意識的內容，以下計以兩部分來說明。

1. 日常意識被垂直切斷的心理機制

「忘足，履之適也」以下文字，指出了創作主體進入審美觀照活動時，其意識出現閔斯特堡（Hugo Munsterberg 1863～1916）所說「孤立」對象的狀態。在閔斯特堡的解釋中，「孤立」就是讓一種事物完完整整單獨呈現在審美者面前，其它一切事物則置之度外。這種「孤立」顯然包括兩個方面：一方面是指把創作中所觀照的藝術對象，從其他一切事物構成的背景中「突出」；另一方面是指把眼前的藝術對象與「個人」的一切物質慾望、後設的價值系統分離開來。心中完全是一片純白，原原本本地接納觀照中的對象，讓客體自身將其完滿的個性呈顯其間，而不對它施加任何「污染」。這也就是顏回透過「心齋」的工夫而進入「坐忘」時「虛室生白，吉祥止止」的境界。倕旋的工匠，一旦進入「忘適之適」的審美狀態，包括外在感官所知覺的「履之適」、「要之適」，以及內在是非價值判斷的「心之適」，他的日常意識所展現的水平運動系統被「垂直切斷」，而整個意識活動便轉向另一個方位，這個方位就是「美的方位」。〔註 9〕因為在日常生活中，大多數事物往往作為世俗的事件出現，難於被視為一個獨立「整體」為人所關注。在這種情況下，吾人之注意力常被分散、不易集中，故難有一定的方向。然而，藝術家創作時對於藝術對象的觀看方式，則將人的日常觀看方式攔腰斬斷或加以抑制，使其注意力直接集中於（朝一定的方向）所關心的對象上。這種觀看方式足以「破壞」習慣而已固定的心態，使觀者立於全新的觀點上觀看事物而獲致獨創。

2. 「以天合天」的物我合一狀態

倕旋的工匠「指與物化而不以心稽，故其靈臺一而不桎」，指出創作者融入於對象之中，與對象為一體，精神呈現自由而不受桎梏的境界，因為創作主體雖將對象「孤立」，但並不以種種的「成見」去擁佔它，並且也消除對象對於主體的支配，而達至主客合一的境地。後世許多畫家在描述他們的創作心理時，便曾深刻地指出如是的境地：

唐代張彥遠《歷代名畫記》：

〔註 9〕日本美學家今道友信把日常意識比喻成一種水平運動的行動系統，當某個美的對象出現時，這種水平運動便被「垂直切斷」，「垂直」意味斷然、迅速、完全切斷。一經切斷，意識活動便轉向另一個方位，此方位，今道友信稱之為美的方位。參滕守堯《審美心理描述》第三章「審美經驗的過程描述」。台北：漢京文化事業有限公司，1987 年。

> 凝神遐想，妙悟自然。物我兩忘，離形去知，身固可使如槁木，心
> 固可使如死灰，不亦臻於妙理哉？所謂畫之道也。

宋代蘇軾〈書晁補之所藏與可畫竹〉：

> 與可畫竹時，見竹不見人。豈獨不見人，嗒然遺其身。其身與竹化，
> 無窮出清新。莊周世無有，誰知此疑神。

宋代羅大經《鶴林玉露・論畫》：

> 方其落筆之際，不知我之爲草蟲耶，草蟲之爲我也，此與造化生物
> 之機緘蓋無以異，豈有可傳之法哉。

清代石濤《畫語錄》：

> 山川與予神遇而迹化也，所以終歸於大滌也。

畫家在這種不分物我的境地中從事創作，並非意味畫家把自己埋沒於對象之中而喪失主體自己，而是如竺原仲二所說：

> 對象內在的理或眞活現於主體的自我之中。也就是説，主體的我以
> 對象所具有的理爲媒介而活現在對象之中，對象所具有的理也活現
> 在我的那種實踐和存在性中。在主客合一的境地中從事創作，就是
> 把我的全部存在投入到這種關係中而自己進行活動。（《古代中國人
> 的美意識》，第七章「中國繪畫藝術創作的理念及其背景，頁 159，
> 北京：北京大學出版社，1987 年）

這裡，竺原仲二指出了主客合一的兩個要件，即主體的「存在性」與對象所具有「內在的理」。所謂對象的理活現在我的存在性中，正如「梓慶削木爲鐻」之「以天合天」，即樹木之眞與作者之眞合一。在此情境中，對象所具有的理已爲創作者所直觀、所把握。透過審美思維之「直觀」能力對於對象整個存在自體的把握，這個對象不同於知性意識中的對象，知性意識的分析特質只能把握住對象的「局部」而非「整體」，在審美意識中，主體心靈所參與、投入的是對象整個「存在的本質」，至於這個樣子是否爲對象「本來的」樣子，這個提法本身並不成立，因爲，對象「眞實而完整的存在」乃是透過一定的意向性結構，即主體的心靈結構才能被感知。總之，藝術家在進行審美活動時，物與我的關係是符合莊子以「超越」的修養工夫所朗現的精神境界，萬物可以作最眞實、自然的演出——物物各在其自己。〈知北遊〉云：

> 天地有大美而不言，四時有明法而不議，萬物有成理而不說。聖人
> 者，原天地之美而達萬物之理。

聖人以敏銳深刻的「直觀」（原）的眼光來看待世界，使能夠體驗到天地萬物的一切姿相和存在方式本身皆為美，而此所謂的萬物之「理」，則是萬物最究極的本原生命。在莊子的思想裡，物之「理」便是物之「真實相」，能直觀萬物之真，即能入大美之境界，而「直觀」乃是主體之真所呈顯的能力。一旦理解「主體之真」與「萬物之真」的合一即為「美」的這種本質聯繫，即能明白何以後世畫者繪畫時必定要盡可能地表現對象所具有的獨自的生命，使這些對象正是它自己，而非他物之特性。晚唐山水畫家兼畫論家荊浩，主張究明物象之源，所謂物象之源，就是物象的本體，他認為真正的畫，當能「度物象而取其真」（見荊浩《筆法記》）。這種物之「理」或「真」的探究，也正是宋代繪畫的目標，元朝的湯垕曾列舉一些著名畫家，如王維、張璪、畢宏、鄭虔、荊浩、關仝及其他董、李、范三家的人物，認為他們能秉造化之美，原美於自然山水之中，能形象地描繪出深「造其理」的境地（見湯垕《畫鑒》）。這些藝術家不僅在筆法、構圖上深得畫法技巧之真髓，而且能「象徵地」描繪出使這些自然景物得以產生和存在的本原生命，即能表現出自然景物中的「理」或「真」。相關的見解尚有：

唐代張懷瓘《書斷》：

> 造於理者能畫物之妙，昧於理者則失物之真，……惟畫之能造其理者能因性之自然，究物之微妙。

宋代鄧椿《畫繼》：

> 一者何也，曰傳神而已矣。世徒知人之有神，而不知物之有神。

蘇軾〈淨因院畫記〉：

> 山石竹木……無常形而有常理。

明代李開先《中麓畫品》：

> 物無巨細，各具妙理，是皆出乎玄代之自然，……萬物之多，一物一理。

清代方薰《山靜居論畫》：

> 世……以為意（寫意）乃隨意為之，生（寫生）乃象生、肖物，知古人寫生即寫物之生意。

布顏圖《畫學心法問答》：

> 夫意，先天地而有，……在畫為神，萬象由是乎出，……如物無斯意，則無生氣，……以意使筆，筆筆取神，而溢乎筆之外。

綜合以上看法，日本美學家竺原仲二說：

> 古來中國繪畫美的價值的高低，就在於畫家能否在對象中、即在客觀的自然界所存在的一切事物以及畫家本人或一般人的精神和心情中，探索到這種意義上的眞，並把它作爲美而充分表現在作品裡。(竺原仲二前揭書，頁 115)

此處說明畫家之尋「理」求「眞」，不僅是探求外物的自然——天地萬物所具有的「理」，而且還探求主體的自然——作者自身心靈的自然所具有的「理」，這就是唐代張璪所說「外師造化，中得心源」(見張彥遠《歷代名畫記》卷十)，藝術家力求能歸向、融入於藝術對象的本原生命中，「合取」物象之「眞」，使客觀的自然和內在的自然無區別，達到「默契天眞，冥周物理」(郭若虛《圖畫見聞志》語) 的境地，而這個藝術活動中觀照對象的進路及成果，正是莊子「天眞」思想的衍申，〈大宗師〉云：

> 其好之也一，其弗好之也一。其一也一，其不一也一。其一與天爲徒，其不一與人爲徒。天與人不相勝也，是之謂眞人。

郭象注此段話云：「常無心而順彼，故好與不好，所善所惡，與彼無二也。」「一」是指與所見對象「無二」渾然爲一體，即牟宗三所說的「能直覺即融於所直覺而爲一主之朗現」、「能所分泯」(《智的直覺與中國哲學》第十九章「道家與佛教方面的智的直覺」，頁 210，台北：學生書局，1987 年)，而其前提則是能去其主觀情識執著之成心，超離是非、善惡的相對關係，而出之以「天」——自然無爲之心，則成爲「眞」人，「天」(自然無爲) 之過程與「眞」之結果，二者有著本質上的聯繫。〈漁父〉云：

> 眞在內者，神動於外，是所以貴眞也。

又云：

> 眞者，所以受於天也，自然不可易也。故聖人法天貴眞，不拘於俗。

〈天道〉云：

> 極物之眞，能守其本，故外天地，遺萬物，而神未嘗有所困也。

這兩段話有三個重點：第一，「眞」者乃是「受於天」，自然如此而不能加以改易，故有其超越意義；又是「內在者」，乃發自於人之性情，故有其內在意義；第二，有第一之眞的形上依據——「法天貴眞」，則能窮究萬有之本原生命——「極物之眞」，而不流離於森羅紛雜的現象界中；第三，眞人得以發揮其「直觀」——「神」的精神綜悟能力，而不受制於被外物所牽絆的感官欲

望活動,換言之,真人有其自身特殊的一套感官知覺運作方式。關於前二點對於藝術家之創作活動所發生的影響力,我們已作詳細的探討,以下我們將繼續分析第三點在藝術創作上具體的落實。

二、藝術家創作時感官知覺的運作方式

藝術的特質,在於其能以直觀能力來表現人之具體而整全的經驗。莊子書中,便揭示了藝術家從事實際創作時,這種直觀能力乃是成就偉大藝術品最重要的條件。這種能力,正如博蘭尼在《意義》一書中所謂的藝術的「整合力」,而這整合力「大致上是自動自發的,為了標明這一點,我們不妨稱之為『直覺』。」〔註10〕莊子在〈達生〉中指出,梓慶削木為鐻的創作要件,乃是經由「心齋」、「坐忘」的養性工夫,以使在創作之際能專心凝神,從而培養一種直覺判斷力,藉著這種整體判斷力來運作技術,使技巧得以在器物中遊刃有餘,所以能此,乃因此種直覺判斷力即已預含各種制約創作之因素的覺察,故能不受阻礙,一氣呵成。〈養生主〉「庖丁解牛」一段,尤為精彩地描述了藝術直覺在整個創作過程中所發揮的功能:

> 庖丁為文惠君解牛,手之所觸,肩之所倚,足之所履,膝之所踦,砉然嚮然,奏刀騞然,莫不中音。合於桑林之舞,乃中經首之會。
> 文惠君曰:「譆,善哉!技蓋至此乎?」庖丁釋刀對曰:「臣之所好者道也,進乎技矣。始臣之解牛之時,所見无非全牛者。三年之後,未嘗見全牛也。方今之時,臣以神遇而不以目視,官知止而神欲行。依乎天理,批大郤,導大窾,因其固然,技經肯綮之未嘗,而況大軱乎!良庖歲更刀,割也;族庖月更刀,折也。今臣之刀十九年矣,所解數千牛矣,而刀刃若新發於硎。彼節者有間,而刀刃者无厚,以无厚入有間,恢恢乎其於遊刃必有餘地矣。是以十九年而刀刃若新發於硎。雖然,每至於族,吾見其難為,怵然為戒,視為止,行為遲。動刀甚微,謋然已解,如土委地。提刀而立,為之四顧,為之躊躇滿志,善刀而藏之。」

〔註10〕見博氏《意義》第六章「藝術的效力」,頁 118,台北:聯經出版事業公司,1986 年。我們認為博蘭尼所說之「直覺」所以能用來解釋莊子所說之「直觀」,乃是因為,博氏之學說極為強調人文學研究之成就必須終極地依賴一種不可明指的個人心靈修養,而不止於感性及知性的層面上。參看《意義》第二章「個人知識」。

庖丁所說的藝術創作鍛鍊過程分爲兩個階段：「目視」與「神遇」。「目視」的階段就是感官知覺直接作用於物，至於「神遇」的階段，我們試作以下幾點分析：

（一）對於所欲解剖的對象「牛」完全視而不見，聽而不聞，視聽等感官活動與物接，卻不受物之牽引，表面看起來，似乎感官都停止了活動，即所謂「官知止」、「視爲止，行爲遲」。

（二）庖丁解剖「牛」之對象時，眼耳感官不停滯於經驗世界，卻代之以「內在感官」來「觀看」對象，即「以神遇」、「神欲行」。那麼，此時的「外在感官」的狀態爲何呢？是否完全不發揮其功能呢？其實，莊子說「離形去知」、「無視無聽」，並非意味徹底否定或者斷除一切的知覺活動，而是要「『正』汝形，『一』汝視」，不要止於「外在感官」受牽誘於外物的知覺層次。若能通過修養工夫而進入「內在感官」的靈覺運作之層次時，便能「心身合一」，使「外在感官」隨順於「內在感官」之進行，庖丁解牛時「手」之所觸、「肩」之所倚、「足」之所履、「膝」之所踦等外在感官的「行動之法」完全符合於內在感官之「神行」，於是形軀便產生一種符應於心的自然而完美的律動。庖丁之「見」的能力，可以說就是一種「內視覺」，或者就是梅洛龐蒂（M. Merleau-Ponty 1908～1961）所謂藝術家的「第三隻眼」。〔註11〕這種特殊的靈視，使觀看主體之肉眼與對象之間能夠渾然無礙地交相溶滲，因爲，此際肉眼之官能知覺已爲靈視之精神直覺所主導，而不致阻礙觀照活動。對於重視藝術活動中「視知覺」運作方式極有研究的魯道夫‧阿恩海姆曾說：

> 視覺決不是一種類似機械複製外物的照相機一樣的裝置。它不像照相機那樣僅僅是一種被動的接受活動，外部世界的形象也不是照相機那樣簡單地印在忠實接受一切的感受器上。……這種類似無形的「手指」一樣的視覺，在周圍的空間中移動著，那兒有事物存在，它就進入那裡，一旦發現事物之後，它就觸動它們、捕捉它們、掃

〔註11〕梅洛龐蒂認爲，藝術家用眼去和可見世界接觸，所接觸的是存在的各個方面。觀看一幅畫，實際上是「我隨著這幅畫或伴同它在看，去深入到世界的內部」。藝術家有一隻能深入到事物內部去觀看的「第三隻眼」，可以看見一般人所看不見的存在。所以藝術家的視覺是「心靈之窗」，「是各式各樣的存在的匯合點」。參考梅氏〈眼和心〉一文，收於《二十世紀西方美學名著選》，蔣孔陽主編，上海：復旦大學社出版，1988年。

描它們的表面、尋找它們的邊界、深究它們的質地。因此，視覺完
完全全是一種積極的活動。〔註12〕

阿恩海姆認為，藝術家的視覺活動是人類精神所進行的一種創造性活動，其
「眼力」是一種能夠創造出有效地解釋存在之整全經驗的圖式的能力，這正
如〈田子方〉所謂「目擊而道存」之「目一」，此「目」爲「心目」，而不只
是一般的「肉眼」。阿恩海姆並且引用阿瑟·瓦萊一本論老子《道德經》的
專著《「道」和它的力量》中的一段話，直接認同莊子所舉之技藝家們的知
覺能力。這段文字如是說：

> 造車的人、木匠、屠夫、弓箭手和游泳者，其熟練的技巧並不是來
> 自於對有關的事實的積累，也不是靠拼命地使用自己的肌肉各外部
> 感官，而是對隱藏於各種表面的差異和多樣性中的那種最根本的一
> 致的利用（1），通過這種利用，就使存在於自身中的最根本的要素
> 同他使用的工具的最根本的要素達到一致（2）。（阿恩海姆《視覺思
> 維》第一章第一節「對感覺的不信任」，頁 45，滕守堯譯，北京：
> 光明日報出版社，1987 年）

（1）就是庖丁「以神遇而不以目視」，而（2）則是「指與物化而不以心稽」，
心（手）與媒材的合一。

　　（三）庖丁所以有神化的解牛技術，除了主體所具備的特殊的靈覺能力，
還在於擁有高度純熟的技巧。當然，這當中也預含有對於媒介之客觀限制的
超越（庖丁解牛「動刀甚微」，猶如〈達生〉之津人「操舟若神」），所以能夠
使刀（媒介）在牛（藝術對象）的間隙之中順序操作，而未嘗有所阻礙，即
所謂「依乎天理，批大郤，導大窾，因其固然，枝經肯綮之未嘗」。另外，值
得注意的是，庖丁這種高度的藝術技巧的獲得，乃是長期（十九年）創作經
驗累積的結果，丈人承蜩從「累丸二而不墜」到「累三而不墜」到最後「累
五而不墜」，輪扁斲輪有七十年（見〈天道〉「輪扁斲輪」的寓言），而大馬之
捶鉤則長達八十年，呂梁丈夫之蹈水亦自小爲之，「長於水而安於水」，都說

〔註12〕阿恩海姆著，滕守堯、朱疆源合譯，《藝術與視知覺》第二章第一節「作爲一
　　　種積極的探索工具的視覺」，頁 48，北京：中國社會科學出版社，1987 年。
　　　阿恩海姆並且以爲藝術之所以受到忽視，是因爲它的基礎被認爲是感知，而
　　　感知之所以受到鄙薄，則是因爲一般人割裂知覺與思維，對於知覺抱以不信
　　　任的態度，然而，在事實上，沒有這種感知力，任何一個研究領域的創造性
　　　思維都不可能，甚至理性思維，也要以此感知力爲基礎。

明了必須長期浸漬於一項技藝活動，才可能製作出完美的藝術品，《淮南子·脩務訓》中有一段話即能說明藝術創作「服習積貫」的重要性：

> 今夫盲者目不能別晝夜、分白黑，然而搏琴撫弦，參彈復徽，攫標
> 授標拂，手若蔑蒙，不失一弦。使未嘗鼓瑟者，雖有離朱之明，攫
> 援之捷，猶不能屈伸其指。何則？服習積貫之所致。

以上之第一、二點，我們解說了創作主體從事技藝活動時的靈覺狀況，第三點則屬於創作時技術問題，這兩方面存在著主從關係。因爲技術既是人之所爲，便不能不有人之「觀看之道」於其中。一切人爲之技藝，絕不能脫離創作者知覺之主導，庖丁高度純熟技巧的運作，便隱涵有其靈覺。莊子認爲，「術」是否能進而成爲「道」的關鍵，端賴於藝術家是否陶養得創作上的「智的直覺」，也就是郭若虛所說「默契神會，不知然而然也」的藝術直覺。值得注意的是，這種「智的直覺」，實際上涵攝了感官知覺層次的「感性直覺」，〔註13〕才使得藝術創作不只停留在感性的面向上。「智的直覺」並非要否定「感性直覺」，畢竟，創作活動必然要經過知覺物象的階段，然而更爲重要的是，藝術創作要超越「形似」的層次而上達「神似」的境地，而這境地，則必須終極地發之以「智的直覺」。具備了「智的直覺」，便能達到〈人間世〉所說「循耳目內通而外於心知」，耳目等五官不向外發卻皆備於虛靜心之中。〔註14〕唐代符載〈觀張員外畫松石序〉云：

> 觀夫張公之藝，非畫也，眞道也。當其有事，已知遺去機巧，意冥
> 玄化，而物在靈府，不在耳目。故得於心，應於手，孤姿絕伏，觸
> 毫而出，氣交沖漠，與神爲徒。若忖短長於隘度，算妍蚩於陋目，

〔註13〕「智的直覺」所直覺的是物自身的體性；「感性直覺」所感觸的是現象或表象。詳細分辨可參看牟宗三《智的直覺與中國哲學》16「智的直覺之意義與作用」。台北：學生書局，1987年。

〔註14〕莊子「五官皆備」、「耳目內通」的思想，被一些學者引爲後世藝術家在作品中製造「通感」或「聯覺」的形上依據。如張石《莊子與現代主義》（河北人民出版社）即以《莊子·人間世》「循耳目內通，而外於心知」、〈天地〉「淵默而雷聲」、「視乎冥冥，聽乎無聲，冥冥之中，獨見曉焉；無聲之中，獨聞和焉」以及〈天運〉「黃帝答北門成問咸池之樂」一段，皆是「通感」的現象。所謂「通感」，錢鍾書認爲：「在日常經驗裡，視覺、觸覺、嗅覺等往往可以彼此打通或交通，眼、耳、鼻、身等各個官能的領域可以不分界限。顏色似乎會有溫度，聲音似會有形象，冷暖似乎會有重量，氣味會有鋒芒。」參《七綴集》（台北：書林出版有限公司，1990年）中〈通感〉一文。事實上，以莊子思想來看，感官之間所以能夠相互借用，乃是通過「心」，「心」愈是虛一而靜，愈能發揮此種功能。

凝觚舐墨，依遠良久，乃繪物之贅也，寧置於齒牙間哉！

「遺去機巧，意冥玄化」所指爲藝術修養，「物在靈府，不在耳目」是以心觀物，而「得於心，應於手……與神爲徒」則是發之以直覺來從事創作。以畫竹爲例，鄭板橋以爲畫竹有「眼中之竹」、「胸中之竹」及「手中之竹」三階段，〔註15〕「眼中之竹」是初步觀察獲得的視覺表象，然而客觀事物具有多重角度的不同特徵，每看每異，故必須直觀對象的本質，細心觀得即成爲「胸中之竹」，再發以直覺振筆揮就而成爲「手中之竹」，所以蘇軾〈文與可畫篔簹谷偃竹記〉說：「故畫竹必先得成竹於胸中，執筆熟視，乃見其所欲畫者，急起從之，振筆直遂，以近其所見，如兔起鶻落，少縱則逝矣。」相關的見解，在繪畫上如：

張彥遠《歷代名畫記》中載劉宋宗炳云：

> 聖人含道應物，賢者澄澄懷味象，……夫以應目會心爲理者，類之
> 成巧，則目亦同應，心亦俱會，應會感神，神超理得。

明代董其昌《畫禪室隨筆》云：

> 形與手相湊而忘，神之所託也。

清代方咸享《邵村論畫》云：

> 蓋神也者，心手兩忘、筆墨俱化、氣韻規矩皆不可端倪，仁者見仁，
> 智者見智，所謂一切不可知之謂神也。

在書法上如：

唐代虞世南《筆髓論》云：

> 字雖有質，迹本無爲。稟陰陽而動靜，體萬物以成形，達性通變，
> 其常不主。故知書道玄妙，必資神遇，不可以力求也；機巧必須心
> 悟，不可以目取也。

在音樂上如：

歐陽修〈書梅聖俞稿後〉：

> 樂之道深矣，故工之善者，必得於心、應於手，而不可述之言也。
> 聽之善，亦必得於心而會以意，不可得而言也。

〔註15〕 鄭板橋〈題畫〉云：「江館清秋，晨起畫竹，煙光、日影、露氣，皆浮動於疏枯密葉之間。胸中勃勃，遂有畫意。其實胸中之竹，並不是眼中之竹也。因而磨墨展紙，落筆倏作變相，手中之竹又不是胸中之竹也。總之，意在筆先者，定則也；趣在法外者，化機也。」所謂「意在筆先」之「意」即藝術直覺，有此直覺方能產生法外之趣。

在文學上如：

包恢〈答曾子華論詩〉：

> 古人於詩不苟作，不多作。而或一詩之出，必極天下之至精，……
> 有窮智極力之所不能到者，獨造化自然之聲也。蓋天機自動，天籟
> 自鳴，鼓以雷霆，豫順以動，發自中節，聲自成文，此詩之至也。

畫、書、樂、詩，總之皆需得之於神遇，而不可以言傳。藝術乃是運用一定的物質材料傳達藝術家內心的審美體驗，審美體驗是一個整體不可分割的「默」的境界，自然必得之於「默契神會」的創作美學。然而，這種藝術上的「智的直覺」究竟「如何地」運作？以下，我們將用博蘭尼「默會致知」之「轉悟關係」的結構盡可能地進一步來說明以「神遇」的靈覺內容。概略地說，博蘭尼認為人之知覺一件事物乃由兩種意識所構成，即「支援意識」及「焦點意識」。後者是事物的意義，即所欲知覺的目標，而前者則是幫助吾人知覺此目標的輔助線索。經由輔助線索方能由支援上的「轉」（起點）而進入焦點目標的「悟」（結果），他解釋這種結構說：

> 因此，如我們所見，默會致知的結構包括了接合起來一對構成分子。
> 支援者的存在乃是在於它們指歸我們由它們轉而悟成的焦點。換句
> 話說，轉悟致知的功能結構是以接合的方式包括了一個支援上的
> 「轉」（from）和一個焦點上的「悟」（to or at）。（《意義》第二章「個
> 人知識」，頁 42，台北：聯經出版事業公司，1986 年）

博蘭尼認為這種「默會致知」是一融貫的判斷，具有不可精確地一一分析的隱約性，故屬於一種「個人知識」，因為，如果我們能一一確認支援成分的細部內容，那麼，支援部分豈非成為焦點部分？這說明了，支援意識與焦點意識乃為合作的兩部分，特質不同，不可相容。因此，有一項活動必然會破壞「默會致知」的結構，使得焦點的意義被取消、抹滅。他說：

> 在對一件事物有起轉意識（即「支援意識」）時，我們看到的這件事
> 物有意義，我們一把注意集中在我們原來只有起轉意識的事物上，
> 當初的意義就消失了。注意力集中於此物，此物就會以其自身、以
> 其硬生生的物體本質面對我們。這是以焦點意識代替起轉意識而發
> 生的意義剝奪。

〈養生主〉中所說以「目視」的層次所以顯得生澀滯礙，即因為缺乏「支援意識」的輔助線索，而直接面對焦點目標「所見无非全牛」，所以不知從何著

手。至於以「神遇」的層次所以能達至遊刃有餘之境地，則是具備同時蘊含兩種意識而有的「默會致知」，「神遇」是從一種無法一一指認的支援成分（包括觀物之道、心志專一、知覺經驗及技巧訓練等等）發展到焦點目標，所以「未嘗見全牛也」，「目視」只是以感官直接面對對象，而「神遇」則以想像之飛馳輾轉進行，整個動作是「莫之爲而常自然」（〈繕性〉）。〈天道〉「輪扁斲輪」便是體悟出這樣深刻的道理：

> 輪扁曰：臣也以臣之事觀之。斲輪，徐則甘而不固，疾則苦而不入。不徐不疾，得之於手而應之於心，口不能言，有數存焉於其間。臣不能以喻臣之子，臣之子亦不能受之於臣，是以行年七十而老斲輪。

在這段話中，包含了兩個重點的提示：

1. 輪扁自身莫能言喻卻心中有數的創作經驗。輪扁斲輪已臻於出神入化之境，故能「得之於手而應之於心」，「心」「手」合一，代表著「媒材」與「精神」融爲一體，「手」隨「心」轉，已達至藝術創作時的最高階段，這與前面所提及庖丁解牛時「以神遇而不以目視」之遊刃有餘，乃是同一境界，也就是由「技」入「道」的境界。

2. 這種創作經驗是無以傳授的。1、是指明創作經驗爲不可言說清楚，2、則是指明非但不能言說清楚，而且無法透過其他形式活動有所步驟地學習而得，所以從前的學徒要學習師父的專門技藝，就只有與師父朝夕相處，在實踐中默會而獲致，而沒有什麼理論課程。因此，創作活動乃是「不共之術」，故爲「不傳之道」。《淮南子・齊俗訓》說：

> 工匠之斲削鑿枘也，宰庖之切割分別也，曲得其宜而不折傷。拙工則不然，大則塞而不入，小則窕而不周，動於心枝於手而愈醜。

又說：

> 剞劂銷鋸陳，非良工不能以制木；鑪橐埵坊設，非巧冶不能以冶金。屠牛吐一朝解九牛，而刀可以剃毛；庖丁用刀十九年，而刀如新剖硎。何則？游乎眾虛之間。若夫規矩鉤繩者，此巧之具也，而非所以巧也。故瑟無絃雖師文不能以成曲，徒絃則不能悲，故絃悲之具也，而非所以爲悲也。若夫工匠之爲連鐖運開，陰閉眩錯，入於冥冥之眇，神調之極，游乎心手眾虛之間，而莫與物爲際者，父不能以教子。瞽師之放意相物，寫神愈舞，而形乎絃者，兄不能以喻弟。今夫爲平者準也，爲直者繩也。若夫不在於繩準之中，可以平直者，此不共之術也。故叩宮而宮應，彈角而角動，此同音之相應也。其

於五音無所比，而二十五絃皆應，此不傳之道也。

由以上論述，總之，在藝術創作上，「技」與「道」之根本差異便是前者仍然受到器物材料種種的制約，後者則是脫離了規律、規範，而入於運規律、規範於巧妙之中的境地。這裡，吾人亦可以看出，在莊子的觀念中最高明的創作乃是合於道，當中藏有「默知」，並不把「技」從「道」孤立出來，僅僅作為純綷的技術而已。

第三節　作品的完成及審美經驗的發生

一、作品的完成

在前面二節，我們解說了藝術創作前，創作主體精神如何以修養工夫來涵養自身的真性情，也就是「作者之真」，以使創作時得以保持守神專一的心志，從而獲致「默會致知」的藝術直觀能力，去直觀對象整體存在的本原生命，也就是「對象之真」。

經過如此的兩個創作歷程，藝術家所創造出來的藝術品自然不只是停留在無意義地表現一般感官經驗的事物，而是能傳達人之整體的存在內涵，如是的藝術品就具備了「作品之真」。它的特質就在於總是保持與具體的、現實的、不可分割的真實世界的聯繫。它所構成的審美現象開顯了真理，包括著人對於真實存有的全部體驗，所以謝林以為：「展示最高的作品，只能由永遠者創造出來。」而「作品中所展現的美，其自身又是永遠者。」（轉引自竺原仲二前揭書，頁 121）這種美的作品，在於繪畫，就是要達到〈田子方〉「宋元君將畫圖」所謂「解衣般礡」的「真畫」境界。在於音樂，〔註16〕則是達到〈天運〉「黃帝答北門成問咸池之樂」所謂「天樂」的境界：

　　……天機不張，而五官皆備，此之謂天樂。无言而心說，故有焱氏

　　為之頌曰：「聽之不聞其聲，視之不見其形，充滿天地，苞裹六極。」

「解衣般礡，裸」是個藝術意象，其義有三：1. 修養方法，2. 精神境界，3. 作品意境。所以郭熙《林泉高致》論作畫云：「莊子說畫史解衣般礡，此真

〔註16〕在文學的領域中也是如此，朱光潛認為：「詩的境界是用『直覺』見出來的，它是『直覺的知』的內容而不是『名理的知』的內容」，朱光潛雖以禪宗的「悟」來解釋「直覺的知」，實則莊子「神遇」說即含有「悟」的意思。參《詩論》第三章「詩的境界——情趣與意象」，頁 52，台北：漢京文化事業有限公司，1982 年。

得畫家之法。人須養得胸中寬快，意思悅適（1），如所謂易直於諒，油然之心（2），則人之笑啼情狀，物之尖斜偃側，自然布列於心中，不覺之於筆（3）。」「天樂」也就是「天籟」，郭象注〈齊物論〉之「天籟」時云：「自己而然，則謂之天然。天然耳，非爲也，故以天言之。」由此可知，「眞」畫以及「天」樂，所以是至美的藝術成品，因爲它們呈現了「自然」的「道」之屬性。就繪畫之藝術類型而論，不外乎是模擬外在物象的「寫實畫」或者是抒發人類情志的「寫意畫」，然而，二者不過是題材選擇上有所差異，並無評價上的高低之別，就莊子之判斷標準而言，重要的是，所畫的是否能成其爲「眞畫」。「眞畫」之「眞」嚴格規定其意義，應當包含兩方面的眞，一者爲作品的「內容之眞」，一者爲作品的「形式之眞」，前者之義爲：作品是作家自身「眞實上的表現」，後者則是：作品是作家「表現上的眞實」。

就作品的「內容之眞」而言，「寫實畫」必須是寫物之生意，就是要在畫面上充分生動地反映出對象自身的本質（即物之「理」、「眞」或「神」）；「寫意畫」則必須是要能寫己之眞性情，也就是畫家「內部之眞」，即擺脫塵累之俗心而歸於自由無限的生命本源。例如張彥遠《歷代名畫記》評論顧愷之畫的筆迹時曾說：「界筆是死畫也。守其神，專其一，是眞畫也。……眞畫一劃見其生氣。」對於「眞畫」，張氏所下的判斷有二：創作主體必須「守其神，專其一」，以及畫中必見「生氣」，這兩個判斷，皆符合莊子論斷「眞畫」的標準。又如宋代董逌《廣川畫跋》說：

> 世之評畫者曰：妙於生意，能不失眞，如此也，至是爲能盡其技。

韓拙《山水純全集》後序載張懷瓘之語：

> 凡畫者辟天地玄黃之色，泄陰陽造化之機。

清代鄒一桂《小山畫譜》云：

> 入細通靈，人之技巧，至於畫而極，可謂奪天地之功，泄造化之祕，……

華翼綸《畫說》云：

> 蓋天地眞境，……取之不盡，用之不竭，於以知筆墨之通乎造化。

都說明了與莊子同樣的評價標準。藝術品在內容上必須取得眞實，也說明了有限的藝術品之所以能被視爲無限的代言者，是因爲它能夠彰顯萬有無限的生命，因此，松本亦太郎說藝術家是被稱爲：

> 在山、水、雲中發現宇宙無限的生命，看到其中種種妙不可思議的

姿態，因而對之憧憬、眷戀，抓住這些山、水、雲中的久遠的生命，並使之表現在藝術上的人。畫家之畫山水，實在是通過其作品，把宇宙存在（絕對的存在）展現在自己眼前。（轉引自竺原仲二前揭書，頁 122）

至於作品的「形式之眞」，莊子有一些原則性的提示。〈大宗師〉說：「覆載天地刻雕眾形而不爲巧」，郭象注：「自然，故非巧也」，成玄英疏：「眾形雕刻，或資造化，同稟自然，故巧名斯滅」；〈應帝王〉又謂：「雕琢復樸」，成疏：「雕琢華飾之務，悉皆棄除，直置任眞，復於樸素之道」。這些觀點，都不應被單純地視之爲本質地否定形式技巧，畢竟，無技法何以成事？其意指應是，「雕琢」的技巧之事，非不可爲，而是必須出之以「自然」，必須「任眞」，白居易〈大巧若拙賦〉中的一段話，可以爲此見之注腳：

> 噫！舟車器異，杞梓材殊，罔枉柄以鑿，罔破圓爲觚，必將考廣狹以分寸，審刓方以規模，則物不能以長短隱，材不能以曲直誣，是謂心之術也，豈慮手之傷乎？且夫大盈若沖，大明若蒙，是以大巧棄其木工。則知巧在乎不違天眞，非勞形於木人之內；巧在乎無枉物情，非役神於棘刺之中。

白居易認爲，藝術創作的材料本身爲客觀限定，甚至是無意義的，它必須成爲精巧的藝術品，才有永存價值，而精巧的標準則是「不違天眞」，所以可能致此，藉乎作家之心術，也就是白居易所謂「大小存乎目擊，材無所異」（亦見於白氏〈大巧若拙賦〉）。然而，我們可以進一步問：怎樣才是技巧上的不失眞？依莊子「無爲而爲」的啓示，就是要用法而不見法，用巧而不見巧，去爐錘之迹，無斧鑿之痕，就如梓慶之削鐻、匠石之運斤一般。白居易所謂「巧之小者有爲，可得而闚；巧之大者無迹，不可得而知」（同前），用法而不見法，就具備了「在神明之中、巧力之外」的「活法」，﹝註17﹞「活法」是「無定法而有定法」，因爲「造詣至無法之法，則法不可勝用矣」（朱庭珍《筱園詩話》）。由此可知，莊子「任眞」的技法觀，不重在於有法、無法之辨，而重在於「如何」用法。以上陳述，要以言之，欲製作出偉大的藝術品，技

﹝註17﹞葉燮《原詩‧內篇上》云：
> 法有死法，有活法。……法在神明之中，巧力之外，是謂變化生心。變化生心之法，又何若乎？則死法爲定位，活法爲虛；虛名不可以爲有，定位不可以爲無。不可爲無者，初學能言之，不可爲有者，作者之匠心變化，不可言也。

巧上的自然為不可忽略的要素,能以「眞法」傳達「眞理」,才能成就「眞品」,
所以,漆緒邦說:

> 藝術之「眞」,首先是情性之眞,是情性之自然。藝術之眞,還在於
> 自然情性的表現之「眞」。文學是內在情性和外在語言表現的統一,
> 這兩者皆「眞」,才能得到文學作品的整體的美。(見漆緒邦《道家
> 思想與中國古代文學理論》五、「大巧若拙」、「雕琢復樸」與「天工
> 自然」,頁 173,北京:北京師範學院出版社,1988 年)

總之,在莊子的藝術寓言中,吾人可以得知,藝術的眞實性,當可括及三方
面:作品之眞、對象之眞以及作者之眞。至於這三者之間的關係,莊子有如
下之啟發:

1. 「作品之眞」就是要傳達「作者之眞」或者是「對象之眞」。
2. 「對象之眞」則是透過「作者之眞」之觀照而具見。
3. 「作品之眞」亦必須在「作者之眞」的條件下,才能獲致表達效果。
4. 「作者之眞」為創作之樞紐所在。

關於這幾個面向,雖然莊子都只是原則性的指點,並無詳加解說,後世
藝術家卻從中發展出許多重要的藝術理念,並應用於藝術品的創作。例如第
一點涉及了作品與實在的關係問題,第二點涉及了「再現」與「表現」是本
質上的差異,抑或程度上的差異。第三點則涉及作者人格與風格的統一與否
等等。由於這些議題自身的複雜性,致使我們無法在此詳盡析論,不過,在
解說美感經驗的發生之後,我們將略作線索式的交待。

二、美感經驗的發生

歷代文藝批評家一致認為,審美經驗的心理感受乃為不可言傳,若欲描
述之,委實不易。然而,莊子在〈天運〉中,卻有一段論述,極為精妙地描
述審美經驗獲致時的心理特徵,雖然,這段言論旨在描繪藝術之鑑賞者在「接
受過程」中產生的心理狀態,但我們認為,這樣的審美經驗亦如實地發生於
藝術家之「創作過程」中。莊子說:

> 北門成問於黃帝曰:帝張咸池之樂於洞庭之野,吾始聞之懼,復聞
> 之怠,卒聞之而惑。蕩蕩默默,乃不自得。
>
> 帝曰:……吾奏之以人,……。
>
> 吾又奏之以陰陽之和……予欲慮之而不能知也,望之而不能見也,
> 逐之而不能及也,儻然立於四虛之道,倚於槁梧而吟。目知窮乎所

欲見，力屈乎所欲逐，吾既不及已夫。形充空虛，乃至委蛇，汝委
蛇，故怠。

吾又奏之以无怠之聲，……動於无方，……天機不張，而五官皆備，
此之謂天樂。无言而心說，故有焱氏爲之頌曰：「聽之不聞其聲，視
之不見其形，充滿天地，苞裏六極。」汝欲聽之，而无接焉，而故
惑也。樂也者，始於懼，懼故祟。吾又次之以怠，怠故遁。卒之於
惑，惑故愚，愚故道，道可載而與之俱也。

這段議論明確地將審美經驗分爲「懼」、「怠」、「惑」三個階段或三種境界。
第一階段的「懼」，是指某種獨特的審美對象顯現時，心理上瞬間產生一種「不
確定」的緊張狀態。由於審美對象將觀者的感官知覺、理性思維「初步地」
垂直切斷，主體便突然面對一個未知的情境，故產生恐懼之情。郭象注說：「初
聞無窮之變，不能待之以一，故懼然悚聽也」。「不能待之以一」，就是不能「聽
之以氣」，因爲剛入審美的境域中，耳目感官既不能作尋常的直接運作，又不
能靜心觀之，自然陷入「懼然悚聽」的狀態中了。進入第二階段時，審美思
維繼續垂直地作用於非審美思維，成玄英疏云：「夫形充虛，則與虛空而等量；
委蛇任性，故順萬境而無心；所謂隳體黜聰，離形去知也，只爲委蛇任性，
故悚懼之情怠息。」「無心」、「去知」，就是理性思維「欲慮之而不能知也」、
感官知覺「目知窮乎所欲見」，二者俱在審美對象前由「懼」之初步感受而進
入「目瞪口呆」的狀態，主體「大體地」把握對象的整體，審美意識爲對象
所吸引而隨順於物，漸漸地進入第三階段「惑」的狀態中。在「惑」的階段
中，由於智止慮息，一切聽之任之，並與之同化、交融爲一。此時，理性完
全超越了時空界限，追隨音樂而馳騁，枉顧自身的限定而轉換爲審美思維，
進入「動於无方」的「神遊」境地。因爲，北門成所聽聞的是「天樂」，必須
「聽之以氣」，而不能「聽之以耳」；以耳接之，必須依賴相應於聽覺的形式
音律。然而，「天樂」乃是「聽之不見其聲，視之不見其形」，以致感官上的
能聽（耳），沒有所聽（聲）以爲符應，所以，黃帝回答說：「汝欲聽之，而
无接焉」，這就是爲什麼北門成會陷入「迷惑」的狀態裡。莊子以「愚」的描
述語來形容審美主體獲得最高審美經驗時的「表面」，這個「表面」也就是〈齊
物論〉中南郭子綦的「形如同槁木」，〈達生〉「紀渻子養鬥雞」之「呆若木雞」。
雖然，至於「愚」之「表面」所含的「表情」的內容又是如何呢？

　　審美經驗從發生到完成爲一有層次性的過程，並非每一個審美主體都能

享有最高境界的審美經驗——惑。然而，一旦審美主體進入「惑」的審美層次，其內心則必然產生「美感」及「樂感」。〈田子方〉中借孔子見老聃的寓言說明這種審美效果：

> 老聃曰：吾游心於物之初。
>
> 孔子曰：何謂邪？
>
> 曰：心困焉而不能知，口辟焉而不能言，嘗為汝議乎其將。……
>
> 孔子曰：請問游是。
>
> 老聃曰：夫得是，至美至樂也。得至美而游乎至樂，謂之至人。

「游心於物之初」是審美境界中主客關係的交融，「至美至樂」則是所游境界的總體描述詞。這個描述詞並非指涉於客觀現象界，而是主體內在的精神狀態。它所產生的具體感受就是「美感」及「樂感」，而此感受不能以理智思維加以分析（所以「心困焉而不能知」），也就不能相對地以語言來表達陳述（所以「口辟焉而不能言」）。

總結本章論述創作與修道的本質聯繫，我們可以簡要的歸納為下列幾個重點：「道心」是修道能否見道的關鍵，「文心」是創作能否成功的關鍵，「道心」為「文心」之形上依據。「道心」與「文心」都有下列之特質：

（一）不同於觀看事物時帶有意欲的普通方式，放棄用概念思維。

（二）知覺主體全神貫注於知覺對象本身，但不是黏滯於其上，而是「即於物而超於物」。

（三）主體以己之真與知覺對象之真融為一體。

（四）不固著於事物之物理空間、時間和因果關係。

最後，我們還要線索式地交待，本章所述莊子的藝術思想對於後世的藝術理念有什麼啟發。

1. 「心齋」、「坐忘」的修道工夫，以得「真心」→「心不勞」（石濤《畫語錄》）之藝術存養，以得「作者之真」。

2. 「真心」能「游心於物之初」，掌握到「萬有之真」→作者掌握到「對象之真」。「萬有之真」或「對象之真」是主體精神境界中所朗現者。

3. 「真心」能達到「乘物以游心」的物我合一→「神與物游」的審美思維方式。〔註18〕

〔註18〕劉勰《文心雕龍‧神思》云：

文之思也，其神遠也。故寂然凝慮，思接千載；悄焉動容，視通萬里。吟詠

4. 「真心」能培養「一志」(專一心志)→「凝神」的專注態度。

5. 「真心」還能具有「神遇」之直觀的觀看→歸之於「神會」之藝術直覺的創作方式。

6. 創作的目的是要製作出「氣韻生動」(極物之真)、能洩造化之祕(道)的「真品」(真畫)。

7. 「作品之真」包括「內容之真」及「形式之真」。二者皆不能脫離「作者之真」而獨立存在。

8. 「形式之真」是「無法之法」的「活法」(刻雕眾形而不為巧)。

9. 「內容之真」,就「寫實畫」而言,是要寫物之生意;就「寫意畫」而言,是要寫己之真性情。然而,物之生意乃由作者觀照而得,「寫實畫」並非複製對象的物理存在,必然含有作者的「觀點」,故寫物之生意即寫我之意。所謂「寫實畫」,在中國繪畫的定義中,是要寫物的真實性,而物的真實性,則必須透過主體的真實心觀照而得。因而,「寫實畫」在某個程度上,也就是「寫意畫」。由此可知,在中國的藝術理念裡,「再現」與「表現」並非有本質之別,而是程度之別。從某個角度來說,甚至並無具嚴格意義的「寫實畫」,一切的「再現」皆出自於「表現」,此為中國藝術中獨特的「表現觀」。這種想法,可在莊子「境界型態」的道論中,找到根據。〔註19〕由此,吾人亦可以理解:

9-1 蘇軾等人何以可能發展出「文人畫」,何以「文人畫首重精神」(陳衡恪〈中國文人畫之研究〉),因為藝術皆是「心聲心畫」,「心」與「作品」之間實存在著「有機性的聯繫與對應關係」。〔註20〕

之間,吐納珠玉之聲;冒捷之前,卷舒風雲之色,其思理之致乎!故思理之妙,神與物游。神居胸臆,而志氣統其關鍵;物沿耳目,而辭令管其樞機。有關「神與物游」之中國傳統審美方式,其論證可參考成復旺《神與物游》一書,北京:中國人民大學出版社,1989 年。

〔註19〕滕守堯認為只有道家的表現論,才真正代表中國的表現論。道家的表現論是認為藝術若欲達到成功的表現,必須首先與「道」達到完全的合一,於是,藝術家之表現自我,即等於表現「道」。參滕守堯《審美心理描述》第六章第五節「東方人的『表現觀』」,頁 175,台北:漢京文化事業有限公司,1987 年。

〔註20〕石守謙認為,中國之藝術理論一致以為「道」「藝」兩者之有著密切關係,並且發展出兩種看法:

1. 「形式」與「心」二者之間具有對應的關係。

9-2 「詩是無形畫，畫是有形詩」（蘇軾〈書摩詰藍田煙雨圖〉）之「詩畫本一體」成立的基點在於，詩畫無非都是主體精神境界的表現。

9-3 既然寫物之生意即寫我之意，那麼，只要能把我「胸中之竹」、「胸中之丘壑」表現出來即可，並不需要拘泥於是否符合物理時空中的真實。如王維出自興會的作品〈袁安臥雪圖〉，畫雪裡芭蕉，合桃、杏、蓮花、芙蓉等四時之物為一景。這種傾向到宋代取得自覺，乃至明清之際發展成主觀的變形主義，都可從此找到契機。〔註21〕要表現對象的真實性，只需以「象徵式」形象符號描繪出來，觀者從這個符號，不但可以看到生動的審美對象，也可以看到審美主體的情感樣態。

從以上的線索看來，藝術創作以「作者之真」最為緊要，「道」、「心」、「藝」依次的從屬關係，顯示了「人格與風格必然統一」的創作觀，郭若虛〈論氣韻非師〉中以為畫可以「印證」畫家之心，絲毫無所藏匿，〔註22〕「在他看來，人格不啻就是氣韻，它不僅影響一個人繪畫藝術成就的高低，更在冥冥中決定了畫家的表現風格。」（石守謙〈賦彩製形——傳統美學思想與藝術批評〉一文，收於《美感與造形》，引文見頁47，台北：聯經出版事業公司，1990年）《石濤論畫》則認為：「以形作畫，以畫寫形，理在畫中（1）。以形寫畫，

---

2. 「用筆」與「氣韻」求之於人格修養。此詳細之論證過程，參石守謙〈賦彩製形——傳統美學思想與藝術批評〉一文，收於《美感與造形》，台北：聯經出版事業公司，1990年。

〔註21〕 變形主義多出之以個人主觀之畫法。相關意見有：

倪瓚〈題自畫墨竹〉曰：

余之竹聊以寫胸中逸氣，豈復較其似與非、葉之繁與疏、枝之斜與直哉？或塗抹久之，他人視以為麻為蘆，僕亦不能強辨為竹，真沒奈覽者何。

明代唐志契《繪事微言‧山水性情》曰：

凡畫山水，最得山水性情，……自然山性即我性，山情即我情，……自然水性即我性，水情即我情，而落筆不板呆矣。

清代鄒一桂《小山畫譜》曰：

今以萬物為師，以生機為運，見一花一蕚，諦視而熟察之，以得其所以然，則韻致半自然生動，而造化在我也。

〔註22〕 郭虛若《圖畫見聞志》卷一〈論氣韻非師〉說：

人品既已高也，氣韻不得不高；氣韻既已高也，生動不得不至。……且如世之相押字之求，謂之心印。本自心源，想成形迹；迹與心合，是之謂印。矧乎書畫發之於情思，契之於絹素，則非印而何？押字且存諸貴賤禍福，書畫豈逃乎氣韻高卑？夫畫猶書也。楊子曰：「言，心聲也；書，心畫也。聲、畫形，君子小人見矣。」

情在形外。至於情在形外，則無乎非情也（2）。無乎非情也，無乎非法也（3）。」（見俞崑編著《中國畫論類編》，台北：華正書局，1984 年）石濤的看法就是：1. 以繪畫來狀物，則物理即存在於畫中；2. 繪形成畫時，即融進了自己的情感，「形」便在「情」的包圍之中，則畫中無往而非己之情；3. 所以，只要表現自己的情感，不需受限於規矩、法度，「情」就是「法」的依據。郭若虛與石濤之見，都典範地代表了創作存乎一心的藝術思想，能達到創作的最高境界，也就進入「不知藝之為道，道之為藝」、〔註23〕道藝不二的境地。

〔註23〕《宣和畫譜》曰：「畫亦藝也，進乎妙則不知藝之為道，道之為藝。」

第五章　詮釋原則與體道原理的關係

　　藝術作品發生於作者，它的眞正完成卻需要讀者的參與詮釋，詮釋的任務並非絕對主觀任意，乃是進行於相對客觀的條件之下。而詮釋主體的詮釋原則或態度，必然基本地影響詮釋活動的效益。因此，詮釋原則的正確建立，實爲進入詮釋活動之前的一項重要工作。在本章，我們所要討論的主題，便是莊子如何論詮釋原則，並且這些原則是如何本質地聯繫於修道者體道的態度。由於莊子的詮釋觀多半發表於論及語言的一些看法中，因此，本章所述的論點，主要依據莊子的語言觀，而所討論的詮釋對象，則以文學作品之藝術類型爲主。

　　約略地說，修道者之體道與詮釋者之解讀文本，其本質聯繫表現在兩方面：第一，一般所謂的「文本」，是指由讀者參與詮釋的文學作品或其他藝術類型的作品。「道」從某方面來說，也可被視爲一「文本」，接受存有者的詮釋，所以，體道原理也就是一種詮釋原則，能了解體道原理，對於文本的詮釋原則自能有所啓發；第二，「文本」是人對存在經驗之體悟所「表意」的名相（簡言之，「文本」是體道者之所表意），如果視道爲「第一文本」，則文學作品就是「第二文本」，一旦詮釋者接受「第二文本」時，能否較完整地領悟文本中、文本外的意義，自然亦涉及詮釋者的體道經驗，文藝批評者在從事詮釋工作時，並不能脫離他在世界中的存在觀，二者相互聯繫。根本地說，以哲學的角度來看，「文本」乃是以「道」的展現方式爲自己的展現方式，或者說，「文本」是以展現「道」的方式來展現自己，〔註１〕因而詮釋文本自然

〔註１〕杜夫海納認爲，藝術家「是人與世界關係的負載者，這不僅因爲藝術家表現了人與世界的關係，還因爲藝術家本人就生活在這種關係之中。」見 R・馬格廖拉著，周寧譯《現象學與文學》，頁 243，瀋陽：春風文藝出版社，1988 年。

關涉於體道經驗。上述兩點也可以印證道、藝為不二。至於莊子所說體道原理及詮釋原則之實質內容為何，本章將分三節以為討論，所據之原文，最重要有兩段言論：

1. 〈天道〉：「世之所貴者書也，書不過語，語有貴也。語之所貴者，意也，意有所隨。意之所隨者，不可言傳也。」

2. 〈外物〉：「筌者所以在魚，得魚而忘筌；蹄者所以在兔，得兔而忘蹄；言者所以在意，得意而忘言。」

第一節　「語之所貴者意也」：文本意義的獲取

當代文學理論中，以「意義」為討論核心，其中又以「如何獲取意義」最受到關切。簡要地說，主要可分為兩種對立的看法：第一種是認為，意義產生於文本自足而封閉的「形式」之中，這個看法又可約分為二：1. 文本意義的獲取，是要掌握作品「可見的」一切形式。例如，俄國形式主義注意文學是否運用陌生化的語言創造出陌生化效果；新批評則徹底地斬斷文本的一切「外在」因素，而只保存客觀永久性的作品本身，只關注作品形式如肌質、語境、語象、隱喻、張力等。2. 是要發掘作品抽象「不可見的」邏輯形式，如結構主義悉心於發掘文本的深層結構，亦即作品的內在邏輯、抽象模式、理性規範。我們可以總稱這第一種看法是「形式主義」。第二種是認為，意義生成於主體解讀開放性文本的體驗中，不論是將重點置於作者或是讀者上，意義是要被感知而不是分析的。例如現象學美學、解釋學美學、接受美學等，在基本上都是抱持這種看法。我們可以稱這第二種看法為「體驗美學」。這兩大陣營的看法所以為對立，其根本原因是在於對文學「語言」與「意義」的關係的見解不同。俄國形式主義、新批評乃至結構主義都強調語言的第一性地位，認為意義不是語言所「表現」，而是語言所「創造」，是語言的效果，作品擁有意義，僅僅是由於它擁有語言。但「體驗美學」者卻認為，意義先於語言、形式；語言只是顯現意義。文本的風格、語義的「總體」把握，依賴於主體之判斷、體驗、感悟。〔註2〕我們認為，對於文本「意義」所持的基本觀點，莊子是較接近於「體驗美學」一派的看法，因為，不論「道文本」或是「文學文本」，其意義的終極獲取端賴於解釋主體「默會致知」的感悟力。

〔註2〕 所述概況參考王一川《意義的瞬間生成》一書，濟南：山東文藝出版社，1988年。

因此，以下我們將部分地借用「體驗美學」基本的意義觀，來清楚地分析莊子的意義觀。

1. 世之所貴者書也，書不過語，語有貴也。

「書」就是作者創造出來的「文學作品」，它是一個物理事實中的物質客體，卻又超越於其物理性的存在。文學作品形成時，包括幾個層次，字音結構是文學作品的第一個層次，為文學作品賴以存在的「基礎層次」。文本誕生時便具有固定的字音結構，包括字詞所固有的聲音以及字詞組成的句子的韻律、節奏、語調等等。這個字音的物質結構客觀地存在，永遠不變。正因為這個客觀存在體，才使文學作品獲得客觀的地位，並且，無論觀眾如何具體化，使一部文學作品表現有所不同，吾人仍能確知其為同一部文學作品。由這點來看，文學作品是一個特殊的存在體，就其客觀性及外觀而言，它類於實在中的其他物質客體；就其不變性和同一性而言，它又不同於其它物質客體。因為，物理性的實在客體不會永久不變，並且更為重要的是，文學作品還具有它的「意義層次」，使文學作品（書）成為有價值的存在物。

文學作品的第二層次是在字音的基礎上所產生的意義層次；此為文學作品的「基本層次」。意義層次植根於字音層次之中，以字音作為載體來實現自身，這個意義也就是字音一般性的指涉義，以及一系列意義單元所組成作品較為穩定的表面義，這個意義產生的來源，當然不是字音自發的作用，而是通過讀者的意識對字音的組合而來。文學作品的第三個層次是附著在指涉義之上，具有象徵意味的「表現意義」的層次。這個意義層次較為不穩定，在特定的語境中，往往具有不同的變化和作用。不過，「表現意義」雖然呈現不穩定的狀態，但大致上應該有一個「圖式化的觀相」。這個圖式乃是作者意向性趨勢在作品中的體現，是作者獨特的「印記」。這個印記內在於作品中。並且，這個圖式只是一幅構架，一張草圖，其自身尚未豐足，所以還留有「空白」、「未定點」，尚待讀者之感悟來加以具體補充。最後，文學作品還有一個超越於前三者或在文外的層次，就是具有「形而上性質」，〔註3〕這是作品所顯出無以名之的某種氣氛、意境，「它籠罩著作品中的人、物、事件，以它的

〔註3〕　「形而上」一詞，在中國哲學中的意義，本是指超越一切現象之上，為現象存在之普遍的原理。並且，此原理乃是具體地內蘊於個體之存在物之中。有關「形上」二字之意義在中國哲學的意涵，可參考韋政通著《中國哲學辭典》，台北：大林出版社，1982年。因此，本論文在此處所指文本之「形而上性質」，乃意味：每一文本皆具有其終極的存在意義，皆具有其分殊之理。

光輝穿透和照亮一切」。〔註 4〕無疑地，這種氣氛攸關文本整全意義的獲取與否，所以杜夫海納說：

> 「把一個客觀化的思想的機理拆開，這是一項主要工作」，也就是結構主義的事業。但我覺得，這項事業，只有在一種已經被知覺到或者至少被預感到的意義的氣氛中，才能進行。（杜夫海納著，孫非、陳榮生譯，《美學與哲學》第二部分 3、「文學批評：結構與意義」，頁 147，北京：中國社會科學出版社，1985 年）

由以上可知，一部文學作品是由字音層、指涉意義層、表現意義層以及凌駕於前三者的形而上性質所構成。第一層次屬於物質性，其他三層次又使之超越物質性。顯然地，莊子所謂「書不過語」之「語」，當是指文學作品的第一及第二層次。因為語音至少具備其基本的約定俗成的指涉意義，語音一旦出現即含有語義；所以，「語」當可指語音及語義二者。然而，文學作品中的語言乃是具有象徵性質的藝術語言，象徵（或隱喻）是藝術語言之有機整體中不可或缺的要素。如果沒有象徵，則藝術語言便要喪失其生命，而僵化為一約定俗成的符號系統。語之所貴處便在於象徵語言所表現的意義，而讀者的解釋任務，其目的就在於辨認那些超越在語言表面意義之外的象徵意義。

2. 語之所貴者，意也。（言者所以在意）

以藝術語言為媒介而形成的文學作品，其價值在於它具有表現意義。這個表現意義使作品成為有「意向性」的存在體，而此意向則是由作者所予以投射。然而，作者的「意向」如何發生？文本中表現義所展現出來的圖式，乃是作者置身於存在中對於真理的體驗、領悟，亦即體道經驗的描繪。依莊子之意，就是將修養主體之心靈所朗現的藝術境界描繪出來。換言之，作者解悟道之「第一文本」，並加以表意而創造出「第二文本」。因此，「文本意義」便有雙重所指：道文本及文學文本的意義，並且前者即隱含於後者之中（或謂於文意之外），讀者解讀文學作品時，實際上接受了兩重意義。不過，這兩重意義乃是一體之兩面，文學作品的意義即是道之意義。讀者在發掘文學作品的意義的同時，其實就是在發掘道對於人的意義，這也就是藝術與道不可分之處。杜夫海納就說：

〔註 4〕 關於文本的這四個層次，部分參考波蘭美學家羅曼・英伽登（Roman Ingarden 1893～1970）《文學的藝術作品》第二部分「文學作品的結構」。筆者未見此書，其分法轉見 R・馬格廖拉著，周寧譯，《現象學與文學》中介紹英伽登之文學理論的部分。

作品來到世界上是爲了對我們談論世界。作品爲說出某些東西而說話。（杜夫海納著，《美學與哲學》，頁 148，北京：中國社會科學出版社，1985 年）

又說：

只有依靠世界，在世界中找得意義的源泉，才是有意義的。（同前，頁 149）

意義產生在人與世界相遇的時刻，因爲世界只有在人的目光或人的實踐的自然之光中才得到闡明。（同前，頁 150）

「人與世界相遇的時刻」就是人之體道的瞬間，意義產生於體道的瞬間，而作品就是要對「讀者」說出這個體道而得的意義；作品的意義也就在此時產生。從此也可以得知，作品「說出」某些意義，必須讀者「聽到」。否則，意義就只是一個潛在的存在體。

總之，作品具現作者體道的意向，而詮釋者接受作品中作者的意向並加以詮釋，其所獲取的文本意義有兩方面：一者爲對於文學作品所表現的內涵意義的領悟；一者爲對於道之意義的領悟。而道之意義可謂是文學作品之意義的形上本體，爲文學作品的超越層次，也就是作品意義之所依從者，故成玄英疏云：「隨，從也。意之所出，從道而來」。

〈秋水〉云：

可以言論者，物之粗也（1）；可以意致者，物之精也（2）；言之所不能論，意之所不能察致者，不期精粗焉（3）。

（1）部分可以是就文學作品的第一、第二層次而言。言論爲能指，而所指則是其指涉意義，乃爲一約定俗成、相對穩定的符號系統，故較清楚、明確；（2）部分可以是就文學作品的第三層次而言，表現意義所展示的概括圖式，是修道者體道可感悟的經驗；（3）部分則可以是就文學作品的第四層次而言，乃爲「意之所隨者，不可言傳也」，只能致知於默會之中。最後，值得注意的是，「語有貴也。語之所貴者，意也」暗示了在漸進的修道過程中，莊子肯定語言對於得道自有其階段性的價值，故要「得意」。其實，莊子否定的並不是語言本身，而是語言使用者出之以成心，造成語言的使用及理解的不當；若出之以眞心，則所言、所見無不是眞言。因此，就詮釋而言，更重要的是能否有較正確的原則、態度。

第二節 「得意而忘言」：文本意義獲取的開放性

上一節我們論及有關獲取文本意義的問題，有此問題則必然引發下一個問題，即獲取時有沒有絕對的文本意義？這是發生在詮釋活動中最基本也是最重要的問題，關係著詮釋者基本的詮釋態度。關於這個問題，莊子「得意忘言」之說在語言與意義的關係提供了原則性的回答。在本節我們將分四個重點來論述：1、道未始有封：語言意義的本體論依據；2、言未始有常：語言意義的自我解構；3、得意忘言：語言意義的開放性；4、忘言之「忘」的意涵：「虛」的詮釋態度。分別討論於下。

（一）道未始有封

任何的創作及詮釋活動皆不能脫離主體所持總體的「意義觀」（包括世界觀、眞理觀、語言觀等）。〔註5〕就創作而言，表意方式與其所欲表現者（言與道）有一定的內在聯繫。因此，莊子以「寓言、重言、卮言、詭辭」等表意方式，以及「謬悠之說、荒唐之言、無端崖之辭」（〈天下〉）之「遊戲式」的風格來展現其思想，乃至他對整個言說系統意義成立基礎的觀察，實際上皆有其本體論（道）之意義及依據。

莊子認爲，透過「心齋、坐忘」的虛靜工夫，修道主體心中所朗現的道之精神境界，是一個主客交融爲一的境界，在這個主客合一的境界中，宇宙間的萬事萬物都是一種可以互相轉化的變的動態存在，亦即是一種「不知周之夢爲胡蝶」抑或是「胡蝶之夢爲周」的「物化」之變。人爲的主客之分乃爲虛假所致，一旦達到物既是客亦是主，我既是主亦是客、物我合一的狀態，物我彼此便能自由換位。在此當下，「魚樂即是我樂」，「我樂即是魚樂」。由此可知，莊子之「知」魚樂，乃是成立於「一樂則一切樂」（顏崑陽〈從莊子「魚樂」論道家「物我合一」的藝術境界及其所關涉諸問題〉，收於《中國美學論集》，頁127，台北：南天書局有限公司，1987年）的藝術心靈境界中。再進一步討論，在莊子的思想裡，「道」乃是「天鈞」，而「天鈞」即是「齊物」。所謂「齊」，「不是『同樣一致』，廢除各自個體的獨特性質，反而是描寫諸多種物體，各有不同特色，互集成群」（吳光明《莊子》，頁181，台北：東大圖書公司，1988年）。正因爲「差異」，所以成其爲「齊一」：萬有皆有其

〔註5〕創作之例可參考葉維廉《比較詩學》中〈語法與表現〉一文，有具體而仔細的討論。

獨特之生命。〔註6〕既然，在「天鈞」的觀照下，萬物皆爲齊一，那麼，在萬物與我合一的境界中，彼此就能「相通相生」，何須一定爲「胡蝶」，一定爲「魚」？爲Ａ，爲Ｂ，爲Ｃ……爲一切物皆可，因此，錢新祖認爲：

> 莊子的「道」跟個體萬物之間，以及萬物的個體之間，都是相依相
> 通相生相滅的。就這個意義而言，莊子的宇宙本體在存在上原就是
> 自我否定自我磨滅的。〔註7〕

既然莊子所體悟的道體是如〈齊物論〉中，由莊周而胡蝶，由胡蝶而莊周的「物化」境界；那麼，這個道便顯示「未始有『封』（限定）」的性質，吾人因而可以說，「道」是一個永遠開放的非系統化的境界。

前面說過，表意方式與其所表現者有必然性之聯繫，就文學創作而言，爲了要表現道體豐富未封的物化意境，就必須使用象徵語詞，進而構造意象（象徵圖式）的藝術策略，以致文本沒有固定不變的絕對意義，因爲「道未始有封」致使「言未始有常」。

（二）言未始有常

「道」自身是一個不斷自我解構，充滿無限可能性的物化境界。因此，從另一角度來看，體道也就是一種「多義性」（兩行）的體驗。作品的內容爲了表現如是的多義性體驗，就必須採取多義性的語言策略，因爲，藝術語言不同於邏輯語言。邏輯語言由抽象概念形成，所提出的意義是一種確定但又完全空洞的意義；而藝術語言由具體的意象構成，所提出的則是一種充實但是非確定的意義，因而致使文本整體的意義系統隱藏了多種解釋的可能，並且意義與意義之間乃是相衍相生相滅的遊牧行爲。莊子「藉外論之」的「寓言」是一種類比的象徵語言，蘊含有豐富、盈餘的意義；「重言」則是對於傳統意義加以創造性地詮釋，顯示反對意義的絕對權威性；「巵言」則隨機而發以顯意義，又隨說隨掃以解構意義；乃至矛盾弔詭的「詭辭」，則又展現意義自相磨滅的不穩定性。這些表意方式一再揭示不可能有固定而充整的界說形成，意義乃具開放性，而此開放性正是道之自我開放於世的具體呈

〔註6〕 〈秋水〉云：「以差觀之，因其所大而大之，則萬物莫不大。因其所小而小之，則萬物莫不小。知天地之爲稊米也，知毫末之爲丘山也，則差數觀矣。」

〔註7〕 見錢新祖〈佛道的語言觀與矛盾語〉，刊於《當代》第十一期。不過，他似乎將莊子之道理解爲客觀而超越之宇宙本體，與我們之以道爲主體之精神境界的立場有所不同。

現，這就是爲什麼高宣揚說：

> 歸根結底，在解釋學家看來，語言不僅是眞理的表態途徑和陳述形
> 式，而且也隱含著一切與眞理相關聯的人類經驗的密碼。（高宣揚《李
> 克爾的解釋學》33、〈解釋學的語義學領域〉，頁 158，台北：遠流
> 出版公司，1990 年）

這裡所謂語言「隱含著一切與眞理相關聯的人類經驗的密碼」，即是意味在語
言運作的邏輯中，得以發現與道同樣的運作邏輯。因爲在某一個層次上，語
言便是以道的方式來展現自己，至於能否如此，便有賴於運用語言之主體，
是否能以眞心出以眞言了。由意義的解構性質來看，吾人亦能因此明白，何
以在諷刺別人之後，莊子又往往將自己從說話者之主體中心地位抽離出來而
反回來嘲弄自己，如〈齊物論〉：「予謂女夢，亦夢也」、「今且有言於此，不
知其與是類乎，其與是不類乎，類與不類，相與爲類，則與彼無以異矣」。以
下我們試著再進一步說明意義的這種解構特性。

〈齊物論〉云：

> 物无非彼，物无非是。自彼則不見，自知則知之。故曰彼出於是，
> 是亦因彼。彼是方生之說也，雖然，方生方死，方死方生；方可方
> 不可，方不可方可；因是因非，因非因是。

在言說的領域中，莊子認爲「說」的意義的成立，一定是彼此相生相滅，就
如道之物化境界。「此」意義所以可能成立，乃因有相對之「彼」意義存在，
「是」意義得以成立，乃因「非」意義處於暗處支持。（彼此相生、是非相生）
換一個角度以觀之，當「此」意義、「是」意義出現時（方生），它們同時也
爲「彼」意義、「非」意義所否定（方死）（彼此相滅、是非相滅），反之，亦
復如是。這也就是語言「指明──隱藏」的特質，關於此，高宣揚說：

> 語言的神奇性正是在於：語言是利用象徵的特性玩弄「指明──隱
> 藏」的雙重方向的運動的魔術──語言在「指明」時就包含了一種
> 新的「隱藏」，而在「隱藏」時又包含了再次指明的可能性。這種「指
> 明──隱藏」的遊戲，最生動地體現了語言作爲中介，作爲文化儲
> 存所，作爲經驗的凝縮符號的優點。（高宣揚前揭書，頁 158）

語言之「指明──隱藏」特質就是「道」的「凝縮符號」。「道」之境界便是
朗現於「開顯」（有）──「遮蔽」（無）的辯證消融中。雅克・德希達（Jacques
Derrida）的「延異」說，也傳達了類似觀念。「延異」（Differance）同時表示

「差異」與「順延」兩個意義，德希達解釋道：

> 一方面它（延異）指出差異──區別、不平等、可辨性，另一方面
> 它表達了延遲之介置、一個時間與空間上的中斷、目前所否定所認
> 爲不可能的延至「以後」而使之成爲可能。（轉引自吳密〈解結構之
> 道：德希達與莊子比較研究〉，刊於《中外文學》十一卷第六期）

從這段引文可以得知，「延異」爲一自相矛盾之辭，既表示「不同」，又表示
「同」。其意味，一個言說意義不可能絕對、不改地存立，可能同時，抑或「以
後」爲其他意義所推翻。所以，沒有一種對文本詮釋所得的意義是封閉不可
異議而可以成爲定說，每一次詮釋所獲的意義都是暫時地設定可行的。〈齊物
論〉之云「言者有言，其所言者特未定也」，或可從此角度以理解。〈逍遙遊〉
中以一連串的隱喻去掃除現存的名義，展開自我解構，文字上由鯤而鵬，到
野馬、塵埃……，一個指義發生，卻爲另一個指義所轉變，廖炳惠認爲：

> 這種小大的變形，由名義之指向另一些名義，由直言轉爲假借，由
> 意義的建立到意義的抹除，在在都暗示出文字現存的不穩定性，而
> 且又瓦解了文字所似乎到達或導出的「自足」。（廖炳惠《解構批評
> 論集》，頁70，台北：東大圖書公司，1985年）

其實，也正因爲文字爲了要到達「自足」的企圖；這種達義的理想，造成意
義的連鎖追逐遊戲，因而開啓了文本創作、閱讀廣闊的空間，而不是以一套
結構或系統去加以限定。

（三）得意忘言

　　語言雖然以道的方式來表現自己，卻無論如何也不可能窮盡道。因爲道
乃是「自主地」在自我解構中作用地保存其自身，而言說畢竟非道，只能作
爲指道工具的有限者。其根本的限定就在於，一有言的同時，則即與道分而
爲二，〈齊物論〉即宣稱：

> 天地與我並生，萬物與我爲一。既已爲一矣，且得有言乎？既已謂
> 之一矣，且得无言乎？一與言爲二，二與一爲三。自此以往，巧歷
> 不能得，而況其凡乎！故自无適有以至於三，而況自有適有乎！无
> 適焉因是已。

文中「爲一」與「謂之一」處於對待關係之中，「爲一」是「無言之化境」，
而「謂之一」則是處於「有言之境」，言與一分而爲二，若繼續以對待之思考
進行解析，則必陷入無窮後退的因果系列關係之中。只有「言無言」、「無言

之言」才能消解言與道的對峙關係。〔註8〕可見，莊子一方面肯定語言能傳達某些意義，而另一方面卻又不信賴語言果能傳達固定不變的意義，以故吾人不應過度信任語言，一旦用言之後便應「忘言」。至於讀者在詮釋文本時，也不應認為文本具有「一義性」，這「一義」從作者到作品可以順理成章，從作品到讀者仍然傳送著同樣的意義。事實上，已不存有「太陽式」的意義，只有「星星式」的意義。〔註9〕德希達也是要打破這種神話，所以他自己典型的閱讀習慣是，抓住作品某個無關宏旨的一個注解、一個反覆出現的次要術語或形象、一個隨便寫出的隱喻，精心地加以琢磨，以致它大有可能瓦解那些貌似文本的穩定意義。〔註10〕因為，讀者一開顯一個意義，同時便有其它的隱藏意義被遮蔽著，這些都成為文本中的「空白」、「未定點」。它們使文本尚有多種解釋的可能，使讀者與作品可以產生開放性的「對話」。每一次的「得意」都是暫時成立的，必須透過「忘言」再進行閱讀行為，而非形成一種主觀的已成已定之見，由「得意」→「忘言」→「得意」→「忘言」……的循環活動，才有可能獲得逼近全面的「意」。

（四）「忘言」之「忘」的意涵

雖說「得魚而忘筌」、「得兔而忘蹄」、以至「得意而忘言」，然而我們要進一步問：得魚固可忘筌，得兔固可忘蹄，而得意固可忘言嗎？語言果真能如工具一般，任人自如地拾之棄之？

由現代語言哲學的研究成果得知，從思想體系脫胎而出的語言體系，其實本身就是思想體系的一部分，因為語言體系中的語法結構與語意結構就是思想內涵的一部分。因此「語言」對於思想來說，並不只是一種工具；語言

〔註8〕 牟宗三解釋這段文意說：「『為一』是無言之化境，此名曰『無』，此無是一，即以『一』代表無。『既已謂之一』便是處于有言之境。有言之『言』與此有言中之一是『二』，此二即是名言之『言』與其所觀名之客對象之『一』之兩者，故曰『一與言為二』。此二再與原初無言中之一合而為『三』，故曰『二與一為三』。此之謂『自無適有以至于三』。」參牟宗三《圓善論》，頁283、284，台北：學生書局，1985年。

〔註9〕 德希達認為，「世界上的一切的運行，都不再是太陽式的，而是星星式的」。至於什麼是「星星式」的運行？這個觀點將事物的「區別性」或「差異性」看作是哲學家解釋世界的立足點，而此「區別性」則是一種同傳統哲學所堅持的「一義性」相對立的「歧義性」。參高宣揚《解釋學簡論》導論部分，台北：遠流出版公司，1989年。

〔註10〕 詳細意見，可參考伊格頓（Terry Eagleton）所著之《當代文學理論》，台北：南方叢書出版社，1983年。

本身就是一種思想的形式（錢新祖〈佛道的語言觀與矛盾語〉）。所以，莊子將「言」類比於「筌」、「蹄」，並不意味他一定把語言視為同「筌」、「蹄」一樣，只是純粹的物質工具，畢竟，語言雖以物質性為基礎層次，但它又是超越於物質層。既然，「語言本身就是一種思想的形式」，那麼，莊子說要「忘言」，他的根本之意就是要在「思想」上下工夫，培養一種非主觀、執著的觀物態度，才能因有活潑的思想，而在語言的世界中逍遙而遊，才有可能超越語言之上以觀語言，甚至創造語言。莊子為吾人所示範演出的表意方式，就是自由地在語言中遊戲卻不被語言所困。「忘」，在莊子的思想中等同於「虛」的態度；「虛」則「明」；「以明」則能「兩行」而不落入相對主義的境地。並且，透過這樣自我的虛位而能自由地轉移，也使莊子之解構意義不盡同於西方之解構主義。後者乃是意義的懷疑主義，而莊子仍相信存在著一種超越意義，即「天地一指，萬物一馬」。這個「一」，亦即「道通為一」、「惟達者知通為一」的「一」，超越相對、無分無封，故能同時照明「指」與相對的「非指」。〔註11〕總之，因有「虛而待物」的胸懷，詮釋者才不會執黏於語言，才不致以主觀之認識架構去框架、減縮、歪曲文本可能的意涵。並且，僅管理解及詮釋都無可避免地有「成見」；然而，詮釋者亦能常常提醒自己要隨時檢視、修正一己之識見。更有甚者，所謂文本意義的「開放性」，絕非任意、毫無客觀限制的開放。因為，「虛」的詮釋態度，會使讀者將詮釋之前，先「無私地」觀看文本，理解文本之整體（可參看第四章所述審美態度），故詮釋工作因作品而仍有其相對客觀的條件限制。

　　然而，文本終極而整全的意義，並非等同於每一次之得意的總和。而是大於其總和，那麼，多出總和之處為何？這個多出得意總和的意義，便是蘊含於讀者對於文本意義整體的「默會致知」中。

第三節　「意之所隨者，不可以言傳也」：文本意義的默會致知

　　文本需要默會其意義，乃是基於它所依據的「道之形上文本」是一個無言之境。因此，「沉默」可以有哲學及美學意涵。

〔註11〕「一」，也不會使莊子落入獨斷主義，因為此「一」為「一而不一、不一而一」，在「吾喪我」之去成心的境界中齊觀萬物。

　　大體而言，人之理性可分為四個層次：科學理趣、分析理趣、詮釋理趣及默觀理趣。居於最高層次的「默觀理趣」，其終極關懷乃是全體存在，其所表現之理性則是以原始而整全的姿態去「促動最深沉的存有之律動」，〔註12〕莊子哲思所關懷的也就是這個層面。並且，在傳道過程中，為相應於整體存有之境界，莊子有一種極高妙的言說方式打破語言的限制，亦即「言無言」之「默」。唯獨「默」的言說方式，才不致割裂、支離一體之渾然。唐力權認為，對於東方思想家而言，「沉默」有其積極意涵，他們並不視「沉默」為只是言說之缺如，而是以「沉默」為言說之超越。他說：

> 由於在東方思想中，真理之所在，並非哲學家的言說或表達，而主
> 要卻是他實踐沉默的方式；因此所謂真理——不論是儒家聖人的至
> 誠、道家真人的純任自然、或禪師的頓悟——並不是稱述或命題的
> 性質，而是統合於沉默中的實存事態之實在性。……在東方哲學中，
> 一個哲學家所不得不說出以及已說出的話，其重要性與意義，必須
> 根據他的沉默（他的言說之超越）來判定。〔註13〕

這段話之意是，言說行動本身即預設了一個可以讓它自己得以發生的基礎——被說出的世界事態，而這個做為前提的事態，就是一種沉默的事態。換言之，言說因沉默的事態而生。既然，「沉默」是言說之所從出，則「沉默」便不是言說之否定面或對立面——不說或沒說，而是言說的超越，其所說更多。因此，簡政珍說：

> 也許沉默是存有（being）或意識質疑語言的方式。麥盧龐帝
> （Merleau-Ponty）以為，沉默不是阻礙語言，而是開展語言的潛力。

〔註12〕此理性之四層次乃依據沈清松〈理性的四個層次〉一文之分法。他解釋這四者，「它們彼此相關，逐層穿透，形成理性的全體大用。其最基礎者，為科學理趣，再其上則為分析理趣，再上之則為詮釋理趣，而以默觀理趣蓋其頂。在其中，科學理趣、分析理趣、詮釋理趣皆含有認知和行動面，至於默觀理趣則含知行、兼主客，不再有知行之分，且為任何區分的圓融之基。」此文收於《哲學與文化》第十六卷第十期。

〔註13〕見唐力權著，賴顯邦譯〈哲學沉默的意義：有關中國思想中語言使用的一些看法〉一文，刊於《哲學與文化》第十四卷第七期。唐力權認為，「什麼是沉默？」這個問題在西方傳統中未曾被人視為一個嚴肅的哲學問題，直至維根斯坦、海德格等哲學家，才標舉出沉默不可或缺的重要性。他指出西方哲學家所以未能領悟沉默的積極涵義之原因，「與他們未能掌握無或空無的真實涵義有密切的關聯。對他們來說，沉默只是言說之缺如而已，正如空無只是存有物的否定一般。」

只要沉默，語言的意義就無止境，存有以質疑反應這個語言的世界，任何由質疑再進一步的探索，都在尋求解答的可能性，語言因此趨於完滿。（簡政珍《語言與文學空間》，頁 54，台北：漢光文化事業有限公司，1989 年）

至此，「沉默」當是雙重事態：既是實在界的事態又是語言事態，唯有「默」的語言事態才能表達「默」的實在事態。了解「沉默」上述的積極意義之後，吾人當能理解莊子為何在回答存有問題的重要當下，常是付諸沉默。最顯著之例即是〈知北遊〉中，「知」問道於「无為謂」，三問三不答（「非不答，不知答也」），黃帝告於「知」：「彼无為謂眞是也」、「知者不言，言者不知」。另外，〈齊物論〉「既已為一矣，且得有言乎」、「大道不稱，大辯不言」、「孰知不言之辯，不道之道」；〈寓言〉所謂「不言則齊」；〈在宥〉雲將之曰「天將朕以德，示朕以默」、「大人之教……處乎无響」、「覩无者，天地之友」；〈天運〉「天機不張，五官皆備，无言而心悅，此之謂天樂」；〈天地〉便深刻地記道：

黃帝遊乎赤水之北，登乎崑崙之丘而南望，還歸遺其玄珠。使知索之而不得，使離朱索之而不得，使喫詬索之而不得也。乃使象罔，象罔得之。

以感官經驗（離朱）求道不得，以語言文字（喫詬）亦求道不得，只有通過有象而無象、無象而有象的「象罔」，才能求得窈冥昏默的至道（玄珠）。「默」也就是「象罔」，不說而說、說而不說，故為回應至道之「眞言」。

既知「道」為所沉默者，那麼，該「如何」來具體地實踐沉默？或者是以什麼方式來實踐沉默？無疑地，「藝術」是一個重要的方式，因為它的特質就在於以「默會致知」的直覺力來保有存在之全體。創作主體透過「默會致知」的直覺力表現本體意義的「默」（詳見第四章第二節），而接受主體則要能以作者的視境為基礎，領悟所得仍然是一具體而整全的存在感受，故同樣必須具備「默會致知」的綜合統攝能力。因為，一方面，創作者無法透過一一的細部解釋，分析自己的作品，而將作品的「內在意義」全然傳予讀者（作品之意不等同於作者之意），所以博蘭尼說：

任何明示的機械性程序都無法代替這種整合活動（即默會致知）。最重要的是，即使能把一項整合的認知內容意譯出來，也無法傳達該內容的感覺質地。你只能躬親這質地，只能內斂於這質地之中。（《意義》第二章「個人知識」，頁 46，台北：聯經出版事業公司，1986 年）

另一方面，當接受者閱讀一件文本時，如果他的焦點全神貫注於此文本細部的構成部分（此細部的構成部分原本是作為輔助線索而指歸文本之意義），如一首詩則分析它的象徵或比喻，或格律、押韻、音質，甚至文法，以及詩的其他一切微妙形式，而最後不能歸之於一種總體的想像之感受；那麼只能分而不能合，不能合則文本的終極意義，便不能為接受者所領悟。此處並非意味文本之詮釋不能採取分析的態度，只是更重視讀者積極能動的想像力以及想像中所作的總體感悟；因為採取分析態度——把注意力從注意的焦點轉到指歸這個焦點的支援線索上，整個意義整合就被破壞了。所以，博蘭尼又說道：

> 讀詩，我們知覺其節奏、韻腳、音質、文法構造以及所用字眼的獨特含意，這知覺是輔助性的。這些成分可以拿來一一個別檢驗，不過，這樣作難免模糊了、甚至抹煞了詩作的意義。把焦點注意從詩作的構成部分轉回詩作，我們對詩作會有更深入的了解；由另一方面看，此詩的新鮮度可能喪失幾分，無可挽回了。無論如何，如果要看到此詩的意義，我們必須把我們對構成部分的焦點意識重新變成支援意識才行。（前揭書第四章「從知覺到比喻」，頁98）

從而吾人當能明白莊子所說「無聽之以耳、無聽之以心」而「聽之以氣」的道理所在。因為身與心，都只是停留在感官知覺所觀照對象表面形式的層次，至多不過是把事物的相狀一一查知，並沒有進入事物之中，即未能「內斂於事物之中」而發生總體判斷；至於氣則不同，因其「虛而待物」，故能入於物。此理亦能說明何以北門成聽咸池之樂，最終能「聞之而感，蕩蕩默默，乃不自得」的緣故，成玄英於此疏云：

> 第三聞之，體悟玄理，故蕩蕩而無偏，默默而無知，芒然坐忘，物我俱喪，乃不自得。

北門成第三度聽聞音樂，能整體感悟之，即以「默會致知」內斂於對象中，所以得音樂之整全意義而「無偏」，卻又不知其所以然。以是得曉，主體之感悟力對於詮釋活動之重要地位。後世創作者總好言「修養論」，而批評者總好作「印象式批評」。就「學」的角度來看，其缺失固是不重視分析；然而，其特殊價值亦或正在於這樣的特色：具有融貫的、綜合的直覺判斷力，而這也或許正是今人正逐漸喪失的一種重要的能力。

　　本章我們論述了《莊子》中，體道觀與詮釋觀之間的本質關聯，這個強調主體之自覺工夫的詮釋體系，為中國文藝詮釋理念傳統的發源之一，與代

表儒家鑒賞論的「知音」說，成為中國詩學中兩大詮釋論系。「從唐司空圖的『韻外之致』到宋代嚴滄浪的『言有盡而意無窮』，然後清代王士禎的神韻說和袁子才《隨園詩話》的弦外之音，都是一脈相承的一套詮釋觀。但眾所週知，在這套詮釋觀背後，道家的言意說一直被認為是其哲學基柱。」（王建元〈《莊子》中的詮釋觀〉，刊於《當代》第七十一期）從此得知《莊子》詮釋原則之重要性，而此原則則是建基於其體道原理之上。

第六章　莊子藝術哲學在藝術創作中可能的體現

　　直至目前爲止，本論文之討論皆在說明莊子藝術哲學之種種內涵。至於以如此之理念所創作出來的具體藝術成品，可能展示何種樣式？當然有無限可能，中國山水畫是其中之一。徐復觀《中國藝術精神》中極爲強調，山水畫的出現乃是莊學在藝術上的落實。所以致此，則是道的精神具象化爲山水畫中之神韻，道之「自然」義，表現爲山水畫中之「自然」。至於山水畫中之「自然」如何體現道之「自然」，則關乎畫中視覺模式所呈現的觀看之道，亦即形式中所蘊含的思維性格。

　　郭繼生《藝術史與藝術批評》一書中，曾描繪了中國繪畫史上，由宋代強烈的「寫實主義」到元代的寫意與率意風格，再到明清的「變形主義」的發展概況。〔註1〕我們在第四章討論過，中國山水畫家的用心都是在於參與造化，表現心目中理想的自然。然而，在具體的藝術繪畫形態上，不同時代卻

〔註1〕郭繼生指出，唐末五代的荊浩之《筆法記》中所提出的畫法六要「氣、韻、思、景、筆、墨」代表對於繪畫形式與氣韻並重的方向，北宋畫風則是繼承晚唐五代這種重視形式的寫實傾向。南宋則轉爲追求氣氛的塑造，簡潔的構圖。元代繪畫藝術由於是以文人畫爲主流，風格也就由宋代之寫實走向寫意的風格，強調藝術家個性的表現，元代這種風格使畫家較不關注題材的描繪，而在於借「風格」表現畫家自己，此種傾向至明清更爲強烈。「也可以說，同樣是寫意的風格，元代畫風還在物象與主觀的率意中維持平衡而不致於過分忽略物象，但到了明代，主觀成分加強。」終於在明末清初發展出一種「變形主義」。以上參郭繼生《藝術史與藝術批評》中〈中國藝術史傳統的特徵與發展的大勢〉一文，頁 76、77，台北：書林出版有限公司，1990年。

呈現了不同的風格。自宋到明清，山水繪畫所表露的視覺模式雖有發展上的差異，但在這些視覺模式所蘊涵的觀看之道以及畫家的世界觀上，其承繼關係卻有跡可尋。本章的論題即在於，企圖從宋代以降山水繪畫中「遠」與「空白」的藝術現象所隱含的觀看方式以及相關的空間意識，來考察其與先秦莊子之藝術理念之間可能發生的關係。此處所謂的「發生」，並非意指具體的發生事實，而是就二者內在之思惟模式親密的程度而言。在此論題下，我們有四點說明：

1. 每一視覺歷史，都包涵了當時畫家整個世界觀的基礎。

2. 討論對象所以取擇山水畫，乃因為：

    2-1 這個藝術形態以觀看活動為其基本的美感觀照，而觀看方式最易見出畫者之存在態度；

    2-2 由於繪畫是以名山大川、廣闊浩瀚的空間景象為主要素材，畫者必有視野上的擴展，對於有限——無限的存在意義的感悟，當有一定程度的深刻性；〔註2〕

    2-3 由於與自然保持融洽的關係，觀看山水的活動，最能代表中國人的觀看之道及存在觀。

3. 畫家觀看山水是行動地步步看、面面觀，顯然是一種身體的知覺活動，自然與空間意識有關。而時空觀與形上學密不可分，於是能進入深邃而根源的哲學意涵的發掘。

4. 所謂「可能」的，意指藝術史上的發生事實，不必與莊子思想的發展有必然的關聯，但就莊子之藝術哲學自身的系統來考察，乃為可能衍生出來如是的視覺形態。

我們希望由此進路上溯莊子之藝術精神，一方面具體印證莊子藝術哲學在作品中可能的實現，另一方面則藉此以彰顯莊子獨特的觀物方式及時空意識。

本章一共有四個論述重點：

（一）「遠」與「空白」的藝術現象：此部分在於指出，宋代以後之山水畫乃是利用「遠」與「空白」的藝術表式，來指向道之無限境界。此外，還

〔註2〕 徐復觀《中國藝術精神》認為：「所以能在山水中得到精神的解放，是因為在山水之形中能看出山水之靈。而所謂山水之靈，實際乃是可以使人精神飛揚浩蕩的山水之美。……山水的本身是無記的，無個性的，所以可由人作自由地發現；因而由山水之形所表現出的美，是容易由有限以通向無限之美。」見第四章「魏晉玄學與山水畫之興起」，頁246，台北：學生書局，1988年。

交待了二者在山水畫的構圖上，彼此的關係及演變，藉以說明視覺模式的承繼創新。

（二）「遠」與「空白」如何呈示自由無限的精神：這部分乃爲本質地深入此二形式，具體分析其如何展示道的境界，於是引出觀看方式及空間意識形式思惟的論題。

（三）畫境中詩意的思惟模式：「詩意的思惟模式」是一種超越於藝術類型之上，成爲中國藝術中典型而重要的思惟模式，其最具體地表現於王維一派的自然詩中。因此，在此部分，我們除了說明繪畫中「詩意的思惟模式」之歷史發生意義外，還要分析自然詩的思惟模式，來說明其本質意義。

（四）莊子的藝術原理：此部分爲溯源工作，在於指出「遠」與「空白」的觀看方式及空間意識，如何從莊子藝術哲學的內在理路系統中，找到相關的根據，以作爲藝術創作之原理。除此之外，還有二個重點：一爲莊子的時間觀，此與空間意識緊密相關；二爲莊子「離合引生」的負面辯證法（此語源於葉維廉，後文將有討論），此爲莊子根本之思惟方式，在美學及哲學層面上，皆本於此，故不得不作交待。

第一節　「遠」與「空白」的藝術現象

（一）「六遠」的提出及實踐

「遠」是一種中國山水畫對透視的獨特處理方式。「六遠」之說產於宋代，乃是山水畫對透視的運用所提出的具體辦法。「六遠」即高遠、深遠、平遠、闊遠、幽遠和迷遠。前三遠爲郭熙在《林泉高致》中所提出，後三遠則爲韓拙在《山水純全集》中所補充。

郭熙《林泉高致・山水訓》中有如下論說：

> 山有三遠：自山下而仰山巔，謂之高遠；自山前而窺山後謂之深遠；自近山而望遠山，謂之平遠。……高遠之勢突兀，深遠之意重疊，平遠之意沖融而縹縹緲緲。（《畫論叢刊》上卷，頁23，香港：中華書局）

「高遠、深遠、平遠」乃是根據長、寬、高之「三度空間」的原理。（1）高遠法的構圖，視點在水平線之下，所以用高遠法構圖的山水畫，好像自山下仰望山巔，也就是一種仰視（有時被稱爲「蟲視」）透視法，有突兀之感，可

以表達山川的雄偉高大。如范寬〈谿山行旅圖〉。（2）深遠法的構圖，視點在水平線之上，所以用深遠法構圖的山水，好像由前景俯瞰後景，有重疊的感覺。自山前而窺山後，有時能見重山複水，有時遇前面一座比視點更高的山，則只能見其近山，而不能見到後面遠山，便達不到「窺山後」的目的。然於中國山水畫家的表現要求上，可用移動視點，即將視點逐步往前移，甚至可以翻過高土再往前移，亦即利用畫面上之透視運用，突破空間之局限。這種表現，與中國山水畫家的步步看、面面觀有一定的關係（容後討論）。例如黃公望〈九峰雪齋圖〉及王蒙〈青卞隱居圖〉等，都是這樣的一種深遠透視的表現。（3）平遠法的構圖，視點在水平線附近，所以用平遠法構圖的山水畫，好像由近景望遠景，有從容的感覺，這種表現為古今山水畫所常見，如陳汝〈荊溪圖〉及倪雲林〈溪山圖〉等皆是。由以上之分析，可知三遠的視點各有所不同，但在山水畫中卻又往往能加以綜合。以范寬〈谿山行旅圖〉為例，畫家對主峰的觀察是由下而上作逐步地注意，在達到一定高度後，然後眼光凝注，作最後的俯瞰。作品中，畫家既採取前後距離的移動，又採取上下縱昇的移動，隨時保持描寫對象的近距離特質。他是把各個移動所能見的景象做一思想的融鑄，而歸結在一恆久不變的形中。換言之，畫家經由視點的移動來發現對象的恆常形，在此形之中，融鑄各個視點之所見，並作合理而協調地表現於畫面上。從此，吾人可發現畫家之「看」與一般人之「看」有所不同。一般人看山，無法將繼續的印象加以綜合，其思想與眼光只能集中於一個點上，在同一個時刻中，只能運用一個「能見度」。但范寬卻同時運用了三個「能見度」，把一般人不易綜合的連續印象綜合起來。〔註3〕由於三遠的綜合運用，使得畫家的目光可以俯仰往還，自由游移，宗白華〈中國詩畫中所表現的空間意識〉一文中便說：

> 中國「三遠」之法，則對於同此一片山景「仰山巔，窺山後，望平遠」，
> 我們的視線是流動的、轉折的。由高轉深，由深轉近，再橫向於平遠，
> 成了一個節奏化的行動。……由這三遠法所構的空間不復是幾何學的
> 科學性透視空間，而是詩意的創造性的藝術空間。趨向著音樂境界，
> 滲透了時間底節奏。（宗白華《美從何處尋》，頁99，台北：元山書
> 局，1986年）

〔註3〕 關於范寬〈谿山行旅圖〉視點之分析，參考袁金塔〈中西繪畫空間表現法的
比較〉，以及林田壽〈中國山水畫構圖中觀點移動的分析研究〉。前者刊於《藝
壇》一六〇、一六一期；後者刊於《新竹師專學報》第十二期。

郭熙之後，韓拙《山水純全集》亦有「三遠」之說，其文謂：

> 愚又論三遠者：有山根邊岸，水波互望而遠，謂之闊遠。有野霞瞑
> 漠，野水隔而彷彿不見者，謂之迷遠。景物至絕而微茫縹緲者，謂
> 之幽遠。（俞崑編著《中國畫論類編》，頁 662，台北：華正書局，
> 1984 年）

（4）闊遠的構圖法，簡單地說，就是近岸有廣水而遙對遠山者，有曠闊之感，故稱「闊遠」，最具典型的就是倪瓚（倪雲林）之一河兩岸布局法。這種布局法在元代廣為流傳。至於（5）迷遠其在畫面上的感覺是瞑漠能見又彷彿不見，如山色有無中一般。迷遠表示一定空間深度的變化，其有滅點，但不能清楚見出；有消失的面，亦非能仔細辨認，其遠近惟能憑觀者之感覺去領會。宋・米友仁所畫呈現朦朧的成分，即為此法。所謂「迷」字，「在透視關係上，它能表現遠；在藝術處理上，它能處理『藏』，並有助畫面意境的含蓄」（王伯敏〈中國山水畫的「六遠」〉，刊於《中國畫》，1982 年第二期）。（6）幽遠的特色，就是表現景物茫然縹緲的感覺，傳達實景中若有若無的畫面。

「六遠」之透視法，不僅可以重點選用，而且可以合而用之，即所謂「六遠合一」，在一幅山水畫中，畫家將六遠之透視巧妙地結合一起，如王希孟〈千里江山圖〉、張擇端〈清明上河圖〉、黃公望〈富春山居圖〉以及石濤〈黃山圖卷〉等，皆為六遠合一的成功作品。

（二）「空白」的產生及純粹化

宋室南渡，基於人文、地理環境、氣候等各種不同因素，〔註4〕山水畫的風格亦同時作極大轉變。從北宋「大山堂堂，主山直立」大氣魄的構圖，一變而為邊角構境，輕舒空靈的趣味，馬一角（馬遠）與夏半邊（夏圭）是這類風格的代表。這種邊角取景方式的運用，在整個中國繪畫史上，至少具有下列二項重要意義：

（一）以簡馭繁，以有限追求無限的韻致，解決了五代荊浩、關仝以迄

〔註4〕蔣勳《美的沉思》指出，南宋山水畫中的留白可以從幾個角度思考：
　　1. 政治變革引起的「殘山剩水」意識。
　　2. 江南水鄉的視覺影響。
　　3. 徽宗畫院以文學性詩題取士的推波助瀾。
　　見〈中國藝術中的時間與空間（三）——「無限」與「未完成」〉一文，頁 112，
　　台北：雄獅圖書股份有限公司，1986 年。

北宋，中峰鼎立，層巒疊嶂式佈局法運用到極致，所產生逐漸停滯進展的困境。

（二）由於有形筆、墨的經營集中於邊、角地帶，自然地在畫面上突出了一大片空白。這種有意識的餘白處理，對元明以降側重空靈之風氣產生很大的啟發作用，同時對時空也可以作更真切的捕捉。

由（一）可以得知，在表達有限追求無限的命題下，南宋山水畫家逐漸有了在表現形式上不同的體認，視覺模式開始有了轉機。由（二）可知，南宋是山水畫留白產生的關鍵。李霖燦〈中國畫的構圖研究〉一文便說：

> 十二世紀時的蕭照、夏圭是半邊畫法虛實各半的代表人物，而十三世紀的馬遠，則是一隅一角構圖法的創始人。（《故宮季刊》第五卷第三期，頁 29）

然而，空白具有純粹性，則是在元代。蔣勳在《美的沉思》中指出：

> 文人畫的正式成立，中國繪畫空白的純粹性，都在元四大家手中完成，正是因為文人畫所處理的山水已不再是具體的山水，而是一種心境。（頁 112，台北：雄獅圖書股份有限公司，1986 年）

這種主體性的心靈呈現，由山水畫中空白構圖形式廣受重視的發展可以見出。如前所指，南宋是山水畫留白產生的關鍵。在此以前，作為構圖一部分的留白，總是視覺的，它是水或天或雲的延伸，如米友仁的「雲山」系列作品中留白的部分，仍予人實體之感覺，是一種「實體空白」。文學性明顯增加的南宋繪畫，留白逐漸由實體空間轉為抽象空間，而至元四大家，則完成抽象空白，宋畫煙霧迷漫的氣氛逐漸在元代淡去。例如倪瓚運用空白之法，不同於宋人使空白代表一片煙霞的風格，而是把空間統一在抽象層界的藝術觀。那些空白使天空、水域的暗示處理減至最低程度，而是一種無表象意義的空隙，因而賦予畫面一種抽象性和迷樣的效果。倪氏減少繪畫元素以及繪畫分量，使一切還原到單純的材質表面，讓材質自我呈現，生紙上所呈現的空白成就了「繪畫語言」的「默」的境界。倪瓚的畫風影響歷四百餘年之久，若明初的王紱，明中葉之沈周、文徵明，以及明末的董其昌，清初的王原祁等名家皆視倪瓚為典範，評者亦高其「無畫處亦有畫」的妙境。總括地說，元四家共通的藝術特點，是將寫實和形式壓低到次要地位，儘管他們的作品皆以真山真水為依據，而表現於作品中的形象，則與客觀對象已有明顯之差距，呈現主觀意味凝重的作品。

（三）「遠」與「空白」之間的關係

　　前面提及，「遠」在宋朝被提出及實踐，而南宋又是「空白」產生的關鍵，二者同樣能傳達無限、無窮的時空感。然而，自宋到元以後，二者皆有形式上的演進。在宋代，「遠」的觀看方式之表現，其用意傾向於再現的客觀性質。至元以後，則是爲了寫心寫意。前三遠在元代被山水畫家靈活運用，技法自由而成熟，如王蒙之畫，常展示一種幻象的空間，其中沒有固定的焦點。另外，就移動視點而言，由於主觀之表現增加，視點移動更爲複雜，在宋代僅止於上下的縱昇，與距離調整的觀點移動。至元以後，則變成左右、上下、前、後、高低自由的運用，表現出可以居、可以遊、可以行、可以止的境界，自由視點移動發揮極大的功效，如王蒙〈谿山高逸圖〉，路之來龍去脈，交待得極爲清楚，可以來來去去，出入往返，甚至翻至山外去。至於後三遠，闊遠在元代開始廣爲流行，倪雲林以此爲特色，前面已提及。而迷遠、幽遠所造成山河煙霧迷漫的氣氛，在元代以後，則漸爲純綷空白所取代，而與前三遠及闊遠有綜合性的運用。在宋，畫面的迷遠處，往往是畫面的虛處，但又是實景處，所謂迷遠，或表示遠岸、或表示雲霧、或表示水天一色，仍有視覺性。而至元以後，發展成以空白爲主體，並且在繪畫理論中，虛的地位有所提高。關於空白理論的發揮，曾祖蔭說：

> 明清兩代，是我國古代虛實論全面深入發展的時期。一方面，虛實理論被廣泛地運用到了各種藝術樣式之中，成爲一對具有普遍意義的美學範疇。另一方面，人們對虛實理論的認識也越來越完整，越來越具有系統性。以繪畫理論來說，唐宋時期人們對虛實理論的研究還是處在濫觴時期，明清以後，尤其是到了清代，講虛實的畫論很多，在理論上也有了很大的提高。（曾祖蔭《中國古代美學範疇》，頁 152、153，台北：木鐸出版社，1987 年）

關於虛的地位提高，岑溢成〈從虛實論看中國古代文藝的性格〉說道：

> 就畫幅內容的構成而言，虛的天地與實的景物都是不可缺少的成分。就這方面來說，與書法中所說的虛實是十分類似的，基本上仍是一對描述性的概念，並不是評價性的詞語。而兩者的配合，卻是一幅給觀賞者帶來「取賞於瀟灑，見情於高大」的美感經驗的主要因素；也與書法理論中的虛實相似。可是，在書法理論中，虛實是同列並舉的，虛不比實重要，實也不比虛重要。在繪畫理論中，虛

的地位卻似乎比較重要。……出之以虛筆雲煙，是筆致所在，也是
畫之精神所在，也就是美感的導因。那麼，作為美學範疇，虛實就
有了評價的意味。不過，價值乃在「虛」，不在於「實」。所以清戴
以恆《醉蘇齋畫訣》乃有所謂「論構景避實法」。(《當代》第四十六
期)

總之，從宋至元以降，在表達無限概念時，從恍惚迷茫的形象逐漸轉成具有
絕對性、根源性意義的空白，來揭示存在真理的隱蔽性；由外在形狀的描寫
刻劃，一步步地移向暗示性豐富的內在表達；由紀錄外在事實的「寫境」思
惟模式，轉向選擇暗示內在精神的「造境」思惟模式。

　　以上是描述「遠」與「空白」的藝術事實，以下我們將進一步內在地分
析並解釋這二種現象所隱含的觀點。

第二節　「遠」與「空白」如何呈示無限

(一)「遠」如何展開無限：視野角度游移不定的觀看之道
　　　　——散點透視

　　「遠」之形式的運用，是基於畫家獨特的觀看方法。中國山水畫家的觀
看方法，最基本的就是「步步看」、「面面觀」。

　　由於在視覺與對象的整體之間，有一條山水畫家難以藝術表達方式來克
服的「鴻溝」，王微〈敘畫〉有言：「目有所極，故所見不周，於是乎一管之
筆擬太虛之體」，以及宗炳〈畫山水序〉亦言：「且夫崑崙山之大，瞳子之小，
迫目以寸，其形莫睹，迴以數里，則可圍於守眸」。他們都體認到視覺之有限，
所以在如何以局限的視覺觀看，掌握整體的審美對象的前提之下，宗炳所說
的「迴以數里」便揭示了中國山水畫家慣常用的一個極特別的方法，來解決
這個視野與宇宙整體之間的距離。那就是畫者在未將綿延廣遠的山水景象擬
於筆下之前，往往親臨山水「身所盤桓，目所綢繆」數日，甚至數月，然後
才獲致一個所要擬寫的綜合印象。郭熙在《林泉高致》中曾詳盡地說明這種
觀看山形的行動：

　　山近看如此，遠數里看又如此，遠十數里看又如此，每看每異；所
　　謂山形步步移也。山正面如此，側面又如此，背面又如此，每看每
　　異；所謂山形面面觀也。如此，是一山而兼數十百山之形狀。

郭氏所謂「山形步步移、山形面面觀」，亦即是他所說的「飽游飫看，歷歷羅列於胸中」所採取變異的角度觀察，透露著山水畫家希望表達一種變動的空間觀念，故不用定點透視。

　　畫家作畫並不只是站在某個固定的視點來觀察與描繪特定視野之內的事物，往往是邊走邊看邊想，將對象的各個方面觀看之後，或勾描一些草圖，然後離開對象，根據形象記憶進行創作。若和西洋繪畫作一比較，可以更清楚中西繪畫在觀看方法上的差別。傳統的西洋畫重寫生，寫生時總是在特定的時間和地點，特定的距離和角度上，來觀察和描寫他視野範圍內的事物。在創作中，即便是出之於想像和虛構的構圖，畫家也總是設想他站在一個固定的地位上，對看到的事物進行描寫，以求儘可能地保持對象的形、線、光、色的真實狀態。因而，畫面明暗和色彩的變化，也勢必受制於特定的時間與空間的客觀條件。西洋繪畫所慣用的「焦點透視」法，把一切視線都集中在一個焦點（或消失點）上，這樣，借助觀者的聯想，就能在二度空間中再現物象空間的三度性質。對透視法的遵循，使西洋畫家總是站在某一固定的點位上觀察事物，對物象的空間關係作直線的、因果律的追尋。與「焦點透視」不同，中國畫儘管仍然遵循近大遠小、近詳遠略的原則，但往往並不是企圖以某一固定的視點來描寫自然景物，這種不固定視點的方法，也就是一種「散點透視」的方法。陳兆復《中國畫研究》一書中，對「散點透視」作如下之義界：

> 所謂散點透視，是指畫家打破固定視圈的限制，將其在不同的視點
> 上，不同的視圈內觀察所得的事物巧妙地組織在一幅畫裡，畫面有
> 幾條不同的視平線與主點，視點就似乎在移動了，所以又稱動視點
> 透視。（頁23、24，台北：丹青圖書有限公司，1986年）

其實，中國畫家早已體會與掌握焦點透視的規律，〔註5〕但是，中國畫不因為焦點透視的發展而取消散點透視，而是「在焦點透視發展的基礎上進一步豐富了散點透視」（陳兆復前揭書，頁24）。因此，宗白華認為：

〔註5〕在中國山水畫興起之初期，南北朝畫家宗炳之〈畫山水序〉中便曾提出關於
　　　透視法的一些基本原理，其言：「誠由去之稍闊，則其見彌小」，距離越遠，
　　　所見者愈小，此為透視學近大遠小之基本原理。此後，在唐宋畫論與作品中，
　　　關於透視法之進一步發展與提高，皆有線索可尋。傳為王維所作的〈山水訣〉
　　　與〈山水論〉曾提及：「遠山須要低排，近樹惟宜撥進」、「遠人無目，遠樹無
　　　枝」等即是透視問題。《南宋院畫錄》中曾記載馬遠作山水有遠山低於近山者，
　　　亦足以說明宋代優秀畫家已經體會與掌握焦點透視的規律。

> 畫家以流眄的眼光綢繆於身所盤桓的形形色色。所看的不是一個透
> 視的焦點，所採取的不是一個固定的立場，所畫出來的是具有音樂
> 的節奏與和諧的境界。（宗白華《美從何處尋》，頁88，台北：元山
> 書局，1986年）

在西方被稱爲「繪畫的哲學家」的法國現象學者梅洛龐蒂亦提及，「一個畫家
的軀體，因爲其本身是視野與行動的混合」，故會爲了「一個飽和的視野」的
目標而「不停止地移動來適應他對事物的透視」。（轉引自王建元《現象詮釋
學與中西雄渾觀》，頁157，台北：東大圖書公司，1988年）總之，「遠」雖
是視覺或是透視與空間的關係，但卻是使有形山水將畫者和覽者引入無形無
限的精神上的「虛」、「無」、「玄」等哲學層面。關於此，徐復觀精要地總結
道：

> 「遠」是山水形質的延伸。此一延伸是順著一個人的視覺，不期然
> 而然的轉移到想像上面。由這一轉移，而使山水的形質，直接通向
> 虛無，由有限直接通向無限；人在視覺與想像的統一中，可以明確
> 把握到從現實中超越上去的意境。在此一意境中，山水的形質，烘
> 托出了遠處的無。這並不是空無的無，而是作爲宇宙根源的生機生
> 意，在漠漠中作若隱若現地躍動。而山水遠處的無，又反轉來烘托
> 出山水的形質，乃是與宇宙相通相感的一片化機。（徐復觀《中國藝
> 術精神》，頁345、346，台北：學生書局，1988年）

（二）「空白」如何展示無限境界：無畫處皆成妙境

　　繪畫之動人處在於整體的氣韻，而所謂氣韻，常是可感而不可見者，因
此，除了畫中用來點興、啓發萬物自身世界的形現演化的「實」景，山水畫
家還利用「虛」處，以成爲「實」之不可或缺的合作者。畫幅上留有空白，
不會予人堵塞不通之感，有此空白處，觀者便得以在有限的畫幅上開出無限
的想像空間，虛實兩者的配合，遂成爲給觀賞者帶來美感經驗的主要因素。
因此，空白不是空無一物，畫中虛實交相映發，使觀者同時接受畫處所指向
的「無畫處」，使「空白」此一負面空間成爲重要、積極（「無用方爲大用」），
觀者美感凝注之處。空白之呈現，通明了存在之隱蔽性，在此空白的自由境
地中，山水畫家能率意揮灑地與自然萬物妙契渾成，互相映照。這渾沌的空
白，在作品中，便成爲審美主體與大千世界之間的一道橋樑。此乃爲一種弔
詭的「離合引生」的負面辯證法（容後解說）。無畫處，不呈現什麼，在具體

有畫處、實景的存在定義下，空白的自身並不具備存在意義，而其妙用正在於這種作爲不存在的後設存在，經過否定而新生肯定，竟將存在的奧秘性揭示而出，以故，曾昭旭說：

> 蓋所謂虛，乃是指一無內容的有。無內容而說之爲有者，是因它所有的只是無限的可能，「可能」並不等於無有，但又還不是已有，所以只好說之爲虛。而這蘊涵無限可能的虛，便是生命之所以爲生命的要義所在。（〈論文學中的虛〉，刊於《鵝湖》第九十八期）

清代笪重光《畫筌》則說：

> 山外清光，何處著筆？空本難圖，實景清而空景現；神無可繪，眞境逼而神境生。位置相戾，有畫處多屬贅疣；虛實相生，無畫處皆成妙境。

笪氏所說的「空本難圖，實景清而空景現；神無可繪，眞境逼而神境生」，美學意義的畫境，透露哲學意義的旨趣。「空」、「神」意味存在眞理之深奧處，亦即不可言傳的「默」境，藉「虛實相生」以成眞境，由眞境而生神境：一種絕對的「虛」、「無」。由此可知，空白不能僅視爲與實景「並列」於畫面上，而是超越於畫面之上。存在之眞理，便藉無形之空白來傳達內在無窮的含意，故空白不能單純是實景的對立，而是具有本體論意義的「默」，富有積極之深趣。蔣勳《美的沉思》即指出空白的積極意義：

> 中國藝術中的「空白」是更大的謙虛，爲了我們目前耳中所有的感覺都已是感覺的屍體，而我們要向更渺遠的地方去，那裡是感官的極限，那裡是一切新的可能。「空白」是一切，是初發，也是終了。「空白」不是沒有，而是更大的可能。（頁 109，台北：雄獅圖書股份有限公司，1986 年）

這裡指出觀者在「空白」之中的積極參與，棄絕感官的直接性，而以審美知覺將空白加以具體化，並且是無限可能地具體化。關於空白的產生及美感效果，邢光祖指出：

> 這種淡遠忽無，並不是枯槁貧血之謂，而是眞積力久，絢爛之極所反射出來的一種不琢而巧，不淘而淨，不脩而媚，不繪而工的頂上功夫，也許是靜心清心澄心明心的結果。（《邢光祖文藝論集》，頁 135，台北：大漢出版社，1977 年）

由此可知「空白」（虛）的雙重意指：既是作品的意境又是作者的精神境界，

而吾人當能推知，觀者亦必須具有此種空白心境，方能進入作品中「虛」的意境而與作者之虛心合而為一。總之，「空白」的不確定性，在美學意義上，是產生豐富的想像；在哲學意義上，是存在將被永無休止地揭示。

自以上陳述可知，「遠」與「空白」是中國山水畫的視覺形式，在此形式之中有畫家獨特的觀看之道。並且，此種觀看之道又與畫家之空間意識緊密相關。德國藝術理論家沃林格認為此乃根據於「空間恐懼」的心理，不同於西方「空間信賴」的心理。以下我們將略作此二種空間意識之比較，藉以深入理解山水畫家的空間意識。

（三）「空間恐懼」與「空間信賴」

沃林格在《抽象與移情》一書中認為，抽象藝術的心理根據為「空間恐懼」，摹倣藝術的心理根據為「空間信賴」。他所謂的「空間恐懼」亦即人們不信賴自己的視覺印象，愈是努力把握當前的空間，便感到愈難把握其原狀。沃林格認為，正是「空間恐懼」的深層心理造成了東方民族以抽象和反形似為特徵的藝術。他又指出，摹倣自然的藝術乃出於空間的信賴感，即人對自身把握三維空間的能力有充分的自信。他認為，古希臘自然主義的藝術心理就是由此出發，而這種藝術心理又經由文藝復興的強調和闡發，遂發展成為西方人以忠實地再現客觀物象為目的的審美理想。〔註6〕事實上，沃林格所指的這兩種心理，乃根源於東西方不同的宇宙觀，因而引發西方對人為認知心的推崇，以及東方對人為認知心的限制。

西方總是把客體當成他們探究、認知、征服、超越的對象。使西方美學家、藝術家一開始便對主體把握物象空間關係的能力充滿自信。西方美術的源頭是希臘的建築和雕塑，建築的空間設置講究各種數比關係和幾何秩序自不待言，而人體雕塑中的各種秩序、比例的和諧也為希臘藝術家所孜孜追求。此種對人為認知心的推崇，是由於主體預先對對象有信心和信任的態度。在

〔註6〕沃林格認為，抽象與摹擬藝術基於完全不同的「世界感」。抽象藝術緣於人由外在世界引起的巨大的內心不安；摹擬藝術緣於人與外在世界的圓滿關係。正因為抽象藝術內心中的不安感，於是滋生一種強烈的、尋求安定的需要，「他們在藝術中所覓求的獲取幸福的可能，……在於將外在世界的單個事物從其變化的虛假的偶然性中抽取出來，並用近乎抽象的形式使之永恆，通過這種方式，他們便在現象的流逝中尋得了安息之所」。參王才勇譯《抽象與移情》，第一章「抽象與移情」，瀋陽：遼寧人民出版社，1987 年。沃林格所謂具有永恆意義的「抽象的形式」，就中國山水畫而言，也許可以理解為事物本質之「理」。

西方人清明的邏輯和幾何秩序之中，宇宙空間陌生奇詭的幻感消失了，而這種對宇宙的秩序、比例和諧的發現，極大地堅定了人們再現物象空間關係的自信。與此相反，中國人相信宇宙是一個有生命的大化流行的整體，認為無所不在的道體均勻地化布於世間一切，無論人之存有是否以概念和法則，或用不同概念和法則來討論它、表現它，宇宙萬物之整體生存的運動都繼續著，不因人而有所改變。以老莊思想而言，便反對以人為概念去對渾然不分的整體宇宙現象作分化和簡化。道家一再肯定存在於概念外、語言外，具體事物自然自足、各依其性的生息演化。此種信念使人明瞭自己在萬物中所佔的位置，因而不會放眼於滔滔欲言的自我，而是「喪我」、「心齋」、「坐忘」，虛以待物，溶入自然萬象中與之化而為一。「喪我」離棄了抽象思維加諸於人的偏差形象，便能重新擁抱原有的具體世界；「忘我」超脫成心之後，躁動不安的恐懼心理就得以解脫，心就如同澄清止水。在此，「空間恐懼」非僅不是中國人否定自然，逃避萬象之心理依據，反而成為中國人擁抱自然、躋身大化、天人合一之內在動因。

　　基於以上不同的宇宙觀，畫家在藝術作品中所呈現的空間，當然有所差異，蘇丁比較西方與中國繪畫空間的差異：

　　　1. 具體親切，由光色表現的空間與清冷虛靈，由線墨表現的空間。

　　　2. 一往不返、馳情入幻的空間與無往不復、盤桓周旋的空間。

　　（參蘇丁〈「空間信賴」與「空間恐懼」——中西藝術的空間意識比
　　較〉；收於其所編《中西文化、文學比較研究論集》，頁 344～350，
　　重慶：重慶出版社，1988 年）

蘇丁所指中國繪畫的空間，誠如宗白華所說，是一「詩意的創造性的藝術空間」（見前引文）。事實上，中國山水畫境的時空意識及觀物態度與王維一派之自然詩具有相同的思惟模式，故常能「畫中有詩」。以下，我們將探察這種畫境中詩意的思惟模式。

第三節　畫境中詩意的思惟模式

（一）發生意義

1. 「文人畫」的影響

文人畫最大的特色是作者充分展露全面性的文藝修養，能夠重視自然以

及情景交融，意識地要求突出表現自己的個性、思想和感情。基於文人畫流派的內在影響，南宋以後之畫家漸由客觀記錄景物，移轉到描寫畫家主觀情思者甚多。發展至明代，詩文甚至成為畫面要素之一，但不破壞繪畫本身之重要性與完整性。至清代，詩文則更進一步佔有主要的畫面，凌越繪畫本身，畫家往往利用詩文之藝術性以穩定畫面，達到「詩」為畫中景的境地。

2. 「詩題畫」的影響

所謂「詩題畫」，即是以詩為題來作畫，如同命題作文一般。宋徽宗畫院必須考試，曾經以詩為題來考試。如此，畫家必須運用詩的思惟模式來作畫。一般而言，詩意的追求，並沒有使南宋繪畫流於空洞抽象，反而得賴詩的烘托，自有限的畫面，配合詩情而益具神韻，宕出遠神。不止於此，降至元代，中國繪畫更於畫上題字作詩，以詩文來直接配合畫面，相互補充。

基於上列因素，李澤厚曾概括地說：

> 總之，是要求畫面表達詩意。中國詩素以含蓄為特徵，所謂「含不盡之意見於言外」。從而山水景物畫面如何能既含蓄又準確，即恰到好處地達到這一點，便成了中心課題，成了畫師們所追求揣摩的對象。畫面的詩意追求開始成了中國山水畫的自覺的重要追求。（李澤厚《美的歷程》，頁 177，台北：元山書局，1986 年）

詩意般的思惟模式的萌芽，使中國繪畫在宋朝進入新境界。南宋以後，中國水墨的思惟方法學，便自然而然地發展至以詩的方式來造境的思惟模式。至元朝，畫家在造境上更是大量採用詩的構思法。羅青謂：

> 要知道，「語言」與「思考」，二者息息相關，相輔相成，我們在討論「繪畫語言」的發展時，如果能對文字、語言及其背後的思考模式，加以檢討，當有新的發現。（羅青〈中國水墨美學初探〉，刊於《故宮文物月刊》第四卷第十一期）

繪畫背後的思考模式是詩意的思惟模式，然而，究竟什麼是詩意的思惟模式？以下將逐步探究這個論題。

（二）本質意義

我們在本文中一再強調，藝術作品具有表現意義，其對符號的指涉意義並沒有限定作用；即，作品的表現意義並不「給定」那一種意義是符號直接的、明確的指涉。因此，作品所有指涉意義的傳達，是在聯想中完成的。進

而言之，藝術作品的指涉意義呈現爲「離心」形態，作品中的各種表現媒介不是趨向於用明確的概念來界定符號的指涉意義，而往往是使指涉意義模糊，呈現出「多義」或「歧義」狀態。模糊是指焦點的游移、變化，因而藝術語言指涉意義的離心性，或許可以稱之爲「變焦現象」。〔註 7〕既然，藝術語言指涉意義的不明確是由作品的「形式」所造成的，如果我們一步去探問：到底「形式」呈現如何樣態的建構，會導致內容意義的不明確性？如果我們把藝術作品限定爲中國的「自然詩」的話，那麼，「自然詩」至少有三種形式特質，豐富了詩的審美效果：

（1）缺乏時態變化的語法

自然詩在語法表現上，通常沒有明確指出時態，也就是不分過去、現在、未來，不把詩中的經驗限指在一特定的時空。更本質地說，就是詩人意識中要表達的經驗是恆常的，所以不應把它狹隘地限制於某一特定的時空中。中國山水詩人要傳達的是一種「內在的」時間，一種心靈的時間。它的形成可以說是詩人本身視野角度的移動，將一個「目覽」的單一活動延伸到一個多面性的視覺，「使詩人在『遊目騁懷』中契入時間的內在律動，最後贏取一種雖不能涵括殆盡但卻得以極度描繪造化萬象的能力」。（王建元《現象詮釋學與中西雄渾觀》，頁 151，台北：東大圖書公司，1988 年）

（2）變動的空間觀念

詩人這種視野角度的移動，不但具有時間意義，亦兼具空間意義，因爲視點的移動，代表了位置的改變、場所的更換。這種觀看之道傳遞給山水畫家，使他們必「飽游飫看」，才能以「一管之筆擬太虛之體」，目的都是在於希望與山水的「整體」同居同處，讓視覺事象共存併發，造成「時空交錯」、「時間空間化、空間時間化」的驚異效果，而讓觀眾去觀、感「現在的眾多性」，形成瞬間經驗的美感。

〔註 7〕 俞建章及葉舒憲之《符號：語言與藝術》認爲，語言的語句系統意義的「限定」功用和藝術作品系統意義的「表現」功用，直接影響這兩大類符號指涉意義的傳達。語言系統意義對於詞的限定，使詞的指涉意義有明確的、既定的傳達；藝術作品的系統意義具有表現功能，它對於符號的指涉意義沒有限定作用，作品的指涉意義事實上是不斷地被補充、被修正，甚至被誤解。語言符號的指涉意義是直接的、最終的，而藝術作品則是間接的、衍生的。參第六章「符號：系統與指涉」，頁 272～275，台北：久大文化股份有限公司，1990 年。

以上自然詩之（1）、（2）項特質，事實上乃是根源於（3）之特質。

（3）超脫了人稱代名詞，「喪我」的觀物態度

沒有限指的人稱名詞，乃是基於作家不把自我硬加於現象之上，而以事物的立場觀看事物。這種「換位」與「溶入」的觀物態度，葉維廉較清楚地指出：

> 以物觀物→物象本樣呈現→物象本身自足性→物物共存性→齊物性（即否認此物高於彼物）→是故便有了「多重角度」看事物。（葉維廉〈從比較的方法論中國詩的視境〉，刊於《中國文化復興月刊》第四卷第五期）

基於此三項的形式特質，造成了自然詩中餘味不盡的「意境」。這種藝術技法與效果，同樣在中國山水畫中存現，因此也就更能明白「詩中有畫，畫中有詩」成立的可能。以下我們將深入探究上述藝術思維如何可以在莊子哲學中找到依據，亦能藉此而彰顯莊子獨特的觀看之道與時空意識。

第四節　莊子相關「遠」與「空白」之藝術原理

（一）虛

（1）「虛」的哲學形上學

前面提及，「遠」雖然是透視與空間的關係，但卻使有形山水將畫者與覽者引入無形無限的精神上「虛」、「無」的境界。另外，「空白」此一表現形式的意義，正好在於景物的形象得以從「虛、無」騰現出來，這個「空白」，在知識論和本體論上，將不能攀及的自然世界和身所盤桓的人間世界的深意呈現出來。「遠」與「空白」二者所點興、逗發的世界，就是莊子哲學本體論意義上所謂的「虛」的境界，亦即「道」之不可言傳境界。它超越了主客對立、是非成見，依莊子之陳述便是：

> 夫道有情有信，无為无形，可傳不可受，可得不可見。（〈大宗師〉）
> 視乎冥冥，聽乎无聲：冥冥之中，獨見曉焉，无色之中，獨聞和焉。
> 故深之又深，而能精焉。（〈天地〉）

這兩段話指出，「道」（即「虛」）無為無形、無聲無色，但卻不是死寂之空無，而是一切有之所從出，並且神化一切「有」為「和」的狀態。足見萬有活動於「虛」之中，且因此成為「和」的理序，具備了工夫義及境界義。

這種「虛」的哲學形上學，下開「虛」的藝術形上學，成爲中國藝術創造的基本原理。

（2）「虛」的藝術形上學

藝術家有「虛」的哲學體認，並且透過「虛者，心齋也」的修養工夫，自我能溶入渾一的宇宙現象，契入眼前事物無盡生成演化的整體律動裡，去應和萬物素樸的、自由的興發。由如此藝術式的感應而發揮的表現程序，葉維廉指出是：

> 「傾向於」非串連性的，戲劇出場的方式，任事物併發直現，保持物物間多重空間關係，避免套入先定的思維系統和結構性。（葉維廉〈語言與真實世界〉，收於《比較詩學》，頁 101，台北：東大圖書公司，1983 年）

如此，讀者亦能自由換位、改變觀點，而不只從單一的觀點去作判斷。莊子所謂「象罔而後得玄珠」的說法，吾人可理解爲就是這種不以特定的、單一的觀感角度所呈現的藝術表式，乃是「如自然現象本身呈露運化成形的方式去呈露，去結構自然」（葉維廉《飲之太和》，頁 257，台北：時報出版社，1980 年）而「遠」與「空白」亦爲如是之藝術形態，它們還同時表現出莊子「游」以及「與時俱進」的精神。

（二）遊

　　既然「虛」是對於人爲的一切理念贅疣所形成的否定或離棄，那麼，一旦能眞實地體認到「虛」中所蘊含的無限可能，就能如〈逍遙遊〉中的大鳥一般，騰上天空：

> 可以從容不迫地微笑著徘徊著，逍遙遊於此世間──用天空的眼光，以「無」的心境……眞正的「超越萬物」等於由天空觀點「接納萬物」。（吳光明《莊子》，頁 114，台北：東大圖書公司，1988 年）

並且大鳥之「大」，是：

> 描寫超己的魄力，適己置己於宏大環境的智慧，以處世自如的行儀。「大」者能超出現有所謂的「大己」，來更換居境（海洋、天空），更改視角（由上、由下）。（吳光明前揭書，頁 118）

由「虛」而「遊」，即是以超越的觀點而自由地調度現有的處境，不定點地觀看萬物，所謂的「不定點」（遊）是「一無特定之目的，二無特定之時空方位」

（顏崑陽《莊子藝術精神析論》第三章「莊子藝術精神之體性」，頁 166，台北：學生書局，1985 年），其本體性格是：

    （1）隨道而動，則動不離靜，靜必涵動，故往而必復，復而能往，

        往復如環，永無終窮；

    （2）隨道而動，不偏於一逝，故能周徧萬物，此之謂「無限」。

    （顏崑陽前揭書，頁 170）

逍遙之遊，在時間上表現「無窮」，在空間上表現「無限」，並非意味物理時間、物理空間的無窮無限，而是精神主體之心靈時空，因為觀看時是以「『神』遇，不以目視」，所謂「神」遇，正是一種獨特的心靈透視能力。由此可以得知，山水畫家也正是以「神」遇山水，故能把握對象多重面向綜合而得的整體印象。

    既然，「遊」不限定特定之時空，那麼，遊者與時空的相處之道為何？

（三）與時俱進

    王煜在〈道家的時間觀念〉一文中說道：

    西方哲學往往強調時空的兩分或二分法，甚至將時與空視作互相排斥或針鋒相對，先秦哲人卻奠立了「時空融貫觀」。（收於王煜《老莊思想論集》，頁 102，台北：聯經出版事業公司，1986 年）

王煜在此指出，中國哲學中對於空間場所的知覺，實在不離對於時間的體驗。而且根據成中英〈時間與超時〉的看法，中國哲學將時間視為落實、具體的實有，不能脫離事物變易、成長與發展的過程而另成一物。換言之，抽象掛空之物、概念以及形式等等，都與時間無緣；時間一直被認為是生命脈動、創生、繁衍的現象，也是個體變衍的過程。時間在此已和事物變易轉型過程不分彼此。於是，體驗時間也就是體驗實際的變易事例，觀察時間也就是觀察世間種種主要的現象。中國傳統對空間的見解也大致如是。成中英說：

    中國人雖不具抽象的時空概念，可是諸如《易經》以及《老子》、《莊子》等道家著作中所提出之首尾連貫、圓融成熟的萬物變易的理論，恰可補此不足。（收於成中英《知識與價值》，頁 108，台北：聯經出版事業公司，1986 年）

因此，脫離時間而獨立存在的空間向度純屬子虛烏有，即便是形上之「道」，亦「係萬有時間的總和，並不是有待超越之物，而必須予以認同、融入」（成中英前揭書，頁 109）。時間的超越如果有任何意義，就是在於將自己回歸變

易之本。在道家，也就是反本、歸靜。因此，所謂超越時間，乃是在時間遷移流轉中而說超越，並非脫離時間之外而說超越。

　　問題討論至此，我們已經說明了，莊子藝術哲學如何可能地成為宋以降山水畫「遠」與「空白」之藝術形式內在依據。然而，此二者既做為「形式」，其所以能與莊子美學之思想「內容」發生連繫，在於莊子根本之思惟方式可以成為藝術創作、形式表現之思惟模式。當然，我們如是判斷是基於「形式」之產生，其背後必蘊涵某種思惟方式，而並非只是純綷的技術而已。那麼，莊子根本之思惟方式為何呢？

（四）「離合引生」的負面辯證法

　　所謂「負面」，指的是一種否定或離棄，經由否定而新生肯定，就是「離合引生」。關於這種思惟方式，葉維廉在〈無言獨化：道家美學論要〉一文中有清楚的解說：

> 所謂「離合引生」的辯證方法在表面上看來是一種否定或斷棄的行為：說道不可以道；說語言文字是受限不足；說我們應該「無為」，應該「無心」「無知」「無我」；我們不應言道；道是空無一物的。但事實上，這個看來似是斷棄的行為卻是對具體的整體宇宙現象，對不受概念左右的自由世界的肯定。如此說，所謂斷棄並不是否定，而是一種新的方法，把抽象思維增加諸我們身上的種種偏減縮限的形象離棄來重新擁抱原有的具體的世界。所以，不必經過抽象思維那種封閉系統所指的「為」，一切可以依循我們的原性完成，不必刻意地用「心」，我們可以更完全的應和那些進入我們感觸內的事物；把概念化的世界別除，我們的胸襟完全開放、無礙，像一個沒有圓周的中心，萬物可以重新自由穿行、活躍、馳聘。很顯然地，道家所描述的應物觀物的活動必須要從這個「離合引生」的辯證方法去了解。（《飲之太和》，頁 247、248，台北：時報出版社，1980 年）

這個「離合引生」的思惟方式，也就是「作用地保存」的思惟方式。在哲學意義上，藉「心齋」、「坐忘」、「虛以待物」來體悟道之境界也就是真知的境界；在美學意義上，這種思惟方式導致創造是去感應未受概念歪曲而湧發呈現的自然現象，呈現自然萬有，所以能成就山水畫家「遠」及「空白」的藝術形式，離棄限指，而表現不確定性的無限境界。

總結本章之論述，我們可以歸納爲幾個重點：

1. 藝術家從事藝術創作，必然蘊涵著自己的藝術理念，而最基要的追問，便是：藝術的本質爲何？

2. 自宋以降的山水畫的藝術形式中，我們發現，畫家利用「遠」以及「空白」來揭示他們的藝術理念：如何以有限的藝術表式傳達無限的境界。由於「遠」及「空白」的形成，是藉由遊移不定的步步看、面面觀的觀看方式，以及一種變動而非限定的時空意識來完成。這種看法，使我們找出畫家所可能抱持的藝術創作的形上依據，便是莊子對於藝術本質的體認，因此，我們才說山水畫中的觀看方式及時空意識是莊子藝術思想可能的具體實踐。

3. 「散點透視法」所表現出來的觀看之道，是符合莊子「遊」以及「虛以待物」的精神。而「無畫處皆成妙境」則是依據於「虛」的藝術形上學，此本源於道家「虛」的哲學。至於空間意識則不離時間意識，「時間空間化、空間時間化」的「時空融貫觀」以及在具體的萬事萬物變化中去體認時空，超越時空，亦是符合莊子時空不分及「與時俱進」的精神。

4. 由此可以發現，山水畫家所要表現的是最眞實的自然，而最眞實的自然則必須透過眞實的自我而觀得。至於最眞實的自我乃是放下一切人爲造作的動作而回到原本是自然無爲的境界，也就是「道未始有封」的狀態，於是「內在的自然」遂與「外在的自然」不可二分，而藝術之本質便在於揭示如是的存在眞理。

第七章 結 論

一、本文的回顧

經過全文的討論，對於我們原來的論題所作的回答，茲將歸結爲以下幾個論點：

（一）莊子對於「道」以及「藝術」的本質有如下的理解：「道」之本質乃是，一個精神虛靈、自然無爲的「境界」。在這個境界中，「我之眞」與「物之眞」交融合一，在此當下，存在眞理之隱蔽性被開顯而出。「藝術」之本質則是，以一個有意味的感性形式，揭示存在的眞實經驗與價值，以獲取「至美」的藝術境界。

（二）由此可以進一步說明，就表面來看，在莊子喻道的前提之下，「藝」只是作爲「道」的類比者，以便能較清楚地表述道之特質，二者似乎只具有蓋然而非必然的關聯。然而，深層來看，此類比的效益程度卻更建立於「藝」、「道」二者之本質關係上：藝術精神即是道，本質關係蘊含在整體藝術活動之個個要素中。

（三）就創作過程與修道歷程之關涉而言：修道工夫即是創作活動前之存養性情。此種養性工夫足以影響作者創作時的精神狀態以及感官知覺的運作狀態，乃至美感經驗的獲致以及偉大藝術品的造就。因此，「修養論」同爲莊子道論及藝術哲學之核心。

（四）就詮釋原則與體道原理之關涉而言：二者之終極目的皆在於「文本」意義的獲取（因「道」亦可視爲一「文本」）。此意義則是不斷地經過「得意」←→「忘言」的循環系統，漸漸逼近而得，故意義的詮釋乃爲開放性。並且，必須具有「默會致知」的綜悟統攝能力，以整體地保握文本意義。

（五）就作品與道之意境的關涉而言：作品之氣韻生動即是道之境界的具象化，觀者藉著「澄懷味象」以感悟道不可言傳之境界；作品之氣韻則是透過形式來傳達，而形式所包含的思惟模式與道本身之性格亦相一致。以中國山水畫中「遠」與「空白」的藝術形式為例，其所包含的觀看方式及空間意識可以內在根據於莊子「虛」的態度、「遊」的精神以及時空融貫觀。

二、幾個問題的反省

莊子「技進於道」的藝術哲學，在歷史發展中經由不同時代的理解與詮釋，不斷地生成意義，於是從莊子原理性的啟發語言中，逐漸構成一定的論點。這些論點與莊子之本義的關係，我們在文中雖無詳盡之討論，卻作了線索式地交代。不過，在這些線索中，也隱含了一些有待思考及解決的問題：

1. 莊子以「作者之真」為藝術創作之樞紐地位，後世藝術思想因而極度重視作者的心性修養，形成「人格與風格必然統一」的創作論；文藝批評者則往往作「傳記式」的追跡。然而，莊子之初衷似乎只是強調：創作的「行為」意義對於形成「優劣」作品的影響。「優劣」已涉及評價，而「風格」在某個程度上只是「描述」，不同作品有不同風格，尚不必論及「優劣」。那麼，二者之間的連繫如何建立而成，以及在那一個層次上有交涉溝通之可能，則有待探究。

2. 莊子對於「默會致知」的重視，後世藝術思想因而強調作品之言外意、畫外意，因而形成作品之中「默」（「空白」）的藝術形式。乃至文藝批評亦講求「言不盡意」，而形成所謂「印象式批評」之性格。然而，從「印象式」的批評用語看來，其造詞特色往往極類於莊子之語言風格。由此推測，這種特色不惟關涉到莊子「默會致知」之藝術觀，似乎還牽關到他特殊的表意方式及詞語風格。那麼，二者之間的連繫程度，則有待探究。

3. 我們一再說明，藝術品的形式與內容當不可二分，形式亦包含主體的思惟方式，而此思惟方式不會背離內容所屬的思惟模式。所以，取擇某種藝術形式來傳達意念，必然也受內容所限制。反之，內容可以傳達到何種程度，亦受形式所限制，二者乃為相互制約。那麼，吾人在體悟蘊含道家式氣韻的藝術作品之同時，似乎不應忽視作品中視覺模式的思維成分與道家所可能發生連繫之處。至於，氣韻與形式之間相應的程度，亦有待探索。

4. 以「形神」問題為例，莊子原來是以「神」包攝「形」而達至形神相融之境地；而後世藝術思想卻引發形神之辯，將莊子的「包含」關係轉變為「對立」關係。這種型態之爭，尚有「言意」、「虛實」等等之辯。至於二者之間的發展關係，與哲學上「名教」與「自然」之辯，是否有類似之處，亦值得再深入研究。

5. 莊子「技進於道」的思想，是哲學與美學統一的結果：藝術的意義根源於道之意義，是為「形上美學」。這種藝術哲學的特殊性格，我們認為對於藝術將來的方向仍有一定的啟發作用。現代藝術宣稱：藝術不是要說什麼，而是以什麼方式說、如何說的問題；「主要的不是自然色彩中的紅色，而是色彩如何在觀者眼中產生變化。重點不再落在實體上，卻在生成與變化間。色彩因而獲得嶄新的生命，它不受限定，隨時隨地不同」、「這世界的色彩亦未固定，不妨按各種方式加以闡釋」。（沃爾夫林《藝術史的原則》，頁 73、74，台北：雄獅圖書股份有限公司，1989 年）而在莊子的思想中，道的意義是建立在「作用」上，亦即為「如何」的問題，並且反對以固定的視點來觀物。此種思想可做為藝術之形上依據，乃使藝術之創作有多種可能。由此看來，「技進於道」的藝術哲學與現代藝術似乎不全然對立或無干，至於二者溝通的程度便值得深入研究了。

6. 最後，是對於本論文之研究的反省。讀者最大的質疑可能是本文有關莊子「技進於道」的藝術哲學對於後世之「影響」的觀點，恐有過度「簡化」之嫌。我們的說明是，要素之間「影響」的確認，本來就不是清晰可指的。《莊子》文本意義的傳達也不可能作簡單的直線發展，「意義」在實際發展的過程中乃是作不斷地進與退、顯與隱、正與偏的運動，我們無意去簡化此中的複雜性。本論文意在諸多影響因素中，試圖找尋根源性、或較能解釋的理由，至於其他可能的因素以及與本文所提出的因素有交互指涉者，則仍有待進一步探究了。

參考書目

一、古代典籍

1. 《莊子注》,郭象注,藝文印書館,未註明出版日期,台北。
2. 《莊子疏》,成玄英疏,藝文印書館,未註明出版日期,台北。
3. 《莊子集釋》,郭慶藩輯,漢京文化事業有限公司,1983 年初版,台北。
4. 《莊子校釋》,王叔岷校釋,台聯國風出版社,1972 年初版,台北。
5. 《老子周易王弼注校釋》,樓宇烈校釋,華正書局,1983 年 9 月初版,台北。
6. 《淮南鴻烈集解》,劉文典撰,文史哲出版社,1985 年 9 月再版,台北。
7. 《中論》,徐幹著,中國子學名著集成編印基金會,1978 年 12 月初版,台北。
8. 《虞祕監・筆髓論》,虞世南著,張壽鏞輯,收於四明叢書第一集第一冊,楊家駱主編,中國文化學院出版社,1964 年 3 月初版,台北。
9. 《白居易集》,白居易著,里仁書局,1980 年 10 月,台北。
10. 《歐陽修全集》,歐陽修著,世界書局,1988 年 6 月四版,台北。
11. 《敝帚稿略》,包恢著,收於文淵閣四庫全書,臺灣商務印書館,1985 年 9 月初版,台北。
12. 《張載集》,張載著,漢京文化事業有限公司,1983 年 9 月初版,台北。

二、現代學術論著

二之一

1. 《莊子內篇譯解和批判》,關鋒著,中華書局,1961 年 6 月初版,北京。
2. 《莊子讀本》,黃錦鋐註譯,三民書局,1985 年 9 月五版,台北。

3. 《老莊思想論集》，王煜著，聯經出版事業公司，1986 年 1 月第二次印行，台北。

4. 《莊子》，吳光明著，東大圖書公司，1988 年 2 月初版，台北。

5. 《莊子藝術精神析論》，顏崑陽著，學生書局，1985 年 7 月初版，台北。

6. 《莊子的寓言世界》，顏崑陽著，尚友出版社，1982 年 2 月初版，台北。

7. 《莊子與現代主義》，張石著，河北人民出版社，1989 年 8 月第一版，北京。

二之二

1. 《中國人生哲學》，方東美著，黎明文化事業公司，1983 年 12 月四版，台北。

2. 《才性與玄理》，牟宗三著，學生書局，1985 年 4 月修訂七版，台北。

3. 《智的直覺與中國哲學》，牟宗三著，學生書局，1987 年 6 月四版，台北。

4. 《中國哲學十九講》，牟宗三著，學生書局，1986 年 10 月第二次印刷，台北。

5. 《圓善論》，牟宗三著，學生書局，1985 年 7 月初版，台北。

6. 《心體與性體（一）》，牟宗三著，正中書局，1987 年 5 月第七次印行，台北。

7. 《中國哲學原論》（導論篇）（原道篇・卷一），唐君毅著，學生書局，1986 年 10 月全集校訂版，台北。

8. 《中國人性論史》，徐復觀著，臺灣商務印書館，1987 年 3 月八版，台北。

9. 《中國哲學史（第一卷）》，勞思光著，三民書局，1987 年 10 月增訂三版，台北。

二之三

1. 《中國畫論類編》，俞崑編著，華正書局，1984 年 10 月初版，台北。

2. 《畫論叢刊》，于安瀾編，中華書局，1977 年 8 月初版，香港。

3. 《中國繪畫史》，高居瀚著，李渝譯，雄獅圖書股份有限公司，1989 年 3 月四版，台北。

4. 《中國繪畫史（上）》，鈴木敬著，魏美月譯，國立故宮博物院，1987 年 4 月初版，台北。

5. 《中國藝術精神》，徐復觀著，學生書局，1988 年 1 月第十次印刷，台北。

6. 《中國美學史》，李澤厚、劉綱紀著，谷風出版社，未詳出版日期，台北。

7. 《中國美學史大綱》，葉朗著，滄浪出版社，1986 年 9 月，台北。

8. 《中國美學思想史（第一卷）》，敏澤著，齊魯書社，1989 年 8 月第二次印刷，濟南。

9. 《藝術史與藝術批評》，郭繼生著，書林出版有限公司，1990 年 10 月初版，台北。

10. 《美從何處尋》，宗白華著，元山書局，1986 年初版，台北。

11. 《美的歷程》，李澤厚著，元山書局，1986 年初版，台北。

12. 《美的沉思》，蔣勳著，雄獅圖書股份有限公司，1986 年 3 月二版，台北。

13. 《古代中國人的美意識》，竺原仲二著，魏常海譯，北京大學出版社，1987 年 12 月第一次印刷，北京。

14. 《中國古代美學範疇》，曾祖蔭著，木鐸出版社，1987 年 7 月初版，台北。

15. 《神與物游》，成復旺著，中國人民出版社，1989 年 5 月初版，北京。

16. 《中國畫研究》，陳兆復著，丹青圖書有限公司，1986 年 3 月台一版，台北。

17. 《藝術哲學》，劉綱紀著，湖北人民出版社，1987 年 6 月第二次印刷，武漢。

18. 《美學與哲學》，M·杜夫海納著，孫非、陳榮生合譯，中國社會科學出版社，1985 年 5 月初版，北京。

19. 《美學史》，凱·埃·吉爾伯特、赫·庫恩合著，夏乾丰譯，上海譯文出版社，1989 年 10 月初版，上海。

20. 《藝術史的原則》，H·沃爾夫林著，曾雅雲譯，雄獅圖書股份有限公司，1989 年 10 月再版，台北。

21. 《西洋六大美學理念史》，Wtadystaw Tatarkiewicz 著，丹青圖書有限公司，1987 年 7 月初版，台北。

22. 《西方美學導論》，劉昌元著，聯經出版事業公司，1987 年 8 月修訂再版，台北。

23. 《當代西方美學》，朱狄著，谷風出版社，1988 年 12 月台第一版，台北。

24. 《西方學者眼中的西方現代美學》，王魯湘等著，北京大學出版社，1987 年 10 月第一版，北京。

25. 《當代美學》，M·李普曼編，鄧鵬譯，光明日報出版社，1987 年 5 月第二次印刷，北京。

26. 《當代美學思潮述評》，李興武著，遼寧人民出版社，1989 年 7 月初版，瀋陽。

27. 《當代西方藝術文化學》，羅務恆著，北京大學出版社，1988 年 7 月初版，北京。

28. 《形上美學導言》，史作檉著，仰哲出版社，1988 年 7 月再版，台北。

29. 《存在主義美學》，今道友信等著，黃鄂譯，結構群出版社，1989 年 11 月初版，台北。

30. 《審美心理描述》，滕守堯著，漢京文化事業有限公司，1987 年 3 月初版，台北。

31. 《二十世紀西方美學名著選》，蔣孔陽主編，復旦大學出版社，1988 年 1 月初版，上海。

32. 《邢光祖文藝論集》，邢光祖著，大漢出版社，1977 年，台北。

33. 《詩論》，朱光潛著，漢京文化事業有限公司，1982 年 11 月初版，台北。

二之四

1. 《真理與方法》，H・G・伽爾默爾著，王才勇譯，遼寧人民出版社，1987 年八初版，瀋陽。

2. 《解釋學簡論》，高宣揚著，遠流出版公司，1989 年 6 月初版，台北。

3. 《意義》，M・博蘭尼、H・蒲洛施合著，彭淮棟譯，聯經出版事業公司，1986 年 4 月第二次印行，台北。

4. 《意義的探究》，張汝綸著，谷風出版社，1988 年 5 月初版，台北。

5. 《意義的瞬間生成》，王一川著，山東文藝出版社，1988 年 3 月初版，濟南。

6. 《現象詮釋學與中西雄渾觀》，王建元著，東大圖書公司，1988 年 2 月初版，台北。

7. 《李克爾的解釋學》，高宣揚著，遠流出版公司，1990 年 6 初版，台北。

8. 《解構批評論集》，廖炳惠著，東大圖書公司，1985 年 5 月初版，台北。

9. 《人文科學的邏輯》，E・卡西勒著，關子尹譯，聯經出版事業公司，1989 年 5 月第二次印行，台北。

10. 《語言與神話》，E・卡西勒著，于曉等譯，桂冠圖書公司，1990 年 8 月初版，台北。

11. 《人論》，E・卡西勒著，結構群審譯，結構群出版社，1989 年 9 月初版，台北。

12. 《視覺思維》，阿恩海姆著，滕守堯譯，光明日報出版社，1987 年 7 月第二次印刷，北京。

13. 《藝術與視知覺》，阿恩海姆著，滕守堯、朱疆源合譯，中國社會科學出版社，1987 年 3 月第三次印刷，北京。

14. 《抽象與移情》，W・沃林格著，王才勇譯，遼寧人民出版社，1987 年 8 月第一版，瀋陽。

15. 《普通語言學教程》，索緒爾著，沙・巴利、阿・薛施藹合編，弘文館出版社，1985 年 7 月初版，台北。

16. 《語言哲學》，黃宣範著，文鶴出版有限公司，1983 年 7 月初版，台北。

17. 《符號：語言與藝術》，俞建章、葉舒憲著，久大文化股份有限公司，1990 年 5 月初版，台北。

18. 《結構主義與符號學》，T・霍克思著，陳永寬譯，南方叢書出版社，1988

年 3 月初版，台北。

19. 《語言與文學空間》，簡政珍著，漢光文化事業有限公司，1989 年 2 月初版，台北。

20. 《道家思想與中國古代文學理論》，漆緒邦著，北京師範學院出版社，1988 年 11 月初版，北京。

21. 《比較詩學》，葉維廉著，東大圖書公司，1983 年 2 月初版，台北。

22. 《當代文學理論》，Ｔ・伊格頓著，鍾嘉文譯，南方叢書出版社，1988 年 1 月初版，台北。

23. 《現象學與文學》，Ｒ・馬格廖拉著，周寧譯，春風文藝出版社，1988 年 7 月初版，瀋陽。

24. 《野性的思維》，李維・史特勞斯著，李幼蒸譯，聯經出版事業公司，1989 年 5 月初版，台北。

25. 《歷史與思考》，吳光明著，聯經出版事業公司，1991 年 9 月初版，台北。

26. 《理則學》，鄔昆如等著，黎明文化事業公司，1988 年 9 月五版，台北。

27. 《中國哲學辭典》，韋政通著，大林出版社，1982 年 3 月三版，台北。

28. 《美學百科辭典》，竹内敏雄編，池學鎮譯，黑龍江人民出版社，1987 年 7 月初版，哈爾濱。

29. 《西洋哲學辭典》，布魯格編著，項退結編譯，先知出版社，1976 年 10 月初版，台北。

三、期刊論文

1. 〈從莊子「魚樂」論道家「物我合一」的藝術境界及其所關涉諸問題〉，顏崑陽著，收於《中國美學論集》，南天書局有限公司，1987 年 11 月初版，台北。

2. 〈論先秦儒家美學的中心觀念與衍生意義〉，顏崑陽著，刊於《文學與美學》論文集第三集，文史哲出版社，1990 年初版，台北。

3. 〈無言獨化：道家美學論要〉收於《飲之太和》，葉維廉著，時報出版社，1980 年 1 月初版，台北。

4. 〈莊子論美〉，沈清松著，刊於《東方雜誌》復刊第二十三卷第八期。

5. 〈提煉、玩味、與莊惠魚樂〉，吳光明著，刊於《哲學與文化》第十六卷第五期。

6. 〈《莊子》中的詮釋觀〉，王建元著，刊於《當代》第七十一期。

7. 〈莊子人學二題〉，邵漢明著，刊於《哲學與文化》第十八卷第一期。

8. 〈形上學序論〉，劉述先著，刊於《中華文化復興月刊》第八卷第四期。

9. 〈論中西哲學問題之不同〉，唐君毅著，收於《中西哲學思想之比較論集》，

學生書局，1988 年 7 月全集校訂版，台北。

10. 〈從本體詮釋學看中西文化異同〉，成中英著，收於《中西文化比較研究》，三聯書店，1988 年 12 月初版，北京。

11. 〈哲學沉默的意義：有關中國思想中語言使用的一些看法〉，唐力權著，賴顯邦譯，刊於《哲學與文化》第十四卷第七期。

12. 〈佛道的語言觀與矛盾語〉，錢新祖著，刊於《當代》第十一期。

13. 〈莊子語言哲學初考〉，沈清松著，刊於《國際中國哲學研討會論文集》，台灣大學哲學系，1985 年 11 月初版，台北。

14. 〈莊子的語言哲學及其表意方式〉，林鎮國著，刊於《幼獅月刊》第四十七卷第五期。

15. 〈解結構之道：德希達與莊子比較研究〉，奚密著，刊於《中外文學》第十一卷第六期。

16. 〈理性的四個層次〉，沈清松著，刊於《哲學與文化》第十六卷第一期。

17. 〈「存有者」的類比概念之探微〉（上）、（下），曾仰如著，刊於《哲學與文化》第十三卷第七期。

18. 〈當代文學理論的主要課題〉，蔡源煌著，收於《當代文學論集》，書林出版有限公司，1986 年 8 月初版，台北。

19. 〈賦彩製形──傳統美學思想與藝術批評〉，石守謙著，收於《美感與造形》，聯經出版事業公司，1990 年 2 月第六次印行，台北。

20. 〈中國水墨美學初探〉，羅青著，刊於《故宮文物月刊》第四卷第十一期。

21. 〈山水畫墨法新探（五）──元明以降之墨法發展〉，劉芳如著，刊於《故宮文物月刊》第五卷第八期。

22. 〈中國山水畫的「六遠」〉，王伯敏著，刊於《中國畫》1982 年 1 月第二期。

23. 〈從虛實論看中國古代文藝理論的性格〉，岑溢成著，刊於《當代》第四十六期。

24. 〈無畫處皆成妙境〉，張清治著，刊於《故宮文物月刊》第二卷第四期。

25. 〈論文學之虛〉，曾昭旭著，刊於《鵝湖》第九十八期。

26. 〈中國畫的構圖研究〉，李霖燦著，刊於《故宮季刊》第五卷第三期。

27. 〈中西繪畫空間表現法的比較〉，袁金塔著，刊於《藝壇》一六〇、一六一期。

28. 〈中國山水畫構圖中視點移動的分析研究〉，林田壽著，刊於《新竹師專學報》第十二期。

29. 〈時間與超時──希臘人與中國人的觀點〉，成中英著，收於《知識與價值》，聯經出版事業公司，1986 年 7 月初版，台北。

30. 〈中國詩中的時間、空間與自我〉，劉若愚著，陳淑敏譯，刊於《書目季

刊》第二十卷第三期。

31. 〈「空間信賴」與「空間恐懼」——中西藝術的空間意識比較〉，蘇丁著，收於《中西文化、文學比較研究論集》，重慶出版社，1988 年 2 月初版，重慶。

32. 〈通感〉，錢鍾書著，收於《七綴集》，書林出版有限公司，1990 年 5 月初版，台北。

33. 〈公案・紫藤與非理性〉，錢新祖著，刊於《當代》第二十六期。

澹然與悠然的藝術精神

謝金安　著

作者簡介

謝金安，1963 年生，福建省金門縣料羅村人。求學於金門柏村國小、金湖國中、金門高中；負笈台灣求學於中國文化大學哲學系（加入華岡羅浮群）、哲學所碩士班，東海大學中文系，國立中央大學哲學所博士班。曾任教於台北市文林國小、富安國小，服預官役於中壢陸軍士官學校，歷任斗六正心中學、環球商專（加入台灣生態研究中心環境佈道師）、環球技術學院教師。現職為環球科技大學通識教育中心教師，雪霸國家公園資深解說志工，專長環境美學。

提　　要

　　本文之撰述，旨在從老子與陶淵明的生命精神裡，去探索其藝術心靈深邃的一面，並會通西洋美學的慧見，來從事中國美學的研究開發。老子與陶淵明的藝術精神，不但有相契共鳴之處，其對中國審美與藝術的創作又有深遠的影響，所以探索其藝術精神將有助於吾人明白：在以自然為尚的藝術創作中，究竟應該欣賞些什麼？如何去欣賞？從而使我們更能把握澹然與悠然的藝術創造之特性，增進美感的經驗，以豐富我們的人生。

　　第一章導論，說明本文探究之價值、研究之方法和論述之程序。

　　第二章老子「澹然」的生命與藝術精神，先理出老子「澹然獨與神明居」的生命精神，再詮釋老子「澹然」的藝術精神。

　　第三章陶淵明「悠然」的生命與藝術精神，先理出陶淵明「採菊東籬下，悠然見南山」的生命精神，再詮釋陶淵明「悠然」的藝術精神。

　　第四章澹然與悠然的藝術精神之比較，比較老、陶所體會到的美，所激賞的價值，其隱含的藝術創作之特性，及其藝術欣賞與批評，並會通西洋美學的慧見，再作檢討與批評。

　　第五章結論，摘要的歸結老、陶澹然與悠然的藝術精神之特質，闡明其現代的意義，最後並作全文之回顧與未來之展望。

目

次

第一章 導 論 …………………………………… 1
　第一節 本文探究之價值 ……………………… 1
　第二節 本文研究之方法 ……………………… 2
　第三節 本文論述之程序 ……………………… 5
第二章 老子「澹然」的生命與藝術精神 ……… 7
　第一節 老子的生命精神 ……………………… 7
　　一、以「創造性詮釋」探尋老子生命精神的
　　　　應有自覺 ……………………………… 8
　　二、當代老學「創造性詮釋」系統的研究成
　　　　果 ………………………………………… 8
　　三、「相應」於老子思想特性的生命精神
　　　　──「澹然獨與神明居」 ………………… 11
　第二節 老子澹然的藝術精神 ………………… 17
　　一、老子對美的體會 …………………………… 17
　　二、老子生命精神中藝術創造的底蘊 ………… 19
　　三、「意聲相和」──老子對藝術品之透視 … 23
　　四、「自然」的藝術欣賞與批評 ……………… 27
第三章 陶淵明「悠然」的生命與藝術精神 …… 31
　第一節 陶淵明的生命精神 …………………… 31
　　一、當代陶集「創造性詮釋」下的研究成果 … 32
　　二、「相應」於陶淵明思想特性的生命精神
　　　　──「採菊東籬下，悠然見南山」 ……… 34

第二節　陶淵明悠然的藝術精神 …………………… 39
　一、陶淵明對美的體會 …………………………… 39
　二、陶淵明生命精神中藝術創造的底蘊 ………… 41
　三、陶淵明詩作中所表現出的和諧形式 ………… 43
　四、陶詩所滲透出的藝術欣賞與批評 …………… 45
第四章　澹然與悠然的藝術精神之比較 …………… 47
　第一節　老、陶所體會到的美 …………………… 47
　一、美不是什麼？ ………………………………… 47
　二、美應該是什麼？ ……………………………… 47
　三、檢討與批評 …………………………………… 48
　第二節　老、陶所激賞的價值 …………………… 50
　一、真　誠 ………………………………………… 50
　二、自　然 ………………………………………… 51
　三、和　諧 ………………………………………… 51
　四、檢討與批評 …………………………………… 52
　第三節　澹然與悠然的藝術創作之特性 ………… 57
　一、老、陶相同之處 ……………………………… 58
　二、老、陶差異之處 ……………………………… 58
　三、檢討與批評 …………………………………… 59
　第四節　澹然與悠然的藝術欣賞與批評 ………… 65
　一、老、陶的審美態度 …………………………… 65
　二、老、陶藝術批評之審美判準 ………………… 65
　三、檢討與批評 …………………………………… 66
第五章　結　論 ……………………………………… 77
　第一節　澹然與悠然的藝術精神之特質 ………… 77
　一、美・美感經驗 ………………………………… 77
　二、藝　術 ………………………………………… 77
　三、審美態度・審美判準 ………………………… 78
　第二節　澹然與悠然的藝術精神之現代意義 …… 78
　一、就審美態度而言 ……………………………… 79
　二、就藝術欣賞而言 ……………………………… 79
　三、就藝術創作而言 ……………………………… 80
　四、就美育和人與自然的關係而言 ……………… 80
　第三節　本文之回顧與展望 ……………………… 81
參考書目 ……………………………………………… 83

第一章　導　論

　　本文之撰述，旨在探索詮釋老子澹然與陶淵明悠然的藝術精神。故探索相應於老子與陶淵明思想特性的生命精神，並以此為基礎，將其生命精神的內涵義蘊，作「藝術」向度的詮釋開發，是本文研究之宗趣。茲為豁顯本文研究之宗趣，試從三方面以明之，即一、本文探究之價值。二、本文研究之方法。三、本文論述之程序。

第一節　本文探究之價值

　　在康德（Immanuel Kant 1724～1804）的三大批判：《純粹理性批判》（Kritik der reinen Vernunft）、《實踐理性批判》（Kritik der praktischen Vernunft）和《判斷力批判》（Kritik der Urteilskraft）三大巨著中，康德不僅具體地區分出三類哲學（此後為康德學派發展成邏輯學、倫理學、美學三類）並且同時也區分出人類興趣與活動的三大領域（即知、情、意或科學、藝術、道德三方面）。

　　而克羅齊（Bendetto Croce 1866～1952）更提出：「要想了解人類的活動，唯有把它們當作實現理想──美、真、善──的努力」的主張。〔註1〕

　　當代哲學、美學大師達達基茲（Wtadystaw Tatarkiewicz, 1886～1980）在其經典巨構《六大美學理念史》（A History of Six Ideas）的導論中，亦曾明確的指出：「長久以來，美被西方文化視為三種最高級的價值之一」、「這三類最高級的價值，無論是在過去或現在，都被區分為善、美和真」、而「不容置疑地，美學暨其主要的概念（按：美、創造性、美學、藝術和形式），就人類心

〔註1〕參見劉文潭，《藝術品味》，台北：商務印書館，1978年，頁145。

靈所擁有的資產而言，不僅最為普遍而且也最為持久」。〔註2〕

　　劉文潭教授亦指出：「我們之所以認為美學的知識，能夠幫助我們去把握被藝術家體現在他們的作品中的價值，本不是沒有原因的，如就價值學（Axiology）的觀點來看，舉凡人生的活動，可說無一不與價值相關〔註3〕，但是在諸多價值活動之中，由於藝術的活動直接關係於價值，所以二者間的關係也最為密切。」因為「藝術家創作他的作品，他不是在於紀錄或描寫純粹客觀的事實，而是在於表現那些他認為值得表現的事物。這也即是說，藝術品乃是藝術家所作之價值的肯定，或為藝術家所懷之理想的投影。」〔註4〕

　　基於以上的洞見，我們知道，美學被人們認為是哲學所含的三個類之中的一個類，而許多個世紀以來，藝術也一向被人們認為是人類創造與活動所含的三個類之中的一個類，其研究價值正如瑞德（Louis Arnaud Reid）所言：「偉大的藝術意即對於偉大的價值之激賞」〔註5〕，它可以使我們明白，在藝術中究竟應該欣賞些什麼？（意即甚麼是藝術家所激賞的價值？）應該如何去欣賞？（意即如何把握得到藝術品所體現的價值？）以致於使我們能確實把握藝術之創造的特性，從而產生如同其情的了解，增進美感的經驗，領會人生的價值。

　　所以，今天我們研究老子澹然與陶淵明悠然的藝術精神，便是本著這種動機，嘗試在中國哲學、文藝的生命精神裡，去探索藝術心靈深邃的一面，並在比較研究中，參酌的西洋美學作中西會通，以期豐富吾人的心靈，本文的研究工作，便是在這樣的一個標的之下的一個開始。

第二節　本文研究之方法

　　達達基茲在其美學史第一卷之序論中，所指出的美學及美學史發展與循從之路線，劉文潭教授以為：「極為詳盡正確，足供國內有志於美學及美學史開發工作者的參考與借鏡」〔註6〕，因此特撰文引介。其中，達達基茲明白地

〔註2〕 參見劉文潭譯，《西洋六大美學理念史》，台北：丹青出版社，1987 年，頁 1～2、1、4。

〔註3〕 此項見解可以參證唐君毅，《哲學概論》，第四部之第八章，台北：學生書局，1982 年，頁 1182～1183。

〔註4〕 參見劉文潭，《現代美學》，〈序論〉，台北：商務印書館，1967 年，頁 2～3。

〔註5〕 參見劉文潭，《現代美學》，頁 2。

〔註6〕 詳見劉文潭，《藝術品味》，〈美學和美學史中所包含的十二種二元性——兼介

指出，美學的發展，乃是沿著多線進行的，他一共列舉出十二種二元性，前八種是美學發展的方向，後四種是美學史遵循的目標。從事前者的研究有八種二元性：(1)美的研究與藝術的研究（The Study of Beauty and the Study of Art）；(2)客觀性的與主觀性的美學（Objective and Subjective Aesthetics）；(3)心理學的與社會學的美學（Psychological and Socialogical Aesthetics）；(4)記敘性的與規範性的美學（Descriptive and Prescriptive Aesthetics）；(5)純正之審美的學說與審美的政治學（Proper Aesthetic Theory and Aesthetic Politics）；(6)審美的事實與審美的解釋（Aesthetic Facts and Aesthetic Explanation）；(7)哲學的與特別的美學（Philosophical and particular Aesthetics）；(8)藝術的美學與文學的美學（Aesthetics of the Arts and Aesthetics of Literature）。美學家可以本著各自的偏好來從事美學的研究。

　　然而，從事後者的研究，作為一個美學史家，他就必須掌握這一切的路線，從事全面的追蹤，以期明瞭美學發展的全般概況。因此達達基茲特別強調，在材料的選擇上，美學史不能單靠外在的標準（exterior criterion）——即是指特別的名稱或特別的研究範圍等——來決定，它應該包含一切有助於美學問題之探討、解決、或充當審美概念之觀念，即使這些觀念出現在其他不同的名目之下，或其他學科之中也無不可。為了進一步說明個中的實情，達達基茲於是又列舉了下述四種二元性：(1)審美觀念的歷史與名辭的歷史（The History of Aesthetic Ideas and the History of Terms）；(2)顯然的與隱然的美學史（History of Explicit and of Implicit Aesthetics）；(3)敘說的與解說的美學史（The Expository and the Explanatory History）；(4)審美之發現的歷史與觀念流行的歷史（The History of Aesthetic Discoveries and The History of Prevailing Ideas）。

　　由於以上的指引，所以本文在取材上，選擇了哲學家的老子與田園詩人的陶淵明，來從事中國美學的研究開發。在研究進路上，我們是從「藝術」的向度去探討他們的生命精神。職是之故，探尋相應於他們思想特性的生命精神和藝術義蘊，便是我們研究的課題，唯鑒於(1)老子《道德經》，文約辭簡，歷代以注疏為本的老學已然分化〔註7〕；而陶集文體省淨，歷代解陶的視

達達基茲和他的美學史〉，頁122～143。

〔註7〕參見袁師保新所撰之博士論文，《老子形上思想之詮釋與重建》，第三章〈當代老學詮釋系統的分化〉，台北：文化大學，1983年，頁42～78。

點難免囿於一察之見，致使淵明詩文底靈魂抹上了歷史的迷霧〔註8〕。(2)中國歷代並未將「藝術」放在美學的層次去作嚴密的界定。〔註9〕

所以，在方法上，我們以「創造性的詮釋」（Creative Hermeneutics）〔註10〕：(1)反對「各說各話」的詮釋行為；(2)懷疑任何不經批判的、輕率的詮釋行為；(3)尊重學術史上各種客觀的資料與研究成果；(4)儘可能透過已建立的詮釋系統的批判反省，將主觀性的擬構提昇到歷史的客觀性的層面。意即一方面經由系統對比逼顯出差異，另一方面透過內在、外在批評，尋求最圓滿的解決，這也就是說，在對比中先訴諸一致性的原則，分列檢查每個詮釋系統的內容是否一致，是否窮盡了方法的效用，是否能夠還原到經典之中，然後再檢討各種詮釋方法的適當性，觀其限制與互補的可能性，尋找新的綜合契機。──來探尋相應於老子與陶淵明思想特性的生命精神。

以「審美三合一」〔註11〕──藝術品就好比是一個有機的整體，構成這個整體的質（藝術品的媒材）形（藝術品的形式）意（藝術品的內涵）是三者兼顧，一體並重，相輔相成──的主張，就藝術所顯現的三個主要方面：(1)藝術家底創造活動（The Creative Activity of the Artist）；(2)藝術品（The Work of Art）；(3)非藝術家的大眾，對於前列兩項所生的感應，也即是所謂的藝術的欣賞與批評（Art Appreciation and Art Criticism）〔註12〕。以西方美學的思考方式，來詮釋老子、陶淵明生命精神內涵的藝術義蘊。

在資料處理方面，老子部分，引文我們以《帛書老子》校勘為底據，文句與《今本老子》略有不同，惟今本與帛書在義理上變動不大；陶淵明部分，引文我們以方祖燊《陶潛詩箋註校證論評》為本。

〔註8〕 參見蕭望卿，《陶淵明批評》，一、陶淵明歷史的影像，台北：開明書局，1957年，頁1～30。

〔註9〕 參見顏崑陽，《莊子藝術精神析論》，第二章〈藝術之一般界義〉，台北：華正書局，1987年，頁38～74。

〔註10〕 此撰述方法首為傅偉勳先生發表在《中國哲學季刊》，〈創造性的詮釋：道家形上學與海德格〉一文。可參見：Charles Wei-Hsun Fu, "Creative Hermeneutics," *Journal of Chinese Philosophy* 3, 1976, p.115~143。

〔註11〕 「審美三合一」是劉文潭所提出的美學主張，參見其《新談藝錄》，台北：中華書局，1974年，頁24。

〔註12〕 這是劉文潭本於「捨異求同」的原則下，所歸究出的西方各派美學詮釋藝術的著眼點，參見劉文潭，《現代美學》，〈序論〉，頁3。

第三節　本文論述之程序

　　本文撰述的方式與程序，可分為三個階段，由三組課題所引導，分別在二、三、四章完成。

　　第一階段的課題是：老子澹然的藝術精神是什麼？而這個課題又必須先建築在，對老子思想特性的生命精神的理解上，亦即，我們必須先通過對於老子思想之真義的「相應」探索，才能參酌西方美學的思考方式，作「引伸」的詮釋開發，如此，方不致於背離或歪曲了老子思想的原意。因此，在論述上分為前後兩部分：前半部，我們先以「創造性的詮釋」，理出相應於老子思想之真義的生命精神；後半部，我們再以「審美三合一」的立場，就藝術活動所包含的三個主要的方面（藝術的創造、欣賞和批評），詮釋開發老子的藝術精神。而這後半部，便是我們研究的重心，其中又分為兩部分：(1)就老子《道德經》文中關涉到美或藝術的言論作詮釋；(2)據前半部所理出的結果，開發老子生命精神中藝術的義蘊。合這兩部分的研究結果，輻輳出老子哲學的美學的藝術精神。

　　第二階段的課題是：陶淵明悠然的藝術精神是什麼？在論述的方式與程序上，大致如第一階段，唯在後半部藝術精神的詮釋開發中，我們是直接面對作品──陶集──以語言媒材為基礎的文學創作，考察陶淵明文學的美學所表現出的藝術精神。

　　第三階段的課題是：澹然與悠然的藝術精神之比較。據前兩階段的析論結果，我們詮釋了老子與陶淵明的藝術精神「是什麼」，在這個階段，我們將屬於哲學的美學的老子的藝術精神，與屬於文學的美學的陶淵明的藝術精神作一比較，明乎他們所激賞的價值、與把握藝術品所體現出價值的方式，並參酌西洋美學作關聯性的會通、檢討與批評。

　　最後，本文將簡略地作一結論，將澹然與悠然的藝術精神之特質，在捨異求同、集長去短的原則下，汲取其能提供我們切實把握藝術之創造的特性，從而產生如同其情的了解，增進美感的經驗，領會人生之價值的精義，再闡明其藝術精神的現代意義，並作本文之回顧與展望。

第二章　老子「澹然」的生命與藝術精神

本階段回答老子的藝術精神「是什麼？」分前後兩部分以明之：即(1)理出相應於老子思想眞義的生命精神。(2)詮釋開發老子澹然的藝術精神。而以後半部爲我們研究的重心。

第一節　老子的生命精神

老子，這位矗立在中國文化長流中的偉大心靈，其思想的結晶不僅是過去歷代無數中國人安身立命的憑藉，其超卓的形上智慧，以及對宇宙人生的洞見，也是當前人類藉以理解自身與瞻望未來的思想寶藏。今天，我們探尋這位兩千多年前的心靈，汲取其生命精神的智慧泉源，須先把握老子的義理規模與思想精神。然而，對於老子義理的詮釋，明顯地已遭遇了如下的困境：(1)坦白地說，除非考古材料有了進一步的發現，或考據家找到更令人信服的方法，我們是很難斷定老子的身世與年代的。(2)老子《道德經》文簡意深的經體形式，以及一切論證付諸闕如的表述方式，使得其核心概念的意涵均難於測定把握。換言之，老子《道德經》的義理宗趣並非昭然若揭，不可爭議的。(3)宛若天降的寥寥數語，往往涵蘊著多重詮釋的可能性（我們只要回顧歷代解老、宏老、注老的作品〔註1〕，就可以發現區區五千言的哲學經典，在不同時代、不同注疏家的手中，已衍爲不同的理解系統，則老學之嚴

〔註1〕以嚴靈峰所輯《老列莊三子知見書目》爲據，計收老子專著一千一百七十餘種，論說八百七十餘篇，台北：中華叢書編審委員會，1965年。

—7—

重分化〔註2〕，將是更不容爭議的事實）。于今之計，或許我們只有擺脫考據的爭論，直接以「創造性的詮釋」就原典來把握老子的義理規模與思想精神，以明老子生命精神的真相。

一、以「創造性詮釋」探尋老子生命精神的應有自覺

有了前述的認識後，當我們面對老子義理多向發展的哲學時，實不必慨嘆老子哲學的本來面目在那裡，而應該自覺到：老子本來面目的揭露，原只是每個時代詮釋者的理想。換言之，當老子《道德經》並沒有清楚地表示他一定的立場時，我們身為詮釋者，應該首先鬆動「這就是老子本身唯一的主張」的看法，而謙退一步，意識到自己對老子思想性格的規定，極可能只是在某種詮釋假設與方法下，我們心目中所認定的老子。這也就是說，將「老子的哲學是……」鬆動為「老子的哲學應該是……」，自足於一種「創造性詮釋」（Creative interpretation）反省選擇的研究成果之上。

明乎此，我們應自覺到「創造性詮釋」這個方法學的觀念，遠比它的字面涵義要來得謙遜。因為，如果人的理解活動不可能摒棄孕育他的「傳統」，則所謂「創造」其實都是立基於傳統之上的「發展」，而所謂「批判」也只不過是一種經過反省的有選擇的「繼承」。因此，本文後續以「創造性詮釋」所理出的相應於老子思想真義的生命精神，正是植基在前賢點滴匯聚而成的已有成就的肯定之上，作創造性的發展與批判性的繼承。

二、當代老學「創造性詮釋」系統的研究成果

袁保新教授在其《老子形上思想之詮釋與重建》博士論文中，以「創造性詮釋」的方法，透過當代老學詮釋系統，即(1)胡適之先生「發生程序」說〔註3〕；(2)馮友蘭先生「邏輯程序」說〔註4〕；(3)徐復觀先生「發生程序」

〔註2〕 以當代老學詮釋系統而言，就有胡適之、馮友蘭、徐復觀、勞思光、方東美、唐君毅和牟宗三等諸位先生的詮釋系統的分化，詳見袁師保新，《老子形上思想之詮釋與重建》，頁45～65。

〔註3〕 胡適之，《中國古代哲學史》，老子部分之第三節「革命家的老子」中曾表示：「我述老子的哲學，先說他的政治學說。我的意思要人知道哲學思想不是懸空發生的。」台北：商務印書館，1970年，頁49。

〔註4〕 馮友蘭云：「老子以為宇宙間事物之變化，於其中可發現通則。凡通則皆可謂之為『常』，……常有普遍永久之義，故道曰常道。」復云：「事物變化既有上述之通則，則『知常曰明』之人，處世接物，必有一定之方法。」可見馮友蘭認為老子政治之人生的主張是來自於形上之「道」的把握。參見馮友蘭，

—8—

的思想史進路〔註5〕；(4)勞思光先生「基源問題研究法」〔註6〕；(5)方東美先生「超越形上學」（transcendental metaphysics）的觀點〔註7〕；(6)唐君毅先生「客觀實有形態」語義類析的進路〔註8〕；和(7)牟宗三先生「主觀境界形態」實踐體證的進路〔註9〕——的對比反省之後，理出了如下成果：

（一）老子哲學的課題——繼周文崩解重新尋找人間的價值秩序

以(1)《道德經》思想背景的考察結果〔註10〕：①禮的僵化的與刑的肆虐；②大規模的戰爭與兼併，生命呈現無比的微弱；③工商業的興起，欲望增長，民心浮動；④士集團的擴大，形成名利增競的熱潮。(2)《道德經》文獻的理論還原〔註11〕所指出的老子思想關懷：①如何建立理想的政治？②如何成為聖人？③如何向上實現生命之善與大？④「道」何以失落？〔註12〕測定出老子思想的基源問題，就是對「道」的失落與回歸的反省。

（二）老子「道」的基本性格——存在界價值理序之形上基礎

所謂「道」乃價值世界的形上基礎，我們不妨從方東美先生「根據中國

《中國哲學史》，台北：泰順出版社，1982年，頁223、227。

〔註5〕 徐復觀，《中國人性論史》：「老子的動機與目的，並不在於宇宙論的建立，而依然是由人生的要求，逐步向上面推求，求到作為宇宙根源的處所，以作為人生安頓之地。」台北：商務印書館，1969年，頁325。

〔註6〕 勞思光，《中國哲學史》卷一，香港：中文大學崇基書院，1971年，頁15～19。勞先生認為「老子之學起於觀變思常」（頁157）。

〔註7〕 即「一方面深植根基於現實界；另一方面又騰衝超拔，趨入崇高理想的勝境而點化現實」——方東美，〈中國形上學中之宇宙與個人〉，原以英文發表於1964年東西方哲學家會議，後由孫智燊先生翻譯，收於《生生之德》一書中，台北：黎明出版社，1979年，頁238。

〔註8〕 唐君毅，《中國哲學原論》原道篇卷一：「吾昔年老子言道之六義一文之下篇，以實體義為本以解釋老子，只為解釋老子之言之一可能之方式。吾昔之所言，固未必非，然其他之論，亦可是也」。香港：新亞書院，1973年，頁339。唐先生〈老子言道之六義貫釋〉，原發表於香港大學五十週年紀念論文集，後收在《中國哲學原論》導論篇，以〈原道〉一名刊行，可參見該書，頁348～398。

〔註9〕 即由實踐所開顯的一種對價值世界的觀照（說明）。牟宗三，《中國哲學十九講》，台北：學生書局，1983年，頁130～131。

〔註10〕 王師邦雄在其《老子的哲學》一書中，以「義理推斷」的途徑，經由文獻的分析，指出老子思想所反省的時代，具有這四項極為明顯的特徵。台北：東大圖書公司，1980年，頁48～54。

〔註11〕 所謂「理論還原」依據勞思光的解說，「就是從許多論證中逐步反溯其根本意向所在」。參見勞思光，《中國哲學史》卷一，頁16。

〔註12〕 參見袁師保新，《老子形上思想之詮釋與重建》，頁116～120。

哲學的傳統，存有學也就是價值論，一切萬有存在都具有內在價值，在整個宇宙之中更沒有一物缺乏意義」〔註 13〕的這種見解出發，首先了解存在界之所以能相續相生，是因為存在界涵具著一種整體的、和諧的價值秩序，在這秩序中每一事物都有其應具的本然地位、以及與其他事物的關係。換言之，整個存在界其實就是價值世界，而「道」也就是規範這一切事物的地位與關係的價值之理。亦即從後設反省的觀點來看，所謂「道」也就是老子心目中，人類理解自己在存在界中的地位，決定自己與其他人、物、鬼、神、天地之間關係底意義基礎，或規範一切的價值理序〔註 14〕。而不能擬同於西方形上學的第一因、無限實體、或自然規則，否則形上之「道」與人生實踐之「道」，必如陳康先生所析〔註15〕，斷裂為兩橛（混淆了「存有」與「應然」之間的區分）。

（三）「大道」失廢的原因
——吾人心靈對名器的執著，遺忘了「大道」

周遍存在界的「大道」，本來是素樸無名的，在其德潤之下，天地正位，四時有序，萬物均和。而聖人之治，體「道」備「德」，為應人間社會之需，遂散樸為器，立官長，別倫秩，分百工。但守「道」抱「一」的聖人，雖緣不得已散樸為器，因器制名，卻並未「循名而忘樸，逐末而喪本」〔註 16〕，因為「歙歙為天下渾其心」（《老子》四十九章）的聖人，以其「德善」「德信」（《老子》四十九章），復涵容一切因名而有的區分與對立〔註17〕，因此「名

〔註13〕 Thomé H. Fang: *The Chinese View of Life*, Hong Kong: The Union Press, 1957, p.21.

〔註14〕 藉英國形上學家 Prof. Walsh「沒有存有論之形上學」（metaphysics without ontology）的觀點來看，我們未嘗不可將「道」視為老子理解整體經驗界的一項詮釋性原則，即老子理解一切事物、一切現象的意義基礎。換言之，我們不必將「道」實體化，外在原因化，因為，老子關心的問題並不是在因果序列中探問「存在物為什麼會存在」，而是從價值意義的觀點，藉「道」這一原理來說明「事物應該如何維持存在」。關於 Prof. Walsh 的主張，可參考：*Metaphysics*, London: Hutchinson University Library, 1970。

〔註15〕 陳康認為老子的「道」實具有雙重性格，一是作為「存有原理」（Seinsprinzip），另一是「應然原理」（Sollensprinzip），前者具有必然性，無一物可以脫離約束，後者則是規範性的法則，可以遵守，也可以違背。Chung-Hwan Chen, *What Does Lao-Tzu Mean by the Term "Tao"?*，《清華學報》，1964 年 2 月，頁 150～161。

〔註16〕 蘇轍，《老子解》卷二，頁 21，無求備齋據實顏堂秘笈本影印，無求備齋《老子集成》初編，台北：藝文出版社，1965 年。

〔註17〕 根據四十九章「善者吾善之，不善者吾亦善之」、「信者吾信之，不信者吾亦

亦既有」卻仍能夠「知止」,「可以不殆」(《老子》三十二章),故稱爲「大制無割」(《老子》二十八章)。可是,設若人間社會在散樸爲器,因器制名的過程中,由於定名引起了心知的執取,器用誘發了情欲的追逐,遂循名而忘樸、逐末而喪本,甚至以「名」爲「道」,而未能「知止」,則面對千差萬別的名器世界,遂不免展開無窮的追逐、爭鬥對立,而人間社會也就走向了危殆的命運。

(四)回歸「大道」的途徑——由致虛守靜到知常法道

基於前述「大道」失廢的原因,則重建人間價值秩序,回歸「大道」的途徑,首先就是將製造爭鬥對立的根源——主觀心知與情欲所纏結的虛妄主體——予以撤消,撤消虛妄主體之道,即在於「損之又損」(《老子》二十五章)的工夫,亦即針對心知的定執,情欲的追逐,以「不自見、不自是、不自伐、不自矜」的修養,一一化解掉,重返生命本來素樸無爲的狀態。老子《道德經》中,有關類似實踐工夫的提點,俯拾皆是,所謂「不爭」(《老子》八章)、「知足」、「知止」(《老子》四十四章)、「少私寡欲」(《老子》十九章)、「去甚、去大、去奢」(《老子》二十九章)、「無事」、「無欲」(《老子》五十七章)等等,但總歸其要,則不外「致虛極、守靜篤」(《老子》十六章),澈底地將心靈從有爲造作中拯救出來,然後「觀復」以「知常」(《老子》十六章),由「知常」以「法道」(《老子》四十八章),則「以道蒞天下」(《老子》六十章)的結果,就是人我、物我、天地鬼神的「德交歸焉」(《老子》六十章),重新恢復到「大制無割」的人間秩序之中。

三、「相應」於老子思想特性的生命精神
——「澹然獨與神明居」〔註18〕

基於前文之自覺反省與考察結果,我們知道周文崩解的結果是價值失序,連帶地「禮儀三百,威儀三千」〔註19〕所提供的世界觀也遭到動搖,於是當「人在宇宙中的地位」也變得模糊的情況下,老子之學的「目的是做救

信之」,則聖人雖有「善」、「不善」的區分,卻同時超越涵容之。

〔註18〕 語出莊子〈天下〉篇,見於郭慶藩輯,《莊子集釋》,台北:華正書局,1982年,頁1093。此提點參見程師兆熊,〈老莊思想與現代社會〉,載於《第一次世界道學會議第四屆國際易學大會會後論文集》,台北:中華民國老莊學會,1988年,頁15。

〔註19〕 語出《中庸》,參見朱熹《四書集註》,台北:藝文出版社,1974年,頁25。

世的聖人」〔註20〕，其重建人間的價值秩序，所提示的「道」，正代表一種新的世界觀的建立，在這個世界觀中，不但一切事物都有其應有的地位，構成一和諧整體的存在界，而且這種和諧、整體的價值秩序，也就是人間一切人文禮制的基礎。換言之，老子希望藉著「大道」的召喚，使人類從名器的世界中掙脫，重返「自然」和諧的境地。此正如王邦雄教授所謂「站在人之有限存在的體驗感受，再反省人之生命何以成為有限的問題，並試圖就精神的修養，與道德的實踐，去打開即有限而可無限的可能之路」〔註21〕可見，老子的哲學實來自於一段真誠的實踐工夫，其生命精神正表現在對「道」的全幅意涵的朗現中。

（一）理性之智——批判反省人的生命何以成為有限

1. 生命本可無限

老子云：「無，名天地之始；有，名萬物之母」（《老子》一章）證諸第一章我們知道，「道」兼具「始」、「母」兩重性格。「始」是強調「道」乃天地萬物的根源，「母」則凸顯「道」對天地萬物的化育。亦即，「道」作為存在界得以生續之價值秩序的形上基礎，一方面超越天地萬物之上，「道隱無名」（《老子》四十一章），不為任何形名所限，稱之為「無」；另一方面，則又內在於天地萬物之中，「大道氾兮，其可左右，萬物恃之而生而不辭」（《老子》三十四章），使萬物得以各據其性、各安其位、各暢其生，稱之為「有」。「道」是既超越復內在的。

換言之，「無」是就「道」的超越性來說，是體；「有」則是就「道」不離天地萬物來說，是用。有無二者乃「道」之一體的兩面。即體可成用，即用可顯體，所以老子云：「道大，天大，地大，王亦大」（《老子》二十五章），是人的生命，本在道之大的生養化成中，而直與天地同其大，是道之無限性，亦內在於吾人生命之中，此即有限而可通向無限的可能之路，是出乎生命的體證而得，才發為思想玄理的。

2. 人之有限存在的體驗感受

基於前述——「大道」失廢的原因——的反省，我們知道，人的精神生命之所以成為有限，是在人之心知的執取之下，道落為可道（人的路開始被

〔註20〕陳榮捷，〈戰國道家〉，刊於《中央研究院歷史語言研究所集刊》第四十四輯，1972 年 10 月，頁 470。

〔註21〕王師邦雄，《老子的哲學》，台北：東大圖書公司，1980 年，頁 74。

決定。因爲可以言說的道，已經過人的語言概念所規定，其眞精神、眞生命就在語言概念中被限制住了。故道若可道，已非本來的常道，而是人心所規定的道）。德轉爲下德（下德者唯恐失去德，執守於某一德的標準，生命不得自在而轉成有限），美善之相對假立於先（已然把標準定住，用一些内涵來規定它的外延，把世界畫成兩半），貴高之政治推助於後（把他人推入這個相對的世界），由認知定位轉爲價值追求，使民心因名利之可欲，轉生行爲的趨避，交相奔競追逐，引生了情識的纏結，於是壓抑、失落、焦慮、恐慌，一切人生的悲苦困惑，都幾從這邊開始引生而爲之大亂。

3. 反省問題之後的批判智慧

老子在「人的生命何以成爲有限」的存在反省上，指出人生的困頓與政治的紛擾，主要來自於人的心知對於名器的執取，所引發的危殆。在此問題所引發的一套名言規範系統的制約背後，特別是老子身當周代文明熟爛之時，禮制早已僵化，但人類心理、慾望、行爲對禮制名言的依賴已久，有關這類名言規範系統的相對性侷限性（因爲名言的本質在於「區分」（distinction），而區分具有排他性），早已習焉不察，老子五千言的教誨，遂不得不「以遮爲詮」〔註22〕、以「正言若反」（《老子》七十八章）的詭辭，將人類心靈從這種相對的價值範疇中解脫出來。

因此，老子之亟言「道隱無名」、「不言之教」（《老子》二章），其目的並非取消名言，而是要「崇本以舉末」〔註23〕，藉由價值之源的澄清，來重新安立人間名教的秩序。此所以牟宗三先生盛言，老子的智慧在「作用地保持」聖智仁義等價值，實有見於此〔註24〕，因爲，惟有心靈長保虛靜自主活活潑潑的創造性，一切價值的實現才能可久可大，文明創造的生機，才能綿綿若存地不斷貫注到人間世界中。

（二）生命之慈──悲天憫人的宇宙情懷

1. 坤道母德之慈

老子對其自家生命有所表白，並透顯其内在精神的，有如下二語：「吾欲獨異於人，而貴食母。」（《老子》二十章）、「我恆有三寶……一曰慈……夫慈固能勇……天將建之，如以慈垣之。」（《老子》六十七章）老子自謂生命

〔註22〕「遮詮」本佛家語，《宗鏡錄》云：「遮謂遣其所非」。
〔註23〕王弼，《老子注》，收於《王弼集校釋》，台北：華正書局，頁35。
〔註24〕牟宗三，《才性與玄理》，台北：學生書局，1985年台五版，頁360。

中的三寶，首要就在其母德之慈，這正是老子清靜無爲，卻站出來發爲五千言之哲理玄思的內在動力，是謂「慈故能勇」。老子哲學，面對人之存在的困頓，雖僅求放開鬆散，當下得一大解脫大自在，然此一求以消散人之存在困頓而感同身受的心，正是其生命有光亦有熱的大擔當。

老子云：「民生動皆之死地之十有三。」（《老子》五十章）、「民之從事也，恆於其成事而敗之。」（《老子》六十四章）此言老子對天下人民，爲了求生反而掉落死地，而所從事者，亦常功敗於垂成之際，深致其歎惋之意。並由是而興發其「人之不善，何棄之有？」（《老子》六十二章）的慈心悲願，思有以拯濟之道。只因母德之慈，本是最無條件而又深根固柢、遍在一切而又兼容並蓄的，由慈暉普照，方能開出一爲善人得其德貴之寶，與不善之人得其免罪不害（幡然悔悟而成爲善人）之保。

2. 人之有身的憂患意識

老子云：「吾所以有大患者，爲吾有身也，及吾無身，有何患？」（《老子》十三章）、「五色使人目盲，馳騁畋獵，使人心發狂；難得之貨，使人之行妨，五味使人之口爽，五音使人之耳聾，是以聖人之治也，爲腹而不爲目，故去彼而取此」（《老子》十二章），老子以人之有身爲憂患，而身之有大患，來自於人對五色、畋獵、難得之貨、五味、五音等的過度追逐，而不知節制。老子非常反對這種追求物慾的人生——物質生活、色情生活，以金錢之高低爲價值觀念的生活。而指出了「服文采，帶利劍，厭飲食，貨財有餘，是謂盜夸，盜夸，非道也。」（《老子》五十三章），把這種只追求物質的生活、經濟的發展，稱爲盜賊的政治。

而解救吾有身之大患，在於吾「無身」——「少私寡欲」（《老子》十九章）；「爲腹而不爲目」——「恆德乃足，復歸於樸」（《老子》二十八章）。爲「腹」，即求建立內在寧靜恬淡的生活。爲「目」，即追逐外在貪欲的生活〔註25〕。一個人越是投入外在化的漩渦裡，則越是流連忘返，使自己產生自我疏離（Self-Estrangement），而心靈日愈空虛。因而老子喚醒大家要摒棄外界物欲生活的誘惑，而持守內心的安足，確保固有的天眞。老子不僅批判物欲「文明」生活的弊害，還指出「物壯而老」（《老子》三十章）物極必反

〔註25〕林語堂英譯註說：「腹」指內在自我（the inner self），「目」指外在自我或感覺世界。參見林語堂，《老子的智慧》，台北：德華出版社編譯，1982 年，頁90。

之理。換言之，當人類竭盡所能地，鑽研於「物質」或機械文明的創造或發明時，如果不同時重視「人性」或「道德」的修持，那麼世界終將會被人類自己所創造的「文明」所摧毀。此種憂患意識，即爲老子發人深省之宇宙情懷。

3.精神主體之自由

老子的哲學，在根本上，即在無掉一切既定之價值規準的作用中，呈顯一絕對的沖虛，與主體無所歸屬的自由，此一由絕對沖虛而顯現的主體自由，就是老子哲學之價值所在。亦即其不在本質上肯定「是什麼」，而僅在作用上求以「如何保存」正面挺立出來的人文禮教（如儒家者），以其豁醒消散的作用，而保存可能僵化扭曲的禮樂名教，亦即老子什麼都不是，但是他要讓什麼都是。

這一「作用地保存」的心志自由，是窺破天機的高明智慧〔註 26〕，有空靈——一切生命靈感的泉源——讓一切的宗教、一切的教義，一切人生正面的，都成爲可能，而不相衝突。雖然，這一本質上求以作用地保存人文禮教的眞用心所在，在人間失落了，卻意外地以其精神主體的自由，開啓了展現生命才情之美的藝術文學之門。這反而是老子哲學落在歷史長流中所形成之最直接最深遠的影響。〔註 27〕

（三）聖人之德——即有限而可無限的實踐進路

基於前述——回歸「大道」的途徑——由致虛守靜到知常法道。我們知道老子即有限而可無限的實踐進路，在其「天下之物生於有，有生於無」（《老子》四十章）——我「無」了，我才「有」——的「無爲而無不爲」（《今本老子》三十七章）的實現原理。亦即老子以爲人的生命有限與其存在的困頓，乃由人的有心有爲，有知有欲而來，故透過主體的修養工夫，以打開即有限而可無限的實踐進路，一是由吾心之致虛守靜，以開出生命的微妙玄通；一是由吾生的搏氣致柔，以回歸生命的素樸本眞。此一主體修養的實踐進路，是老子哲學的命脈所在。老子語道德，非爲架空之玄理，而有其實質意義，即由此路而開顯。

〔註 26〕錢穆，《莊老通辨》：「老子書中，卻像有一個天道隱隱管制著不許不平等。但這些天道，卻給一位懷著私心的聖人窺破了。」香港：新亞研究所，1957 年，頁 116。
〔註 27〕王師邦雄，《老子的哲學》，頁 194。

1. 虛靜心的明鏡觀照

我們知道老子哲學興起之旨趣，其外緣在救周文之桎梏，其內因在消解生命之造作與外逐。故其德在主體修證上顯，工夫在心上做，亦即「致虛極」「守靜篤」、「滌除玄覽」（《老子》十章）的內修。

「致虛極」，虛就是把心的內容取消了，標準不要了，我沒有了標準，就沒有了要求；「守靜篤」，是當心沒有要求的時候，我的心就歸於平靜了。所以虛靜心是取消了人間既成的標準與規定，讓心回到心的本身。人自我流落於心知的定限之域，自我放逐於情識的爭逐之場，其日一久，呈現意識中的自我，是心執與情結之我，人之本質遂失落而不自知。而心歸於虛靜，即有如明鏡，首在照顯自我，此一由虛靜心所照顯之我，就是吾人生命之德。是謂「自知者明」（《老子》三十三章）——讓生命回到本來的自然清明。

其次，此虛靜心的明照，就在朗現天地萬物之真相。在消解相對認知與價值定位之後，心無主觀規格以加之外物，外物始得以其本來面目，呈現於吾人的玄覽之心。此老子云：「以身觀身，以家觀家，以鄉觀鄉，以邦觀邦，以天下觀天下，吾何以知天下之然哉？以此。」（《老子》五十四章）吾人之虛靜，不僅照顯了自身自家之德，而在不加規定扭曲之下，也朗現了鄉國天下之德。是謂「知常曰明」（《老子》五十五章）——讓世界回到原有的天朗氣清、風和日麗。

2. 回歸自然的超越之路

老子云：「爲學者日益，聞道者日損，損之又損，以至於無爲。」（《老子》四十八章）「爲學」是經驗的進路，「聞道」則是超越的進路。主體的內修自證是「聞道日損」之路，亦即將心知的造作，加以逐層剝落，使生命不外逐不散落。這一知相概念的剝落，所呈現的就是道心，是則道的封限，亦在吾心的「損之又損」中，逐步開顯其「玄之又玄」（《老子》一章）的無限妙境。

老子云：「道生之，德畜之，長之育之，亭之毒之，養之覆之，生而弗有也，爲而弗恃也，長而弗宰也，是謂玄德。」（《老子》五十一章）、「載營魄抱一，能毋離乎？摶氣致柔，能嬰兒乎？滌除玄覽，能毋疵乎？愛民治國，能毋爲乎？天門啓闔，能爲雌乎？明白四達，能毋知乎？生之、畜之。生而弗有，爲而弗恃，長而弗宰也，是謂玄德。」（《老子》十章）所謂「德」，亦即價值理序籠罩下，每一事物自我實現的內在動力。所以老子云：「孔德之容，

唯道是從」（《老子》二十一章）、「德」以「道」爲形上基礎。又云：「萬物尊
道而貴德」（《老子》五十一章），就主體修證而言，道僅有其形式的意義，其
眞實義是以德爲其內容的，所以「玄德」一方面可以用來說明形上之「道」
的生化萬物，另一方面也可以視爲一切人生修養的最高歸趣。

　　老子復云：「恆德不離，復歸嬰兒」、「恆德乃足，復歸於樸」（《老子》二
十八章）「嬰兒」是老子理想人格的象徵，是大人而不失赤子之心的「嬰兒」，
是化掉心知情識的大智若愚，它是屬於生命修養中的最高境界。而老子回歸
自然的超越之路，就在虛靜心的明鏡觀照下，通過「聞道日損」的超越進路，
成就赤子「嬰兒」「復歸於樸」的聖人之德，此回歸的「自然」，是通過心靈
境界的修養，所開顯出的自然化境，它不是一個事實的觀念，不是屬於實然
的起點，它是一個價值的觀念，是屬於最高的生命境界。

第二節　老子澹然的藝術精神

　　爲了不致於悖離或歪曲了老子思想的原意，在上一節中，我們以「創造
性詮釋」從理性之智、生命之慈、聖人之德等三方面，理出了「相應」於老
子思想特性澹然的生命精神，接著，我們便植根在這個基礎之上，以「審美
三合一」（藝術品的質－媒材、形－形式、意－內容三位一體）的立場，來詮
釋開發合於老子生命精神之藝術義蘊的花果。而基於前文尋繹析論的研究成
果，我們對老子哲學的美學之藝術精神，先要有如下三點基本的認識：

(1) 由於老子是立足於對「文明」社會的內幕和黑暗，來反省批判美與藝
　　術的問題。

(2) 所以老子是從「道」的自然無爲、從個體生命如何求得自由發展的觀
　　點，來面對美與藝術。

(3) 因此，老子的藝術精神同他的哲學是不可分地互相滲透在一起。

　　有了以上「相應」的認識，我們再來詮釋開發老子澹然的藝術精神，茲
從美與藝術的創造、藝術品、藝術的欣賞和批評等四個向度以明之。

一、老子對美的體會

　　此就《道德經》文中，直接關涉到美〔註28〕的言論作詮釋。言「體會」

〔註28〕《道德經》文中提到「美」字者凡九次，以今本老子之分章序次爲本，分別
　　　　在二、二十、三十一、六十二、八十、八十一等章中。

是因為老子的哲學是從其生活中，實際經驗過來的，而其藝術精神又同他的哲學是密不可分的。

（一）沒有客觀獨立存在著的「美」，美醜存乎於心、相待而生

老子云：「天下皆知美為美，惡已；皆知善，斯不善矣。有、無之相生也，難、易之相成也，長、短之相形也，高、下之相盈也，意、聲之相和也，先、後之相隨，恆也。」（《老子》二章），就老子之思想特質而言，誠如他對「道」的描述一樣，「可道」非道，所以「可美」非美──亦即「一般」可以完全被人們感知的「美」，不是真正的美。世間並沒有一個具體的事物，它的名字叫作「美」，而可以讓我們直接指稱感知的。如果有人定於一尊的宣稱某物就叫作「美」，那麼他所指稱的這個他以為放諸四海皆準的「美」，並不是真正的美。亦即美不是一個定名的事物，美不在外在的物體，它並不是客觀獨立存在著的。就老子而言，世俗把標準定住（用一些內涵來規定它的外延，把不合於這個標準的一概稱為醜）而奉為圭臬的這個「美」，只是一個相對的假立之名，如果主政者倡於前，而引領世人交相競逐景從；教育者灌輸於後，而概念化了人們的心靈，那適足以執取人們的心知、纏結人們的情識、造作人們的意念、斬斷人們創造的生機，而使美在人間遺落。

在說明世間沒有客觀獨立存在著的「美」之後，老子進一步的指出，美與醜是相對待而言的，正如有無、難易、長短、高下、意聲、先後等等是相對待而言的一樣，美與醜是經由吾人感受、判斷、比較之後，才產生出來的分別相，此時，老子提出了主觀心靈介入的重要關鍵，外在的事物，並不足以扮演主導美感的領銜角色，它至多不過是主觀心靈創造的一種質料罷了。

（二）生理快感不是美、美不在效用，美在心靈會物感思所創造出的可共感的愉悅

老子云：「五色使人目盲」、「五味使人之口爽」、「五音使人之耳聾」。這是老子對於無節制地沈溺於味、聲、色的感官享樂，所引起的官能麻木及病態現象的一種嚴厲的批判，目之於色、口之於味、耳之於聲，本是人類生理感官的欲求對象，對於這些官能的滿足，雖可達致生理上的愉快，可是，色彩繽紛會使人眼花撩亂；飲食饜飫會使人舌不知味；音調雜亂會使人聽覺不敏，老子批判當時一般人所知道的聲、色之「美」，只不過是一種混同於感官刺激所引起的愉快罷了，這種只沈湎於肉體之中，侷限於器官之內，

就只能使我們感到一種遲鈍和自私色調的生理快感，老子並不認為這就是美的。

老子在批判時人把美感混同於生理感官的快感之不當的同時，亦指出：「馳騁畋獵，使人心發狂；難得之貨，使人之行妨」，又云：「兵者不祥之器，非君子之器，不得已而用之，恬淡為上。勝而不美，而美之者，是樂殺人。」（《今本老子》三十一章），老子認為畋獵、財貨對人而言，本在於其可供利用厚生的現實效用，然而，對於物慾的無盡追逐、財貨的汲汲營取，只會使人利慾燻心而縱情放蕩，失去正常的理智感覺；而銳利的兵器雖可在戰場上發揮克敵致勝的效果，其意義並不在於以戰勝來顯兵器實用之「美」，而只不過是把它當作是以戰止戰的工具罷了。亦即，老子不以兵器銳利之效用為美，不以畋獵滿載、財貨厚生之利益為美，可見老子之美是超乎現實利害關係、效用之上的。

在批判過生理快感不是美、美不在效用之後，老子歸結云：「是以聖人之治也，為腹不為目」。老子深明對於身外之物——如聲色貨利等——的追逐，將離去本性的靈明，所以警人摒棄外在物慾、快感的誘惑，而務求內在心靈的豐富安足，確保固有的天真。老子云：「美言可以市尊」（《老子》六十二章）——言詞之嘉美可以相契交通而取重於人〔註29〕。嘉言之所以會予人以「美」的感覺，乃在於其所言之內涵合於至道足以愉悅我們的靈魂，而取得我們感同身受，產生共鳴的瞭解與尊敬。因為語言文字是可理解的符號（intellectual symbols），是思想的產物，它是心靈交流的媒介之一，通過它可以傳達彼此所激賞的價值、意義與情感等，而此內涵的價值、意義與情感，是為心所感，並為心所享的。

綜上可見，老子之美，不具存於客觀物象之中，不是根源於生理感官的快感，它超乎於現實的利害關係之上，它是主觀心靈會物感思，所創造出來的可共感的愉悅。

二、老子生命精神中藝術創造的底蘊

在前文「生命之熱——悲天憫人的宇宙情懷」中，我們指出：老子哲學之價值所在，乃在呈顯一精神主體之自由，此自由可開啓展現生命才情之美

〔註29〕吳澄，《道德真經注》云：「申言善人之寶：善人以道取重於人，嘉言可愛，如美物之可以鬻賣；卓行可宗，高出眾人之上。」台北：廣文書局，1965年。

的藝術文學之門；而在對老子藝術精神的三點基本認識中，我們指出：老子是從「道」的自然無為、從個體生命如何求得自由發展的觀點，來面對美與藝術。此即就其「澹然獨與神明居」的生命精神中，內涵的藝術底蘊，在創造活動時所呈顯的智慧，作詮釋開發以明其價值所在。

（一）還我童心與為「美」日損——離合引生的藝術創造

老子云：「我泊焉未兆，若嬰兒未咳」（《老子》二十章）、「恆德不離，復歸於嬰兒」（《老子》二十八章）、「聖人皆孩之」（《老子》四十九章）、「含德之厚者，比於赤子」（《老子》五十五章）。我們知道嬰兒是老子理想中的人格，然而，老子是取其大人者不失赤子之心的價值義，而非退返之事實義，老子希望我們持守固有素樸本真，就像未裁割的原木一樣，涵蘊未來無限的可能性，而不受名器的執取、情識的纏結、意念的造作困限了我們的心靈。

此種還我童心的價值義，在藝術之創造活動中，更顯其豐富的意義，因為兒童通常總是以極強的好奇心、和極高的注意力，去探索世界的形形色色，而感受了獨特而專屬於他個人的新奇印象，這種心靈直接把握個別事物之特性和真相的直覺能力，大有益於藝術之創造活動。然而，當我們接受過了注重事實、度量、分析與概念的教育之後，就慢慢喪失了這種可貴的原有能力。無怪乎老子要說：「為學者日益，聞道者日損，損之又損，以至於無為。」為學、教育是經驗的進路，它可以使我們增加概念性的知識，而利便於我們的思想、行動與生活。可是，一旦我們只留意於代表事物的概念性（好比標籤）的知識，而忽略了事物的本身，卻反而會使我們所觀、感的世界，為之減色不少。

因此，老子所提出的「聞道者日損」的超越進路，其深意在希望我們把妨礙直覺的概念性塵染拂拭掉，直接照見事物本身，我們可說老子還我童心之藝術義蘊是：「為學者日益，為美者日損，損之又損，以至於藝術」〔註30〕——離合引生的藝術創造——把抽象思維曾加諸我們身上的種種偏減縮限的形象離棄，重新擁抱原有的具體的世界，來從事藝術的創造活動。亦即，不必經過抽象思維那種封閉系統所指定的「為」，一切可以依循我們的原性完成；不必刻意地用「心」，我們可以更完全的應和那些進入我們感觸內的事物；把概念化的界限剔除，我們的胸襟完全開放無礙，像一個沒有圓周的中

〔註30〕以上參酌劉文潭，《新談藝錄》中之妙解，台北：中華書局，頁56。

心，讓直覺可以重新自由穿行、活躍地馳騁，而使心靈在會物感思時，發揮其創造的活力。

值得注意的是，老子還我童心之藝術的直覺，並非僅止於如兒童般之生發於事物之驚奇和無知的感觸，而是借兒童們的眼睛來觀看事物，其中充滿著深刻而豐富的人生經驗之滲透和了悟。故這種深化過的直覺，可以使我們在平凡中見出新奇與美感，而滋養於藝術底創造活動。

（二）在想像中產生滿足的創造活動

老子理想中的美麗世界是「小邦寡民，使十百人之器毋用，使民重死而遠徙。有舟車無所乘之，有甲兵無所陳之。使民復結繩而用之。甘其食，美其服，樂其俗，安其居。鄰邦相望，雞狗之聲相聞，民至老死不相往來。」（《老子》八十一章）這是老子所懷之理想的投影，其中所描繪的即是老子所作之價值的肯定。老子的理想國並非倒車開回原始的部落社會，而且也不在量上言，而當在心境上說，它是對當時列國政局之統治權力的氾濫，與功利社會之物質文明的爛熟所作的反動。老子所激賞的價值是一個無造作機巧，生命內在自足，心境甘美安樂自在，精神相照相知，兼具自我的獨立與整體的和諧的素樸社會。

這些通過語言所傳達出的價值肯定，是老子把想像表現在具體的作品，它滿足於老子所懷之理想的投影，這在藝術的創造活動中，有其特殊的義蘊。想像總是不能缺少具體的事物作為它的依托的，因為具體事物與想像事物間的相似性，可給予想像以有力的支持，又因為想像的素材是既有經驗之全部領域，包括感覺、意義以及心象，而想像意涵感覺的形相以及形相寓涵的意義，所以，在想像之中，感覺的形相與觀念或意義是同等重要的，它們可以使心靈的企求找到寄託，亦能在不同的時間之中，再生於眾多的心靈之內，而產生愉悅靈魂的滿足，形成美感的經驗。亦即藝術家經由藝術的創造作品，表現那些他所激賞的價值，而人們可以經由欣賞體現在作品中的價值，在想像中得到品味和享受那些價值的滿足。

老子為「美」日損後的純粹直覺，經由會物感思後，在想像中所產生的滿足，其所擁有的自由與獨特性，可以和夢境媲美，因為它們同樣是由創造而來的，也同樣地熱衷於具有直接性的事物，然而，不同的是，這種在想像中產生滿足的藝術創造活動，如同老子哲學智慧重實踐的性格一樣，它是關乎價值的活動，亦即它是隨時準備被同類的心靈所分享的。老子云：「吾言甚

易知也，甚易行也」（《老子》七十章），就因為老子想要使他所體會到的智慧遍為人知，才會發而為五千言的《道德經》，他希冀別人亦能分享他在反樸歸真後，所感受、發現到事物的真相與樂趣。所以，此種在想像中產生滿足的創造活動，與夢之私有封閉性不同，它在一個絕對孤獨與沈默的世界裡，是根本無法生存下去的。

（三）空納空成——無私、自由、主動的創造性

老子指出，聖人之德乃在法「道」之「生而弗有也，為而弗恃也，長而弗宰也。」這裡的生、為、長乃是「無生之生」、「無為之為」、「不主之主」〔註31〕，亦即聖人「能輔萬物之自然而弗敢為」（《老子》六十四章）的不含絲毫的佔有性，讓萬物的自發性（Spontaneity）在「不塞其源、不禁其性、不吾宰成」〔註32〕的原則下，自由發展，此種「無為」卻能涵孕「無不為」的空納空成，在藝術創作的過程中，有其「虛而不屈，動而愈出」（《老子》五章）的迷人異采。

藝術的創作精神，就老子而言，是當我們在為「美」日損之後，在重獲我們原性的純粹直覺的意識狀態中，去直接把握事物的真相，以我們清晰明確的直覺去面對萬物，把感知所得的純粹內容納入創作的系統中，而不加任何既成情識的造作干擾，亦即以一空靈的心境去接納萬物的本相，當中不摻雜「成心」、「有為」的目的色彩，不涉及欲望，特別是佔有欲，不關心對象是否真的存在（沒有智心的分判運作）。換言之，這是一種「無私」的藝術創作（所謂「無私」並不是對事物本身不感興趣，只是不對它發生帶有任何私欲、無關乎利害的興趣）。

如此一來，由感性欲望而來的情緒渲染；和由知性成見而來的邏輯分析，俱泯在為「美」的日損中，既是主體自由無限之自然心靈，又是客體物物各在其自己的真實。老子澹然的藝術精神，便是在於表現這一「道」的境界，因此，這種藝術精神的創作，不以個人之情欲成見，以及在此情欲成見觀照下之宇宙為其表現之究極。它以個體生命為基礎，卻能超越個體生命，而提昇到普遍生命的境域。

我們試舉王維的〈鳥鳴磵〉與〈辛夷塢〉兩首詩作為實例，以明老子此種「空納空成——無私、自由、主動的創造性」之藝術創造的精神：

〔註31〕牟宗三先生語，參見牟宗三，《才性與玄理》，頁141。
〔註32〕王弼，《老子微旨例略》，收于《王弼集校釋》，台北：華正書局，1981年。

> 人閑桂花落，夜靜春山空。
> 月出驚山鳥，時鳴春磵中。（〈鳥鳴磵〉）

> 木末芙蓉花，山中發紅萼。
> 澗戶寂無人，紛紛開且落。（〈辛夷塢〉）

在這兩首詩中，景物自然發生與演出，作者毫不介入，既未用主觀情緒去渲染事物，亦無知性的邏輯去擾亂景物內在生命的生長與變化的姿態。在這種觀物的感應形態之下的表現裡，景物與欣賞者之間的距離縮短了，因為作者不介入來對事物解說，他在「我」的基礎上，超越了「我」，使「我」的個別生命渾融於宇宙整體的生命中，是故不隔，所以，作者是向欣賞者開放了一個，可以讓他們自由無限地、直接主動地去參與這項美感經驗的創造。

三、「意聲相和」──老子對藝術品之透視

　　老子在描述「道」之性格時，曾比之如「意、聲之相和也」（《老子》二章），此一提點，透視了藝術品之組成元素，也道出了老子對藝術品之看法。語言文字乃是老子用以表達思想的媒介，而我們知道，中國文字不是拼音文字，它並不代表語言，中國語言構成之要素是形、音、義。而這三大要素中，又以「義」為究極目的。形與音，都只是它發表的方式。以「形」發表，即是文字，但它的「形」只是一種表示意義的符號標記。在語言的範疇中，文字自身的形象不是究極的目的，沒有獨立存在的價值。中國獨特的書法藝術可算是語言功能的一種變相，使文字的形象脫離意義而獨立，達到視覺上的美感效果，所以它與繪畫同科，不與文學同類。至於語言中的聲音和音樂也不一樣，音樂評論家漢斯里克（Eduard Hanslick 1825～1904）在《音樂中的美》一書即指出：「在語言中的聲音只不過是一種標記，也即是為了達成表現某種事物的目的所採用的手段。在這種情形之下，被表現的事物和表現它的媒材完全是兩回事；在音樂中的聲音則是目的，它便是最後的，也是絕對的目標。」〔註33〕有了以上的認識後，我們再回過頭來詮釋開發老子對語言媒材和藝術與媒材、形式、表現之間的關係之看法。

（一）藝術與媒材

　　老子對中國語言的認識是「意」、「聲」相和，可見老子以為文字的「形」

〔註33〕中譯引自劉文潭，《現代美學》，頁118。

是透過我們發出的「聲」音來表達我們心志的意「義」，亦即文字的「形」，是透過語言的交通，傳遞彼此心志的意義，才顯其效能的。老子講「道」傳「道」，以爲「有」、「無」是相輔相成的，就如「意」、「聲」之相輔相成一樣，故老子云：「道之爲物，惟恍惟惚，惚兮恍兮，其中有象，恍兮惚兮，其中有物」（《今本老子》二十一章），老子是肯定形上之「道」必須要靠形下之物的具現，才能成就其德的，故其藝術精神之精義，亦須有語言文字的傳達，才能表現出其所要表現的價值，這對老子發而爲五千言之《道德經》來說，語言的媒材是必須。

然而，老子對於語言傳達心意的媒介功能，所抱持的看法是：不充分卻是必要。不充分，是因爲語言實乃人爲後設的產物，容易介入人爲造成的限指性及權暫性，老子云：「道，可道也，非恆道也，名，可名也，非恆名也」（《老子》一章）——經過人爲的限定、分別、組織的名言中的世界，絕非恆常的自然世界。因此，老子對於媒材的處理原則應是：「微妙玄通」（《老子》十五章）：

1. 在創作方面：要消除運作技術上的障礙，與媒材保持一種主動的關係，使媒材充分地發揮其媒介功能。
2. 在欣賞方面：不停滯、不受限於媒材表面的現象或意義，能夠超越它，而通達媒材之外，所無限包容的境界。

老子所品味激賞的價值，要透過《道德經》的既成作品來傳遞，媒材與藝術之間的關係，對老子而言自有其不可或缺的意義，它使老子的藝術精神之價值，提供了可以爲後代不同地域的人們所分享底可能性；它使老子通過想像世界的自由創造，爲他的希望找到了寄託，爲他的問題尋得了答案；它使得藝術之想像的自由創造，提供了必須表現在可感覺得到的具體的事物之中的基礎，而使藝術具有了社會性，使藝術之美和藝境能在不同的時間之中，再生於眾多的心靈之內。

（二）藝術與形式

老子以爲「道」之有如「長短之相形也，高下之相盈也，意聲之相和也」。「道」之作用可以在萬物身上顯，它可具現於形下的器物，而有長短、高下、意聲等種種形式與內容。而老子又云：「道之爲物，惟恍惟惚，惚兮恍兮，其中有象；恍兮惚兮，其中有物。窈兮冥兮，其中有精；其精甚眞；其中有信。

自今及古﹝註34﹞，其名不去，以閱眾甫。吾何以知眾甫之狀哉！以此。」(《今本老子》二十一章)

可見老子以爲「道」之內涵的「精」義，須透過「物」質的媒介和具「象」的形式，才能眞有其「名」的。因此，其藝術精神的義蘊，就藝術品而言，是質（媒材）、形（形式）、意（內容）三者合一的。也唯有如此，其藝術精神的精義，才能「以閱眾甫」──讓天下人通過藝術品去品味、享受、印證、體會其所激賞的價值。

對於藝術與形式之間的關係，於此透顯了其無分形式與內容之有機整體性（orgain unity）的洞見，亦即藝術之創造和欣賞活動與藝術品三者之間，相輔相成密不可分，共同照明了藝術的園地。

關於形式的處理原則是：

1. 在創作方面：「意聲相和」──藝術家選擇最適於他表現意境的媒材（聲音、色彩、線條等）之後，以內在和諧的形式加以組合，亦即使各部分之間在整體之內構成相關的和諧（和諧是老子根源於人性底主觀原則的價值基礎）。

2. 在欣賞方面：「大象無形」(《老子》四十一章)──藝術品的形式與內容，在藝術品或藝術品的經驗（意指進行藝術的創造和欣賞活動）之中，本是無分彼此的（內容與形式同一），我們之所以會指稱藝術品的「內容」與「形式」，乃是當我們在進行藝術的解釋和批評活動時，憑著反省與分析所得的結果，因此，在欣賞活動中，要先有藝術品是大象「無形」──其中並非有獨立而存的「形式」──的通觀全覽。

（三）藝術與表現

前文指出，在老子藝術精神洞見下的藝術品，是內容與形式不分之整體，而藝術品既然不能缺乏內容，就不能缺乏表現性了。老子云：「吾言甚易知也，甚易行也」，五千言的《道德經》，就是老子具備了宗教家「淑世」襟懷的傳道表現，前文「在想像中產生滿足的創造活動」中指出，藝術之與夢之偶發、私有、封閉性不同，乃在它是把想像表現在具體的事物之中，而爲

﹝註34﹞據《帛書老子》校勘，今本「自古及今」應作「自今及古」，因爲「其名」是指道的名。「道」這個物，是古時就有。「道」這個名，是老子今天給的。用「道」的名以稱「道」的物，是用今天的名以稱古時的物，故據改。台北：河洛出版社，1975 年，頁 101。

可感覺得到的形式的；在「藝術與媒材」中，我們亦指出，老子對於語言傳達心意的媒介功能，所抱持的看法是：不充分卻是必要。亦即雖然我們無法百分之百地把握到別人所傳達出的觀念、思想與情感，但並不能因此就否定了人類有共感的心能，否則知識與情感的傳達就成為不可能了。同理，即使我們無法百分之百地在藝術品中，體得與藝術家相同的情感，我們也並不能就此否定了藝術品有傳達情感的可能性了，而藝術品有傳達情感的可能，即是它有所表現。

藝術家所表現的，乃是他所認為值得表現的，他希望為別人建立些東西，他希冀別人亦能在他所感受到的事物中，發現到相同的價值與樂趣，這價值與樂趣是來自於一個有感於此價值與樂趣的心靈所創造的，亦即創造不能缺少從事創造的心靈，價值與樂趣亦不能脫離有感於此價值與樂趣的心靈，亦即它是人類精神活動的產物，整個藝術活動的創造、欣賞與批評都是一種社會性的活動，社會性以可以公開而彼此交通為原則，因此即使藝術家無法把他所認為值得表現的美感與藝境，完全表現在藝術品中，也並不等於他無所表現。

在以上我們揭露了老子肯定藝術與表現之間的關係後，接下來我們再來看老子澹然的藝術精神中，藝術的表現形態，我們之所以要先析論出「相應」於老子哲學思想的生命精神，是因為老子的藝術精神，乃在由主體心靈的修養工夫上開顯，亦即他是從實踐體證而來，所以它是生命的，是個體生命即有限的形軀，通過修養工夫而逐步開顯其精神可自由無限的境界，這種境界，對老子而言即是所謂的「見道」，「道」是老子藝術精神所要表現的境界，此一境界具有主客合一而超越主客之性格，因此它不以個人之情欲成見，以及在此情欲成見觀照下之宇宙為其表現之究極。它以個體生命為基礎，卻能超越個體生命，而提昇到普遍生命的境域。因此老子藝術精神的表現形態，可以說是精神境界的表現形態。亦即一種藝術家將審美體驗、情趣、理想與經過提煉、加工的生活形象，融為一體後所形成的藝術境界──「意境」的表現形態。

而最能表現此「意境」形態的藝術，是中國的山水畫和田園詩，此所以程兆熊教授會發「巴比倫的懸園（Hanging Garden），埃及的金字塔，中國的萬里長城，這是歷史上的三大奇蹟，而希臘的雕刻，德國的音樂和中國的山水畫，則是人類精神上三大奇觀」、「中國的山水畫，骨子裡會是中國的田園

詩，中國的田園詩，形相上會是中國的山水畫。」〔註35〕之慧見了。

四、「自然」的藝術欣賞與批評

　　誠如劉文潭教授所言：「如果我們對藝術家趨向於理想的衝動無以體會；對他們心嚮往之的境界無以感觸，單靠他們實現在藝術品之中的知覺，顯然是不夠的。」、「要想眞正地了解藝術，藝術的現實與理想必須是兼顧並重的。」、「透過了藝術批評的指點，我們固然能夠更加充份地了解藝術之現實的一方面；但是，唯有透過了對於藝術批評本身的考察，我們纔能充份地認清藝術之理想的一方面。」〔註36〕亦即藝術「創造的目的是爲了贏得欣賞，而批評的目的是爲了幫助欣賞」、「所以將批評視作創造與欣賞二者之間的橋樑，可以說是十分正確的」。〔註37〕

　　有了以上的認識後，詮釋開發老子藝術精神中，藝術欣賞與批評的看法是必要的，茲分述如下：

（一）「自然」的藝術欣賞──主客合一的審美態度

1.「滌除」：先使對象孤立

　　老子云：「滌除玄覽，能無疵乎？」（《老子》十章），「滌除」就是洗除垢塵，亦即洗去人們的各種主觀欲念、成見和迷信，恢復原性的純淨清明來直接面對事物。此時，我們眼中心中，除了此一對象之外，別無他物。不作分析，也不作比較，把對象孤立起來，斷絕它和一切事物的關係，不在於推斷事物的前因後果，而在於顯現當下的狀況，以直覺直接把握事物的眞相。

2.「玄覽」：而至「以物觀物」〔註38〕

　　老子云：「以身觀身，以家觀家，以鄉觀鄉，以邦觀邦，以天下觀天下」。老子澹然的藝術精神，是以主體精神修養爲基礎，所以當主體消解了心中的

〔註35〕　參見程師兆熊，〈中國田園詩的精神〉，原發表於《人生雜誌》十四卷三期，1957年6月，後收於《中國古典文學論文精選叢刊》（詩歌類），台北：幼獅文化，1980年，頁449。

〔註36〕　參見劉文潭，《美學與藝術批評》之〈自序〉中，台北：環宇出版社，1972年，頁2～3。

〔註37〕　參見劉文潭，《新談藝錄》，頁190。

〔註38〕　語出邵雍，《皇極經世》，卷十一，〈觀物篇六十二〉云：「聖人之所以能一萬物之情者，謂其聖人之能反觀也。所以謂之反觀者，不以我觀物也。不以我觀物者，以物觀物之謂也。既能以物觀物，又安有我于其間哉？」

種種情識造作後，以直覺把握孤立的對象，此時，物我之間的距離已然消解掉，而無任何雜染，則觀物者雖是我，其實卻是從物之自然本性上去觀物，突破了以「我」觀物，而至「以物觀物」——主客自由換位的超越視境。

3.「自然」：臻至主客合一之境

經過了前述兩個階段的超昇之後，此時，就主體而言，是在消解了一切情識造作之後，無任何之紛擾，他眼中心中所直覺之對象已然孤立化，是故乃以自然之道心觀物；而就客體而言，既已無我人情識造作之心的塵染阻隔，則此時對象無非是它「即自存在」〔註39〕的「自然」呈現——藝術家體現在作品中的美感與藝境。因此，以主體之「自然」我融入客體（藝術品）之「自然」的美感與藝境中，這主客二方面，皆是以究極之「自然」相交感，而臻至主客合一之藝術共感的美境。此為藝術欣賞之最高的境界。

（二）「自然」的藝術批評——有我而不知其有我的評價標準

老子云：「道法自然」，「自然」是「道」最主要的性格，因此老子澹然的藝術精神以「自然」為最高的藝術境界。歌德（J. W. Goethe, 1749～1832）曾說：「藝術家對於自然有著雙重關係：他既是自然的主宰（按：此自然可稱為「第二自然」），又是自然的奴隸（按：此自然可視為第一自然）。他是自然的奴隸，因為他必須用人世間的材料來進行工作，才能使人理解；同時他又是自然的主宰，因為他使這種人世間的材料服從他的較高的意旨。」〔註40〕

在前文「當代老學『創造性詮釋』系統的研究成果」中，我們指出，老子的「道」是存在界的價值理序，因此「道」的「自然」性格，是主體修證出的一種心靈境界，所以，在老子澹然的藝術精神涵義下的「自然」，便是上述的「第二自然」。亦即是藝術家自身自然而然地把自己貢獻給美、給藝術。而老子所欣賞的和用以品評藝術之高下的「自然」，也只允許我們把我們自身自然而然地貢獻給美、給藝術。

然而，在藝術實踐中，想完全體現和把握純粹直覺所得之「自然」的美感與藝境，往往受制於主體的心靈修養工夫和對媒材運作的主宰能力之渾然與否，因此自是十分困難，而致使藝術之表現有境界高下之分。老子藝術評

〔註39〕 Ansichsein 語出黑格爾，《精神現象學》之〈序文〉，中譯引自傅偉勳，《西洋哲學史》，台北：三民書局，1981 年，頁 464。

〔註40〕 語出愛克曼輯錄，《歌德談話錄》，中譯引自朱光潛編譯，《西方美學家論美與美感》，台北：丹青出版社，1983 年，頁 225。

價的標準，便在於以「自然」之純、熟與否爲審美與評價的判準。就純而言，乃在此美感與藝境是否純出於主體直覺事物眞相之所得，還是間或雜有塵染，而以純者爲高，雜染爲下；就熟而言，乃在主體體現此直覺所得之美感與藝境，在媒材運作之主宰能力與表現能力，以心、手、媒材合一之熟練而看似「自然天成」之表現爲高，反之生拙者爲下。

　　明乎老子澹然的藝術精神中，藝術欣賞和批評的審美態度與評價標準後，對於中國傳統藝術中，由老莊此一系統所開出的文學（如中國山水田園詩中，「以物觀物」的主客自由換位的表現方式）和藝術（如中國山水畫的不用定點透視，而多採散點透視、或迴旋透視的表現手法；與夫水墨的著色、用筆、留白；書法的虛實結合；戲曲舞台的刁窗；中國園林建築的山水佈景；宋瓷的素彩；書畫的手卷等等）的表現形態，當會有更深入的品味和體驗，這對增進吾人之美感經驗，領會人生之價值，相信是有所裨益的。

第三章　陶淵明「悠然」的生命與藝術精神

　　本階段回答陶淵明的藝術精神「是什麼？」，亦分前後兩部分以明之：即(1)理出相應於陶淵明思想眞義的生命精神；(2)詮釋開發陶淵明悠然的藝術精神。而以後半部爲我們研究的重心。

第一節　陶淵明的生命精神

　　陶淵明（372～427）〔註1〕，這位中國描寫大自然的聖手，這位震古鑠今的偉大詩人，其「採菊東籬下，悠然見南山」（〈飲酒之五〉）之佳作，已成千古名句而以「自然」見譽〔註2〕，誠所謂：「在世界談文學，不能不談中國詩，在中國談詩，不能不談陶淵明。田園詩是中國的特產，而陶詩則是中國田園詩的典型。」〔註3〕的確，陶淵明不但是中國田園詩派的大宗師〔註4〕，其人

〔註 1〕 此生卒年壽據孫守儂，《陶潛論》，參酌歷來各家所據之長，而考訂出的最合理壽年爲本。台北：正中書局，1978 年，頁 22～50。

〔註 2〕 王國維在《人間詞話》摘出陶詩之「採菊」兩句，作爲「無我之境」的例子。參見何志韶編，《人間詞話研究彙編》卷一之三，台北：巨浪出版社，1975年。不過，淵明之「無我」是心靈之「自然」，是有我而「不覺知有我」的「無我」之境，與王國維言創作時不同的物我關係處理態度之「無我」不同。

〔註 3〕 程師兆熊，〈中國田園詩的精神〉，收於《中國古典文學論文精選叢刊》（詩歌類），頁 449。

〔註 4〕 田園之詠，始於《詩經》〈鴇羽〉、〈七月〉，漢世民歌亦有小麥、江南之農謠（本潘銘燊，〈略論陶淵明田園詩〉），漢張平子有〈歸田賦〉、至潘安仁有〈秋興賦〉。但詩之不僅爲田間景，且爲生活與情感之自然結合，又爲作者之親身體驗者，則應至陶淵明方具。

格超邁，詩文高絕，千載而還，殆成定論，我們從陶詩之研究已成顯學〔註5〕，可見一斑。

淵明之所以異於流俗，而成其偉大者，乃在於其不朽之作品，出於不朽之人格。因此，我們詮釋開發淵明之藝術精神，就得先探索其生命精神之底蘊。茲就當代學術史上，已建立的各種陶集的詮釋系統中，客觀的資料與研究成果，以「創造性的詮釋」，理出「相應」於淵明思想特質的生命精神，作爲我們詮釋開發陶淵明悠然的藝術精神之基礎。

一、當代陶集「創造性詮釋」下的研究成果

歷代解陶的著作，可說汗牛充棟〔註6〕，唯陶集文體省淨，諸家視點難免囿於一察之見，致使淵明詩文底靈魂，抹上了歷史的迷霧。所幸，當代各種解陶的詮釋系統，已逐漸明顯成型，而給予我們系統對比研究的利便。我們以「創造性的詮釋」方法，透過當代陶集的各種詮釋系統，即(1)梁啓超先生之「個性批評」進路〔註7〕；(2)郭銀田先生之「田園詩觀」進路〔註8〕；(3)蕭望卿先生之「作風字句批評」進路〔註9〕；(4)李辰冬先生之「意識境界」進路〔註10〕；(5)黃仲崙先生之「學統中心」進路〔註11〕；(6)孫守儂先生之「風格形態」進路〔註12〕；(7)沈振奇先生之「比較文學」進路〔註13〕等的系統對比反省之後，先訴諸一致性的原則，再以「理論還原」到作品之中，提昇到歷史的客觀性層面後，理出了如下的成果：

（一）陶淵明所面對的「存在」課題——亂世人心的自求解放

我們從(1)陶淵明的質性自白：①性剛：陶詩〈與子儼等疏云〉：「性剛

〔註5〕 依沈振奇，《陶謝詩之比較》所引之主要參考書目一、陶詩部份，從中國元‧李公煥《箋註陶淵明集》到英人 James Robert Hightower 之 *The Poetry of Tao Chien* 就有六十八本研究專輯，可見一斑。參見沈振奇，《陶謝詩之比較》，台北：學生書局，1986 年，頁 211～216 所錄。

〔註6〕 參見沈振奇，《陶謝詩之比較》所引陶詩的參考書目。

〔註7〕 參見梁啓超，《陶淵明》，台北：中華書局，1956 年，頁 1。

〔註8〕 參見郭銀田，《田園詩人陶潛》之〈導論〉，台北：三人行出版社，1974 年，頁 1～7。

〔註9〕 參見蕭望卿，《陶淵明批評》，朱自清〈序〉。

〔註10〕 參見李辰冬，《陶淵明評論》之〈自序〉，台北：中華文化，1956 年。

〔註11〕 參見黃仲崙，《陶淵明評傳》，任卓宣〈序〉，台北：帕米爾出版社，1965 年。

〔註12〕 參見孫守儂，《陶潛論》，〈自序〉。

〔註13〕 參見沈振奇，《陶謝詩之比較》，〈自序〉。

才拙，與物多忤」；②自然：〈歸去來兮辭〉序云：「質性自然，非矯厲所得」；
〈歸園田居〉云：「少無適俗韻，性本愛丘山，誤落塵網中，一去三十年……
久在樊籠裡，復得返自然。」(2)陶淵明所處的時代背景與生活環境的考察結
果：①異族陵轢與內亂相尋；人性的覺醒與個性價值的追求〔註14〕；②作家
生命的沒有保障；貴族當政；釋道思想的發達〔註15〕。測定出淵明在面對東
晉末年的混亂時代，由於其性剛（所以不能和庸俗妥協）與自然（所以他反
對人為的造作，為自由而奮鬥），故其所面對的「存在」課題乃在，亂世人心
的自求解放。

　　然而，在東晉亂離的時代裡，以淵明的質性，到那裡去實現這種自由
解放的生活理想呢？此時，聖潔曠放的大自然，正符合滿足著淵明這種要
求，而成為理想的福地了。在從人間世邁向大自然的回歸裡，淵明不僅發覺
到人性的高貴，個性的價值，實現了人格自由解放的願望，同時也涵養了
淵明對田園山水之美的欣賞，孕育出了最能代表中國「自然」詩作的美感與
藝境。

（二）陶淵明的思想特質──多元統一的「陶淵明型思想」〔註16〕

我們從陶淵明的思想淵源之考察結果：

1. 家族的傳統〔註17〕

承先祖「天下有道則仕，無道則隱」之觀念，與任眞自得之性格。

2. 儒家的學範〔註18〕

證諸詩文如〈雜詩〉云：「憶我少壯時……猛志逸四海」；〈癸卯歲始春懷
古田舍〉云：「先師有遺訓，憂道不憂貧」；〈飲酒〉詩云：「少年罕人事，遊
好在六經」等，儒家之樂道苦節。

〔註14〕據郭銀田的考察結果。參見郭銀田，《田園詩人陶潛》，頁10～15。
〔註15〕據李辰冬的考察結果。參見李辰冬，《陶淵明評論》，頁93～100。
〔註16〕語出孫守儂。參見孫守儂，《陶潛論》，頁51。
〔註17〕持此見解者有梁啓超（氏著《陶淵明》，頁2～3）、蕭望卿（氏著，《陶淵明批
　　　 評》，頁19）、李辰冬（氏著《陶淵明評論》，頁30～34）、孫守儂（氏著《陶
　　　 潛論》，頁57～58）等。
〔註18〕持此見解者有梁啓超（氏著《陶淵明》，頁5）、郭銀田（氏著《田園詩人陶潛》，
　　　 頁146～161）、蕭望卿（氏著《陶淵明批評》，頁22）、李辰冬（氏著《陶淵
　　　 明評論》，頁35～36）、黃仲崙（氏著《陶淵明評傳》，頁14～21）、孫守儂（氏
　　　 著《陶潛論》，頁52）、沈振奇（氏著《陶謝詩之比較》，頁40）等，而以黃
　　　 仲崙最力主。

3. 道家的風骨 〔註19〕

證諸詩文如：〈挽歌詩〉云：「死去何所道，託體同山河」；〈詠二疏〉云：「大象轉四時，功成者自去」；〈感士不遇賦〉云：「曰天道之無親，澄得一以作鑒」、「抱朴守靜，君子之篤素」；〈自祭文〉云：「樂天委分，以至百年」；〈歸去來兮辭〉云：「聊乘化以歸盡，樂夫天命復奚疑」；〈神釋〉云：「甚念傷吾生，正宜委運去。縱浪大化中，不喜亦不懼」；〈歸園田居〉云：「久在樊籠裡，復得返自然」；〈飲酒〉詩云：「若不委窮達，素抱深可惜」，及〈桃花源記〉等，道家之恬淡自然。

4. 釋家的氛圍 〔註20〕

證諸詩文如：〈歸園田居〉云：「人生似幻化，終當歸空無」；〈飲酒詩〉云：「吾生夢幻間，何事絏塵羈」等，釋家之空觀、不執著。

理出淵明在回應其時代的「存在」課題時，向傳統文化的溶液裡，汲取了儒家持已嚴正和憂勤自任的精神，追慕道家清靜自然的境界（卻並不走入頹唐玄虛），也染了點佛家底空觀、慈悲與同情。如此的多元而統一的思想形態，不能把它歸附於任何一家，而是他獨特鎔鑄出的特有型格，我們不妨稱之為「陶淵明型思想」——此即其思想之特質。

二、「相應」於陶淵明思想特性的生命精神
——「採菊東籬下，悠然見南山」

基於前述當代陶集「創造性詮釋」的研究成果，我們知道淵明的思想特質，是融合了傳統文化的精髓，而化流為生命之中的一種多元而統一的內涵。然而，這種生命精神並不是憑空而來的，它是淵明「生活在生活的本身」〔註21〕歷經了如下：(1)「猛志逸四海」；(2)「冰炭滿懷抱」；(3)「復得返自然」；(4)「不覺知有我」，四階段〔註22〕的心路歷程後，才發展成熟的。因

〔註19〕持此見解者有梁啓超（氏著《陶淵明》，頁5）、郭銀田（氏著《田園詩人陶潛》，頁161～176）、蕭望卿（氏著《陶淵明批評》，頁22）、李辰冬（氏著《陶淵明評論》，頁30～35）、孫守儂（氏著《陶潛論》，頁52）、沈振奇（氏著《陶謝詩之比較》，頁40）等，而以沈振奇力主淵明受道家之影響當在儒家之上。

〔註20〕持此見解者有梁啓超（氏著《陶淵明》，頁5）、郭銀田（氏著《田園詩人陶潛》，頁176～178）、蕭望卿（氏著《陶淵明批評》，頁22）、李辰冬（氏著《陶淵明評論》，頁38）、孫守儂（氏著《陶潛論》，頁52）等。

〔註21〕程師兆熊語。參見〈中國田園詩的精神〉，收於《中國古典文學論文精選叢刊》（詩歌類），頁454。

〔註22〕此四階段的分期參見李辰冬，《陶淵明評論》，頁52～72。

此，在探索淵明生命精神的底蘊之前，我們要先對這四個心路歷程，有著拾級而上的瞭解：

（一）「猛志逸四海」

這是少年時期。由於淵明「少年罕人事、游好在六經」，所處的多爲觀念的世界，他有理想、有抱負、有熱忱、有豪氣。見之詩如〈詠三良〉、〈詠荊軻〉等，和〈擬古〉「少時壯且厲，撫劍獨行遊」、與〈雜詩〉「憶我少壯時，無樂自欣豫。猛志逸四海，騫翮思遠翥」，也都有所追敘。

（二）「冰炭滿懷抱」

這是仕宦時期。淵明終日在矛盾衝突中過活。見之詩如「……懷役不遑寐，中宵尚孤征，商歌非吾事，依依在耦耕，投冠旋舊墟，不爲好爵縈，養眞衡茅下，庶以善自名」（辛丑歲七月赴假還江陵夜行塗口）、「園田日夢想，安得久離析？終懷在歸舟，諒哉宜霜柏」（〈乙巳歲三月爲建威參軍使都經錢溪〉），與〈始作鎭軍參軍經曲阿〉、〈庚子歲五月中從都還阻風於規林〉之二、和〈飲酒〉詩之十九的追述：「是時向立年，志意多所恥」，因何而恥呢？〈歸去來兮辭〉序云：「嘗從人事，皆口腹自役。於是悵然慷慨，深媿平生之志」，由於官場上的逢迎虛矯，與淵明性格不合，在眞風告逝，大僞斯興的人事中，「孰若當世士，冰炭滿懷抱」（〈雜詩〉）正是他這一階段的心靈寫照。

（三）「復得返自然」

這是歸田後的怡然自得。見之詩如「方宅十餘畝，草屋八九間。榆柳蔭後園，桃李羅堂前。曖曖遠人村，依依墟里煙。狗吠深巷中，雞鳴桑樹顛，戶庭無塵雜，虛室有餘閒」（〈歸園田居〉），生活如此的恬適自在，內心充滿了「久在樊籠裡，復得返自然」的快意。「眾鳥欣有託，吾亦愛吾廬，既耕亦已種，時還讀我書。……歡然酌春酒，摘我園中蔬。微雨從東來，好風與之俱。汎覽周王傳，流觀山海圖。俯仰終宇宙，不樂復何如」（〈讀山海經〉），陶醉在耕讀之樂中。他如〈移居〉、〈丙辰歲八月中於下潠田舍穫〉等，洋溢著一片清美、豐實、眞趣的田園生活情景。是「我」復返到自然。

（四）「不覺知有我」

這個階段的淵明，心靈與大自然產生了情感的交流與契合，完全進入了靜定和諧的狀態。淵明歷經了貧困的煎熬，苦難的磨鍊，加上淡泊的本性，

與釋道思想的浸濡，經過了淨化之後，生命的蛹子，終於破繭而出，融入於無限的宇宙之中，而達到一種有我但「不覺知有我」的境界。見之詩如「結廬在人境，而無車馬喧。問君何能爾？心遠地自偏。採菊東籬下，悠然見南山。山氣日夕佳，飛鳥相與還。此中有眞意，欲辯已忘言。」(〈飲酒〉)；他如〈形影神〉的三首哲理詩，「我」已不存，窮通、得失、生死也就都不足縈心了，所以他的〈挽歌詩〉、〈自祭文〉，能表現那麼從容、理智，而且有莊嚴的詼諧，這樣的境界，乃是由崇高的思想、人格與淵懿的學養所構成的。這便是淵明獨具的神貌，他不屬於任何一家，他只屬於他自己。

有了以上的認識之後，我們知道，淵明一生的最高理想，乃在於追求一個和諧的境界，而他的詩中所表現的，正是一個最具整體和諧的藝境，此即其獨特的生命精神。茲分從下述四個層面以明之：

1. 人生與自然的和諧

王邦雄教授曾云：「老莊成爲中國文學藝術的源頭活水，是通過魏晉而顯的。……魏晉成爲中國文學藝術空前風發的時代。……關鍵就在老莊只顯虛靜空靈，魏晉則玄理與才性結合，使老莊的智悟成爲美感品鑒的生命。陶淵明與謝靈運正是此一時代突顯道家生命的詩人，謝靈運的山水，是純美感的，生命不在其中；陶淵明的田園，則是生命的。謝靈運身在仕途宦海中，山水只是寄託；陶淵明不爲五斗米折腰，田園就是他的生活。由是而言，謝靈運與自然有隔，陶淵明則是無隔的。」〔註23〕

誠然，淵明與其他詩人最大的不同，是他將人生情趣與自然現象融合爲一，而表現出一種人生與自然的和諧境界。試看其「洋洋平澤，乃漱乃濯。邈邈遐景，載欣載矚。人亦有言，稱心易足。揮茲一觴，陶然自樂。」(〈時運〉)，其中寫景抒情一片融融，把人生觀與自然景象相揉合，顯得眞切自然；再看其歸田後的家居生活情趣「斯晨斯夕，言息其廬。花藥分列，林竹翳如。清琴橫牀，濁酒半壺。黃唐莫逮，慨獨在余。」(〈時運〉)，悠然自足的人生情趣與園林景物的自然風光相融，充滿了和諧的美感；「日入群動息，歸鳥趣林鳴。嘯傲東軒下，聊復得此生。」(〈飲酒〉)，嘯傲自適的生活樂趣，不爲外物所役使，回歸自然的懷抱，如鳥之歸趨於山林，正是他所追求的人生與自然的和諧；「孟夏草木長，遶屋樹扶疏。眾鳥欣有託，吾亦愛吾廬……

〔註23〕王師邦雄，〈禪宗理趣與道家意境——陶淵明與王維田園詩境的比較〉，參見《鵝湖》一○九期，頁14。

歡然酌春酒，摘我園中蔬。微雨從東來，好風與之俱。」(〈讀山海經〉)，不但詩句寫得自然入妙，不見雕琢的痕跡，而且物我之間，都能各適其性，各得其所，把他陶情於自然的人生樂趣、表現得一片融洽，一片生機，充分寫出了自然與人生之間，生命現象的和諧。

　　這樣的生命情調與美感，對照目前世界的生態危機圖像，極有警醒作用。因爲，若依目前人類之生活方式、意識形態、以及因價值觀而導致的整個經濟結構觀之，在地球資源有限的前提下，必將以「毀滅」爲人類的結局，故必須以人類心態的改變爲先務。所以，淵明與老子此一講究人與自然和諧關係的智慧，在目前世界眞應重視之。

2. 物質與精神的和諧

　　在生活態度上，淵明對物質生活的需求，極爲淡泊自足，他雖生活於「環堵蕭然，不蔽風日，短褐穿結，簞瓢屢空」(〈五柳先生傳〉)的貧窮境遇中，卻還能「晏如也」，此種安之若素，甘之如飴的修養。除了得自儒家「先師有遺訓，憂道不憂貧」、「歷覽千載書，時時見遺烈。高操非所攀，深得固窮節」(〈與仲弟敬遠〉)安貧樂道的教訓外，一方面是由於，他體現了在高度的精神生活與低微的物質生活之間，取得一種和諧平衡的調適修養。

　　此如「衡門之下，有琴有書；載彈載詠，爰得我娛。豈無他樂？樂是幽居，朝爲灌園，夕偃蓬廬。」(〈答龐參軍〉)、「耕織稱其用，過此奚所須？去去百年外，身名同翳如。」(〈和劉柴桑〉)、「藹藹堂前林，中夏貯清陰。凱風因時來，回飆開我襟。息交遊閑業，臥起弄書琴。園蔬有餘滋，舊穀猶儲今。營己良有極，過足非所欽。」(〈和郭主簿〉)、「弱齡寄事外，委懷在琴書。被褐欣自得，屢空常晏如」(〈始作鎮軍參軍經曲阿〉)等。對一切身外之物的淡然處之，對於物質生活的知足達觀，而能於彈琴、讀書等幽居的精神生活中；與灌園、耕織等勞動工作的平淡生活中，滿足於那種閑適自逸的情趣，而有無盡快樂的泉源。

3. 現實與理想的和諧

　　淵明於〈移居〉詩云：「衣食當須紀，力耕不吾欺」；於〈勸農〉詩云：「傲然自足，抱朴含眞」，衣食的需要是現實，率眞的人生是理想，這二者之間，淵明也調勻得十分和諧。他如「商歌非吾事，依依在耦耕，投冠旋舊墟，不爲好爵縈。養眞衡茅下，庶以善自名。」可見躬耕田畝，隱居養眞，原都是他的素懷，所以〈丙辰歲八月中於下潠田舍穫〉云：「貧居依稼穡，戮力東林

限。不言春作苦,常恐負所懷。」可見他是如此堅持著他的理想,而努力在現實的、勞苦的農耕生活中,謀取相互間的和諧。

他的努力正如「開春理常業,歲功聊可觀。晨出肆微勤,日入負耒還。山中饒霜露,風氣亦先寒。田家豈不苦?弗獲辭此難。四體誠乃疲,庶無異患干。盥濯息簷下,斗酒散襟顏。遙遙沮溺心,千載乃相關。但願長如此,躬耕非所歎。」(〈庚戌歲九月中於西田穫早稻〉)與「平疇交遠風,良苗亦懷新。雖未量歲功,即事多所欣。耕種有時息,行者無問津。日入相與歸,壺漿勞近鄰。長吟掩柴門,聊爲隴畝民」(〈癸卯歲始春懷古田舍〉)等。

不但寫出了田野的美景,更道出了耕作生活的快樂。可見他由堅持「抱朴含眞」的平生之志,到努力實現此素懷於現實的、勞苦的農耕生活中,已取得了相互間的和諧,是現實與理想完全融而爲一了。無怪乎方宗誠云:「陶公高於老莊,在不廢人事人理,不離人情,只是志趣高遠,能超然於境遇形骸之上耳」[註24],「人事」、「人情」是現實;而「志趣高遠」是理想的超越,彼此非但沒有隔閡、排斥,而且交融成一片和諧。

4. 內心與外境的和諧

淵明在經過仕途的一番矛盾的考驗與痛苦的煎熬後,云:「既自以心爲形役,奚惆悵而獨悲?悟以往之不諫,知來者之可追;實迷途其未遠,覺今是而昨非」(〈歸去來兮辭〉),毅然擺脫窒礙心靈自由的宦場生活,去追求他內心世界與外在世界的和諧平衡。而回到故鄉,回歸田園,就是在他的內心與外境一度失去平衡之後。所要努力去追求它們圓滿和諧的開始。

試看他歸田後的心境:「翼翼歸鳥,相林徘徊。豈思天路?欣及舊棲。雖無昔侶,眾聲每諧。日夕氣清,悠然其懷」、「翼翼歸鳥,戢羽寒條。遊不曠林。宿則森標。晨風清興,好音時交。矰繳奚施?已卷安勞?」(〈歸鳥〉),道出他歸田後不再出仕的決心,「晨風清興」與「好音時交」,正是透過外境與內心的和諧後,所產生的美境。而其歸田後的農耕生活是:「種豆南山下,草盛豆苗稀;晨興理荒穢,帶月荷鋤歸;道狹草木長,夕露霑我衣;衣霑不足惜,但使願無違。」(〈歸園田居〉),末二句即表明了其保持心境與外境和諧的心願。而此種心願是否實現了呢?

答案就在「結廬在人境,而無車馬喧;問君何能爾?心遠地自偏。採菊東籬下,悠然見南山。山氣日夕佳,飛鳥相與還。此中有眞意,欲辯已忘

〔註24〕清・方宗誠,《陶詩眞詮》,台北:藝文出版社影印,頁197。

言。」的代表作中，誠如王熙元教授所云：「只因詩人具有不爲物役的心靈，所以才有東籬採菊的雅致；正當採菊的時後，本來無意望山，偶然見山，因而悠然忘情，眞有幽遠的閒趣，一種逍遙自得的心意，彷彿超然遠出於宇宙人間之外。山嵐、飛鳥與詩人曠達怡然的心靈融合爲一，這種寧靜、和諧的境界，只可意會，不能言傳，所以淵明自己也說：『此中有眞意，欲辯已忘言』」〔註25〕。的確，這時淵明自我的生命，內在的心靈與外物、外境完全相融，所以才能達到這樣高超圓融的和諧境界。

　　以上所作的分析與詮釋，是將陶淵明的詩放在四個不同的層面上來透視，也就是從四個不同的角度，來看他在詩中所表現的生命精神，由此探討出淵明無論在人生情趣與自然情趣之間，物質生活與精神生活之間，現實人生與理想人生之間，或內在心靈與外在環境之間，都在不斷地謀取其和諧，也都達到了融洽和諧的境界。他一生的心理歷程、生活歷程，無非是追求一個和諧的境界，這就是他最高的人生理想。可見陶淵明是一位終身爲自己的理想而奮鬥不懈的詩人，所以在他的詩篇中，處處都有理想的和諧境界之展現，使他的作品在表現藝術與生命意趣上，產生融和無間的美，尤其將內在心靈甚至整個生命與作品融成一片，流露出無限的天機，這是陶淵明在文學上異常卓越的成就。

第二節　陶淵明悠然的藝術精神

　　在前文的考察中，我們理出了陶淵明在面對其時代的「存在」課題時，表現出了在人生情趣與自然情趣之間、物質生活與精神生活之間、現實人生與理想人生之間、和內在心靈與外在環境之間，一種極爲統一和諧的生命精神。我們可以說，在對人生解脫問題的探求上，陶淵明找到了他自己所特有的歸宿，並且以優美的藝術形式——陶詩——表現出來，締造了極高的藝術境界。茲分從美與藝術的創造、藝術品、藝術的欣賞和批評等四個向度，詮釋開發淵明所表現出的悠然藝術精神。

一、陶淵明對美的體會

　　我們在此採取直接面對作品——作者審美經驗的連續或藝境底體現——

〔註25〕王熙元，〈陶淵明的世界〉，刊於《中央副刊》，民國65年2月3日。

去尋繹分析淵明所體會到的美。

（一）美不純是客觀事物所固有的性質

淵明在〈桃花源記〉中云：「夾岸數百步，中無雜樹，芳草鮮美，落英繽紛，漁人甚異之。」、「復行數十步，豁然開朗，土地平曠，屋舍儼然，有良田美池，桑竹之屬。」陶集中出現的「美」字凡八見七處，分別在〈和郭主簿〉、〈勸農〉、〈桃花源記〉、〈感士不遇賦〉、〈閑情賦〉、〈擬古〉、〈遊斜川〉等八篇中。而淵明在其「桃花源」的理想國中，就連用了兩個「美」字，由此透露出了淵明所體會到的美。

〈桃花源記〉是詩人對人間的失望後，在想像中所構造出的理想之境，淵明借漁人之目，把其所體會到的美體現在詩中，雖然「桃花源」中的世界，仍然不乏人間事物的形象，但淵明所體會到的美，並不具存於客觀事物之中，不是存於草地、池水之中所本具固有的性質，而是透過詩人感官之眼，將其觀照所得的經驗，在想像中賦予它們美的形象，而具體表現在詩中，因此，陶淵明所體會到的美，並不純是客觀事物所固有的性質。

（二）美乃是出於人心觀照對象時所主動創造的

淵明在〈遊斜川〉詩云：「天氣澄和，風物閑美」，在〈飲酒〉詩云：「採菊東籬下，悠然見南山」。這「閑美」與「悠然」是淵明於實際的生活中所感得的。眾人皆知曉淵明在「採菊東籬下」時，「悠然見」到「南山」，這「悠然」是淵明詩作中最高藝境之美感，然而，淵明在〈庚子歲五月中從都還阻風於規林〉詩中，卻云：「延目識南嶺，空歎將焉如！」他想急於到家，可是被風阻於規林，抬起頭來望望遠處，知道南山就在眼前，然因風阻不能前往，這時見到南山的情緒是「空歎」，而不是「悠然」。顯然的，「悠然」是指精神的自在，是淵明心靈的形態，與南山直接照面，我悠然，南山也悠然；是心曠神怡，物我一如，不期然而然的一種超脫境界。

因此，這種美境，並不是天生自然的，不是人心處於被動的地位，接受來自外界的美。它是透過淵明心靈主動地構造活動，使感覺對象轉化成材的，因而，這種美，著有淵明自身的色彩或帶有淵明自身的個性，不能如王國維所言的是一種「無我之境」〔註26〕，有我而「不覺知有我」，才是淵明美底眞相。因此，淵明所體會到的美，乃是出於人心觀照對象時所主動創造的。

〔註26〕參見何志韶編，《人間詞話研究彙編》卷一之三。

（三）陶詩的自然之美

在前文「人生與自然的和諧」中，我門指出：淵明與其他詩人最大的不同，是他將人生情趣與自然現象融合爲一，而表現出一種人生與自然的和諧境界。證之詩如「種豆南山下，草盛豆苗稀，晨興理荒穢，帶月荷鋤歸」（〈歸園田居〉）；「日暮天無雲，春風扇微和」（〈擬古〉）；「歡然酌春酒，摘我園中蔬，微雨從東來，好風與之俱」（〈讀山海經〉）等不勝枚舉。劉文潭教授曾云：「我們中國人，在世界上確是一個最親近自然，也最懂得享受自然美的民族，而中國的藝術也是最足以表現自然美的」、「比如：有『田園詩人』之美稱的陶淵明即是」、「大自然的雄偉奇麗，往往出人意想，使人見了，不是驚嘆，便是陶醉！」〔註27〕的確，淵明詩中所表現出的自然之美，便是詩人陶醉在日常生活的山水田園之中，而與大自然融爲一體了。

可見陶詩的自然之美，是經由淵明的心靈，在靜觀自然而覺其美之時，並不停頓在一般所謂的「自然美」（第一自然）的觀照中，只是儻然而來，儻然而去，以當下得到心靈的滿足而告一段落；它除了當下觀照的滿足外，還進一步要求創造的滿足，此即郭熙所謂的「欲奪其造化」〔註28〕——將儻然來去的朦朧性格加以明確化；以藝術的心靈，進一步地把「自然美」轉化成爲藝術品，以藝術品來體現「自然美」（第二自然）。因此，陶詩的自然之美，已然著有淵明自身的色彩或帶有淵明自身的個性，他將田園山水有情化，把精神安頓在再創的自然之中，而與自己的精神融爲一體，同時使精神由此而得到解放，所以它是經過淵明的心靈所主動創作出的美感與藝境，與一般的「自然美」不同。

二、陶淵明生命精神中藝術創造的底蘊

在前述「陶淵明的生命精神」中，我們指出淵明的詩篇，處處都有整體的和諧境界之展現，使他的作品在表現藝術與生命意趣上，產生融合無間的美。茲就其生命精神在藝術創造過程中，所展現出的內在價值作詮釋與開發。

（一）「閑情十願」——情感‧希望的滿足與藝術創造

淵明陶集中唯一涉及男女戀情的，只有〈閑情賦〉中之「十願」：「……願在衣而爲領，承華首之餘芳，悲羅襟之宵離，怨秋夜之未央。願在裳而爲

〔註27〕參見劉文潭，《新談藝錄》，頁 131～132、134、121 等。
〔註28〕宋‧郭熙，《林泉高致集‧山川訓》，引自《畫論叢刊》上，台北：華正書局。

帶，束窈窕之纖身，嗟溫涼之異氣，或脫故而服新。願在髮而為澤，刷玄鬢
於頹肩，悲佳人之屢沐，從白水以枯煎。願在眉而為黛，隨瞻視以閒揚，悲
脂粉之尚鮮，或取毀於華妝。願在莞而為蓆，安弱體於三秋，悲文茵之代御，
方經年而見求。願在絲而為履，附素足以周旋，悲行止之有節，空委棄於床
前。願在晝而為影，常依形而西東，悲高樹之多蔭，慨有時而不同。願在夜
而為燭，照玉容於兩楹，悲扶桑之舒光，奄滅景而藏明。願在竹而為扇，含
淒飆於柔握，悲白露之晨零，願襟袖以緬邈。願在木而為桐，作膝上之鳴琴，
悲樂極以哀來，終推我而輟音。」

　　這段情愛的描寫，只是〈閑情賦〉中的一段，蕭統卻以為「白璧微瑕，
惟在閑情一賦」〔註29〕，非議淵明之高風亮節，吾人深表不然，誠如淵明於
自序中所云：「將以抑流宕之邪心，諒有助於諷諫」（閑情賦并序），其實「十
願」之發實另有所指，只不過淵明用的是文學上所謂「象徵主義」（Symbolism）
之表現手法。淵明在東晉末年的亂離時代，目睹政治之險惡黑暗，社會之動
亂不安，世風之混濁敗壞，民生之凋敝痛苦，既無力撥亂反正，復不願同流
合污，所以在〈閑情賦〉中，以綺麗生動之文字，真摯纏綿之筆調，大膽抒
寫其對愛情之熱烈追求，讀之扣人心弦，而其真正的用意，乃借追求愛情之
失敗，以喻政治理想之幻滅。

　　因此，「十願」的藝術創作，乃在於淵明以昇平之治世為理想中的主題，
所激發出的想像，而造成藝術的壯觀。它滿足於淵明所熱衷的直接事物——
和諧的社會——而以詩人的身分，道出了那個時代人們精神需求上普遍的心
聲，〈閑情賦〉使淵明的希望得到滿足，使淵明的情感找到寄託，他以最能適
應願望的想像，通過文字的媒介，經由象徵手法的表現技巧，而完成於作品
之中，因此「閑情十願」之發，始於淵明想要達到與別人溝通感情的目的，
而藉〈閑情賦〉的外在形跡，表現他自己的情感，他是藉著創造的活動，想
要為別人建立一些東西，並希望獲得共鳴與了解，他要使他的理想遍為人知，
才發而為具體地創作的，是即一種傳達情感，滿足於希望的藝術創造。

（二）〈桃花源記〉——想像・價值的激賞與藝術創造

　　淵明生長於晉末南北朝時期，這也是中國歷史上政治最黑暗頹墮的時
期，以一個生性豪放自由的生命，面對這種黑暗的大牢籠；其生發的情調，

〔註29〕南朝梁・蕭統，〈陶淵明集序〉，引自清・陶澍，《陶靖節集注》，香港：太平
　　　　出版社，1965 年。

除了是滿腹的厭倦、哀愴之外，企求解脫困限，返我自然本眞的原貌，成爲淵明生命中最急切的目標，然而他的解脫方式並非逃離人世，做一馳離塵世的隱士。相反的他且仍舊「結廬在人境」，將自己超脫的心靈返向於僕僕風塵的人世。然而在他的心目中，認爲足以困限的自由的牢籠是何物呢？正如林語堂所云：「他要逃避的僅是政治，而不是生活的本身。」〔註30〕

綜合淵明整幅生命的圖畫，最能表現他生命中整體性格的，要數〈桃花源記〉一文，「桃花源」一如老子的「小邦寡民」世界，同樣是一篇生命的超脫者的心靈自我獨白，老子以「小」、「寡」做爲自我追尋的理想，亦即理想中的一種存在的姿態；而淵明其思想某方面是受到老子的感染，而在「桃花源」中，更戲劇化的把老子「小邦寡民」的世界，加以小說式的描繪了一番。

試看「桃花源」中的世界：「夾岸數百步，中無雜樹，芳草鮮美，落英繽紛，……復行數十步，豁然開朗，土地平曠，屋舍儼然，有良田美池，桑竹之屬。阡陌交通，雞犬相聞。其中往來種作，男女衣著，悉如外人。黃髮垂髫，並怡然自樂。」

這是淵明所懷之理想的投影，在「桃花源」中，淵明表現了那些他所認爲值得他表現的事物——一個不離人間而極自由平等之「愛的社會」——洋溢著博愛、平等、自由、快樂、天眞、無飢寒，無榨取，流露著人性美的社會。這些是淵明具現在作品中所作之價值的肯定，亦即是淵明所激賞的價值。淵明以最直接關係於價值的藝術活動，來體現他所激賞的價值。這種活動把欲望引向內在的或虛設的事物之上，它在當下即得的經驗之中便可獲得滿足。然而，它仍有來自現實生活的觀念或意義，通過詩作的可感覺的形式之美來體現，因此它不是幻像式的空想，它的價值是可被人們共感的心能所分享的。是即一種通過可感覺的形式，體現其所激賞的價值，而在想像中滿足的藝術創造。

三、陶淵明詩作中所表現出的和諧形式

陶詩的藝境，在人生與自然的和諧、物質與精神的和諧、現實與理想的和諧、和內心與外境的和諧中，表現了一種滲透著生命精神的和諧之境，因此他的詩作中，充滿著生機與生意，這種在和諧中盈溢著生機的藝術精神，

〔註30〕參見林語堂，〈生活的藝術〉，收於《林語堂思想與生活》，台北：德華出版社，1982 年，頁 40。

是通過詩作的體現才傳達出的，因此，我們必須透視陶詩的本身，茲從陶詩的媒材、形式與內容兩方面，析論其所表現出的和諧形式。

（一）陶詩的媒材

我們知道陶詩是以語言符號為基礎的藝術，如果沒有語言文字的傳達，我們便無法感知到淵明所體會到的美與藝境，因此，淵明的想像必須具現在作品之中，才能被我們所經驗到，否則就只能成為私人夢境中的幻想，而無法被我們所經驗到。然而，陶詩之所以能成為公開而可以被知覺到的對象，乃在於其所賴以傳達的語言文字，具有可以知覺得到的物質因素，此可被知覺到的物質因素便是聲音，所以通過它們才能將淵明的感情體現出來，因此，語言文字便是陶詩的藝術媒材，通過它我們才能想像或經驗到淵明所體會到的美感與藝境。

陶詩在媒材的表現上，極能發揮語言的物質因素——聲音——的可感覺效果。五言詩是陶集中把語言媒材運用得最精妙的部分，雖然它只比四言詩多了一個字，然而在聲調上，就容易委婉變化，可以接受高一點的音樂效果，而有迴環的餘地，試看其筆下的傑作：「山氣日夕佳，飛鳥相與還」、「凝霜殄異類，卓然見高枝」（〈飲酒〉）；「翩翩新來燕，雙雙入我廬」（〈擬古〉）；「白玉凝素液，瑾瑜發奇光」（〈讀山海經〉）等，沒有四言詩似鼓的節奏，和凝重蕭穆的氣氛，反倒清和婉轉流動，有著絲竹般的旋律，增添了輕鬆幽雅的情趣。

（二）陶詩的形式與內容

陶詩的媒材是語言文字的聲音，然而這聲音即是有意義的聲音（語言）。試看其「採菊東籬下，悠然見南山」的詩句，當我們在唸這句詩時，它在我們心目中所展現出的是整體的意象，並沒有單獨存在著的聲音、和孤立絕緣的形式與內容。我們無法一方面只將詩的語言，孤立的抽離出來聆聽欣賞，而不在乎它的意義或內容；我們也無法僅見著詩的文字，而心中不響起文字的語音；我們更無法直接了然其意義或內容，而不通過語言符號的中介，如果以上皆是「可以」的話，那它僅只是孤立的聲音、抽象的字跡或莫名的內容，而不再是詩了。因此，它們事實上是一個整體的結構，而不是拼湊的組合，亦即它們是不容分割的一體。在我們吟詩的經驗裡，我們之所以能在心目中形成完滿的意象，乃在於這個整體有其足以激發我們心能產生共感的觸媒，因此，它不僅是一個整體，而且還內涵生機，亦即它是一個有機的整

體。我們之所以有媒材、形式與內容的分解，乃在於那是我們事後再反省這吟詩的經驗時，所作的概念式的析解，然而在它們——詩的本身——是從未分立的。

　　淵明「採菊東籬下，悠然見南山」的詩作，展現了詩人與自然的親和關係。是詩人在觀照南山時，並不受南山具體的形質所限（形質的本身即是一種侷限；精神在侷限中即不得自由），而把所觀照的南山，融入於主觀精神之中，而加以醞釀、鎔鑄，南山的各部分在詩人的醞釀、鎔鑄中，自然成為一有生命的整體，點染了詩人之情，詩人復以自己之情應之，而使南山與詩人，成為兩情相洽的整體，人與自然兩情相洽之處，是即詩人超越了世俗，而當下使精神安頓於山水自然之中，詩人不但把自然形質的侷限性破除掉了，同時也使主觀之精神超昇，這是陶詩中廣遠無窮的意義與內涵，陶詩既然有其如此豐富的內容，當然也就有其表現性了，淵明正是透過詩作的有機整體，以其主觀的價值根源之生命精神為基礎，表現了內心與外境的完全和諧之關係，這種均衡狀態下的關係，正是陶詩所表現出的和諧形式。

四、陶詩所滲透出的藝術欣賞與批評

　　陶詩具體地表現了淵明所認為值得品味和享受的價值，這些價值是淵明所激賞的而體現在詩的藝境中，因此他的詩已揉合著他對美和藝境的欣賞與批評了。

（一）「心遠地自偏」——陶淵明藝術欣賞的審美態度

　　〈飲酒〉詩云：「結廬在人境」，山水田園不在人間之外，「而無車馬喧」，在人間又能遠離塵囂，此幾乎是不可能的，故以「問君何能爾」提問，答案在「心遠地自偏」。心遠就是老莊的修養心境，「致虛極，守靜篤，萬物並作，吾以觀復」（《今本老子》十六章）。心能虛靜，就是心遠，在虛靜心觀照之下，物皆如其所如的回歸物的自己。

　　淵明的偉大之處在於其不離人群而能有心靈的超脫。淵明雖處在人間世界的紛擾扭曲中，卻能站在某種距離來看人生，因此他能欣賞到人生的美，這種距離便是以藝術心靈去面對人生的審美態度。他首先使自己抽離了現實人生的利害關係之中——「結廬在人境，而無車馬喧，問君何能爾，心遠地自偏」；但並不與人生完全斷絕——「採菊東籬下」；此時，以我們未見事物之利的藝術心靈——「悠然」——直接照見事物本身的真相「見南山」；並把

我們心靈沈入孤立的對象之中，把山水有情化，而同時使我們的心靈安息於對象之中，而但見事物之美——「山氣日夕佳，飛鳥相與還」。此種美感與藝境，便是出於淵明「心遠地自偏」的藝術心靈之審美態度。

（二）「不覺知有我」——陶淵明藝術批評的審美判準

在前文我們曾指出，淵明的心路歷程，歷經了「猛志逸四海」、「冰炭滿懷抱」、「復得返自然」之後，而臻至「不覺知有我」的境界，在這個階段中，成就了淵明極高的創造藝境之表現，見之詩如：「採菊東籬下，悠然見南山」；「日送回舟遠，情隨萬化遺」（〈於王撫軍座送客〉）；「鳥哢歡新節，冷風送餘善」、「平疇交遠風，良苗亦懷新」（〈癸卯歲始春懷古田舍〉）；「淒淒歲暮風，翳翳終日雪。傾耳無希望，在目皓已結」（〈癸卯十二月中作與從弟敬遠〉）等，也祇有大自然就是我，我就是大自然，我與大自然同化後，才能達到這種物我合一的境界。

淵明便是在這種有我而「不覺知有我」的物我一如的境界中，將自己那曠淡好靜的個性融進了幽美空靈的大自然之中。因此，其詩處處沛然如肺腑中流出，而不見有斧鑿痕，在實境中有沖淡之美。沒有劉勰所謂的「儷采百字之偶，爭價一句之奇。情必極貌以寫物，辭必窮力而追新」〔註31〕的刻意雕琢之句，而這也正是淵明藝術造詣超乎常人之處，因此其悠然的藝術精神下之藝術批評的審美判準，乃在於此種能表現出著有作者自身的色彩或個性的「有我之境」，卻又能於「有我之境」中，使心靈超昇到「不覺知有我」的美感與藝境中者為上品，反之則下。

此誠如蔣經國先生所言：「要能創造美，必要能欣賞美。……但是最高尚優美的作品，總是超群脫俗，充滿理想，傳神於筆外。使人見了立刻溶化於其中，而渾成一體。陶淵明詩說：『採菊東籬下，悠然見南山』。這就是優美作品的最高境界。我們欣賞美的作品，要領略作者的意境而和他的心聲發生共鳴，轉變自己的思想、性格、情緒，為理想的人生而奮鬥，這樣就能有完美的創造了。」〔註32〕的確，我們可從經國先生對陶詩的評價中，引領我們走入淵明悠然的藝術精神裡，從而領略其藝術批評的審美判準，幫助我們去欣賞美和藝境，進一步地了解了藝術的創造，和其中所激賞的價值。

〔註31〕劉勰，《文心雕龍·明詩》，引自范文瀾《文心雕龍註》，香港：商務印書館，1960 年。

〔註32〕蔣經國，《勝利之路》，〈美的欣賞〉，台北：幼獅文化，1972 年。

第四章　澹然與悠然的藝術精神之比較

　　本階段將老子澹然與陶淵明悠然的藝術精神，就其所體會到的美、所激賞的價值、藝術創作之特性、和如何把握得到藝術品所體現的價值等四方面，明乎他們相契共鳴的關係，作一簡要的比較，並參酌西洋美學的慧見，作中西會通，以凸顯老子與陶淵明藝術精神之特質。

第一節　老、陶 [註1] 所體會到的美

一、美不是什麼？

　　老子以為生理快感不是美。因為這種只滿足於感官刺激與欲求的快感，只沈涵於肉體之中，侷限於器官之內。老子以為美不在效用。因為效用只不過是一種工具。老子不認為有客觀獨立存在著的美。因為「可道」非道，「可美」非美——想替「美」這個字下統一的定義，可以照顧到它所有的用法是不可能的。陶淵明亦指出美不純是客觀事物所固有的性質。因為它是主客觀照所得的和諧經驗。

二、美應該是什麼？

　　老子以為美在心靈會物感思時，所創造出的可共感的愉悅。因為它涉及較高的心靈或精神活動。而且美醜存乎於心，相待而生。陶淵明亦指出美乃

〔註1〕作者按：以下將老子與陶淵明聯稱為「老、陶」。

是出於人心觀照對象時，所主動創造的。因為它已然著有觀賞者自身的色彩，而且是精神與自然融為一體時所產生的。

三、檢討與批評

（一）美與感官的關係

阿奎納斯（St. Thomas Aguinas, 1226～1274）以為：「與美關係最密切的感官是視覺與聽覺，這兩種感官都是最具認知性而且是為理性服務的。」〔註2〕而桑塔耶那（George Santayana, 1862～1952）以為：不但花的顏色、鳥的聲音，就是花的香味也可增加我們對一花園的美感；人類所有機能都對美感有貢獻〔註3〕。這種觀點已打破將「美」只限定在視聽覺的對象上。

我們以為老、陶所體會到的美，並不把美侷限於人之感官，而且還把它關涉到與心靈之關係上，這是正確的。因為人類的感官及心靈的結構是大同小異的。康德就曾指出審美判斷的主體基礎，並不是五官的感覺，而是心靈的共感力（ein Gemeinsinn / common sense）〔註4〕。當人的感官或心靈結構有了根本的改變，或者不存在時，原來被稱為美的那些性質也就無所謂美不美了。

（二）美感與快感

阿奎納斯以為：「美的事物是一種我們所見及之，而使我們快樂的事物」（The beautiful is that which pleases us upon being seen）〔註5〕而康德以為，就主體方面來說，美是種「無私的滿足感」（disinterested satisfaction）。〔註6〕

我們以為老、陶所體會到的美感，是種愉悅感或滿足感，但它卻與其他感官快感不同，並與心智相關，這種看法是正確的。因為美感與其他快感之不同至少有三點。

第一，美感主要是由視聽兩種感官獲得，其它三種感官雖有輔助的地位，但它們總是意謂著特定器官的官能性滿足，無法忘卻與肉體之樂的聯繫。

〔註2〕 Melvin Rader, ed., *A Modern Book of Esthetics*, New York: Holt, Rinehart & Winson, 1973, 4th ed., p.28.

〔註3〕 Santayana, *The Sense of Beauty*, New York , 1896，第十一、十二兩節。

〔註4〕 *Kant's Critique of Judgement*, trans. by J.H. Bernard, London: Macmillan, 1914, p.96，台北：馬陵出版社再版。

〔註5〕 參見同前註2，頁27。

〔註6〕 參見同前註4，頁55。

第二，美感是在知覺過程中直接獲得之愉悅感。對象之性質與愉悅感在知覺過程中緊密地融合在一起，並不是先有知覺，然後當對象滿足了我們的欲望，我們才獲得愉悅感。例如，對一個很渴的人來說，光是望著一杯水是不會有什麼快感的，只有在水喝下去之後才會有快感。但在欣賞一風景而產生美感時，知覺過程即有愉悅感，這與能否擁有該風景沒有必然的關係。

第三，除了對顏色及聲音的感受外，美感不只是感官上的滿足，它也涉及較高的心靈或精神活動。一般肉體之樂總使人的心靈與精神繫於感官之上，而美感則有使人的精神與心靈超離感官之束縛，自由翱翔於想像界之自由。我們可說：雖然所有的美感都有一種愉悅感，但並非所有的快感都是美感。

（三）美與效用

雖然蘇格拉底（Socrates, 470～399 B.C.）曾說：「任何一件東西如果它能很好的實現它在功用方面的目的，它就同時是善的又是美的，否則它就同時是惡的又是醜的。」〔註 7〕柏拉圖曾說：「有能力的和有用的，就它們實現某一個好目的來說，就是美。」〔註 8〕而依中文字源，美是由「羊」及「大」兩字所構成——因古人見肥羊可食而心喜，故以美稱之。〔註 9〕

然而，老、陶所體會到的美與效用不同。這是正確的。因為一個有用的東西具有工具價值，但不一定美。例如，一張又舊又髒的千元鈔票仍是有用的，但它本身並沒有價值，它的價值是建立在我們可以用它來買所需之物。亦即此種效用所帶來的滿足感或快感是間接的，然而美感是在知覺過程中，直接獲得之愉悅感。

（四）批　評

1. 老、陶以為美雖與我們的感官知覺密切相關，但生理快感並不全是美感。前者使我們可以知道，美感之產生，主體的條件是不可或缺的因素之一；後者則指出了美感與其他感官快感的不同，此有助於我們對美感經驗的進一步認識。

〔註 7〕原載於蘇氏的門徒克賽諾封（Xenophon）的《回憶錄》（Memorabilia）卷三第八章。譯文引自仰哲出版社，《西洋美學史資料選輯》，頁 8。

〔註 8〕柏拉圖，《文藝對話集》，朱光潛譯，頁 271。

〔註 9〕東漢・許慎，《說文解字》云：「美，甘也，從羊大」。清・段玉裁注曰：「羊大則肥美」。參見《說文解字注》，台北：漢京出版社，1983 年，頁 146。

2. 老子指出了美不在效用，因爲效用只是一種工具價值，這可使我們知道美與善是有區別的。但一物有工具價值並不排斥它也有審美價值，例如中國古代園林中的閣、軒、亭、榭、廊等，有作遊覽、憩息、眺望、通道、供佛或藏書之用等等的工具價值，但它們的造型、結構、形象、色彩、景觀等亦有兼具審美價值的，由此可見，美術（The fine arts）〔註10〕與實用藝術的區別並非絕對的，建築就是介乎兩者之間的一種藝術。

3. 老、陶咸以爲：美乃是出於人心之觀照對象或會物感思時，所主動創造出的。這使我們知道美感之產生是建立在主（人之感官、心靈的構造）、客（對象本身具有的性質）兩方面的條件之關係上，是這兩方面的配合而產生的。雖然美有客觀性的一面，但這並不蘊含一個美的對象一定會給所有的人帶來美感，或人們的審美判斷都會一致。因爲一張莫內（Claude Monet, 1840～1926）的「印象・霧港」（Le Havre, 1872）圖，對一個有橙色色盲的人而言，未必會帶給他美感；而當人們的藝術修養、欣賞能力如此參差不齊，文化背景和對人生的經驗、體會又各有不同時，對同一作品的價值會常有不同的判斷不是很自然的嗎？

4. 老子以爲美在心靈會物感思時，所創造出的可共感的愉悅。在此，老子對美提出了一個可共感的假定，亦即假定人有共感力——它是美的普遍性之建立成爲可能的基礎。雖然，對於這個基礎我們覺得是可懷疑的，因爲我們不得不承認各人的趣味是有不同的，而人們對於美的歧見是沒有可能完全消除的。然而，我們以爲人們對於美的歧見，是可以通過教育、指導與學習而消除到某一個程度的。

第二節　老、陶所激賞的價值

一、眞　誠

老子以還我童心與爲「美」日損爲藝術創作的原動力，以「滌除玄覽」

〔註10〕參見劉文潭譯，《西洋六大美學理念史》所載，夏荷勒・巴多（Charles Batteux）在 1747 年列出了五種美術——繪畫、雕刻、音樂、詩歌與舞蹈。台北：聯經出版社，1989 年，頁 13～14。

為藝術欣賞的審美態度，無論是創作方面或欣賞方面，老子秉持著其對真誠價值的一貫激賞之立場。此所以老子一再強調要能「復歸於嬰兒」，因為老子以嬰兒為天下最真誠的例證。在嬰兒的眼睛裡，無論面對富人或乞丐，無論面對帝王或平民，永遠都顯露其最真誠無邪的眼光，因而才是人間最純、最淨、最真的代表。

陶淵明詩說「採菊東籬下，悠然見南山」、自云「此中有『真』意，欲辯已忘言」。淵明之所以能在中國詩壇上有異常卓越的成就，正在於其將內在心靈甚至整個生命與作品融成一片，流露出無限的天機，真摯純淨、至情至性是此中之「真」意，亦正是其所激賞的價值。

二、自　然

「自然」是老子的藝術創作、欣賞與批評之要義和判準。因為有了回復到原性之「自然」的純淨清明，可以讓直覺重新自由穿行、活躍地馳騁，而使心靈在會物感思時，發揮其創造的活力。此「自然」之直覺有助於欣賞，此「自然」之直覺所得則有益於創作。而藝術創作之表現亦以「自然天成」為極品。因為將直覺所得之美感，通過了媒材之運作而表現為藝境時，若能不雜有絲毫的矯情做作，將它自然而然的表達出來，則此藝術品將更具有內在的優越性或完滿性，而更令人激賞。

「自然」不但是陶淵明所激賞的價值，亦是他的詩作中所要表現的，陶詩以藝術的形式體現了自然之美，他讓萬物的自性，自由的發展，所以在他的詩作中，景物自然發生與演出，是客體物物各在其自己的真實，是主體以自由無限之自然心靈去觀照對象，作者不摻雜「成心」與「有為」的造作，因此主客俱「自然」而「無隔」的渾融為一，機趣燦溢地展現了「自然」之美。

三、和　諧

就藝術品而言，老子是主張質（媒材）、形（形式）、意（內容）三者合一之有機的整體性。老子的藝術欣賞之三進程是：(1)「滌除」：清除雜念先使對象孤立。(2)「玄覽」：深入靜觀而至「以物觀物」。(3)「自然」：臻至主客合一之境。而其藝術造詣的極致是一種「自然天成」、「有我而不知其有我」的境界。可見這種建立在主客合一的藝術創作、審美態度和評價標準，便是著重在主、客之間的一種和諧的關係。這種各部分之間在整體之內構成相關

的和諧，便是老子所最激賞的價值。

　　陶淵明之「桃花源」是其所懷之理想的投影，亦是其所激賞之價值的具現與肯定，淵明所嚮往的是一個不離人間的「愛的社會」，亦是一個整體和諧的社會。而陶詩所表現出的藝境，是一個融合了人生與自然、物質與精神、理想與現實、內心與外境的整體和諧之境，在和諧中盈溢著生機。其藝術造詣的極致，亦是一種達到了有我而「不覺知有我」、物我合一的和諧境界。

四、檢討與批評

（一）真誠與藝術

　　相對於托爾斯泰（Leo Tolstóy, 1828～1910）而言，藝術須能傳達內心真誠感受到的情感。真誠的藝術一定可以使欣賞者在毫不須努力的情況下受到感染〔註11〕。這種感染不但會將創作者與欣賞者在精神上聯結在一起，而且也可將欣賞者之間的距離消除，這就是為什麼偉大的藝術家常是我們內心情感的代言人。

　　對於某些像毛里斯‧但尼斯（Maurice Denis）那樣的作家而言，一件藝術品的「真」，意指作品符合其目的和手段；對其他的人而言，則意味著藝術家的真誠（sincerity）：「當一件藝術品表現出藝術家真正想到的和感受到的事物的時候，它總是真的。」〔註12〕

　　羅曼‧印加登（Roman Ingarden, 1893～1970）所分析的藝術之真的概念有四涵義：(1)存於再現的對象與現實間的符合；(2)藝術家內心之意念，巧妙的表現；(3)藝術家的真誠；(4)作品之內在的一致。〔註13〕

　　達達基茲對於真與美之間的關係，則認可一種溫和之多元論的見解：「某些事物是美的，並且形成了美感經驗的根源，究其所以，主要是因為它們是真的，所以纔引發唯有真實、熟悉的事物纔能產生快感；相反的，其他的事物卻正是因為它們不真實所以纔美，儘管它們同樣引發快感，但是這等快感，卻出於不實之感、超越之感（feelings of unreality, of the transcendence of reality）。」〔註14〕

〔註11〕 Leo Tolstóy, *What Is Art? and Essay on Art*, Aylmer aude trans., London: Oxford U. Press., 1962, p.227.
〔註12〕 參見劉文潭譯，《西洋六大美學理念史》，頁377。
〔註13〕 參見同前註，頁378。
〔註14〕 參見同前註，頁380。

（二）自然與藝術

亞理斯多德所提出的自然概念，至今仍保存容納了它的二元性：自然一則意指那看得見、摸得著的世界，而同時又意指著那只能被心靈感觸到的力量，我們推測世界便是由它所形成的。在古代人的心目中，自然乃是完美的：他們觀察到它是以井然有序和趨向目的的方式展開，而這兩項屬性，在他們看來，都是十分值得讚美的。然而，亞理斯多德覺得，人類所創作的藝術可能比自然更爲完美，因爲在自然之中，美是分散的，例如某人生就一雙美目，而另一人又生就一雙妙手，在一件雕刻品或一幅畫中，這些分開來的美便可以被綜合起來（以自然的元素爲基礎之藝術品的自由創作的模倣說）；在文學中，情形更是如此。〔註15〕

羅倫左‧吉柏爾蒂（Lorenzo Ghiberti）在其藝術評論（1436）裡提到，他盡其所能致力於模倣自然；亞爾柏蒂（Leone Battista Alberti）也表示：除了模倣自然之外，沒有更確實的途徑可以達到美的境地。而依照他的見解，藝術模倣的是自然的法則，而不是它的現象。〔註16〕

哥德認爲藝術的第一個要義就是把自然作爲自己唯一的基礎，藝術應來自現實生活，藝術家要遵守、研究、摹倣自然。他進一步發揮創造性摹倣的原則，要求藝術既根據自然又超越自然，要反映事物的本質，從特殊性出發表現普遍性。〔註17〕

桑塔耶那強調藝術自現實中採取主題、模型、對象以及形式，但是藝術把它們安排在自己的結構之中，而通常這些結構都是最能符合人心的需求和他看待事物的方式。美乃是靈魂與自然一致所產生的結果。〔註18〕

（三）和諧與藝術

畢達哥拉斯學派（The Pythagoreans, 580～500 B.C.）發現音調的高低，由音弦的長短決定，認爲音樂就是對立因素的和諧統一（把雜多導致統一，把不協調導致協調），用數的和諧關係解釋音樂藝術的本質。他們還從音樂的和諧論及人與藝術的關係，認爲由於人的內在和諧與外在和諧的同聲相應，人才能欣賞藝術和美。〔註19〕

〔註15〕 參見同前註，頁360。
〔註16〕 參見同前註，頁328～330。
〔註17〕 參見王世德主編，《美學辭典》，台北：木鐸出版社，1987年，頁331。
〔註18〕 參見劉文潭譯，《西洋六大美學理念史》，頁348。
〔註19〕 參見王世德主編，《美學辭典》，頁271。

維特羅維阿斯（Vitruvius）在《論建築十部書》（Ten Books on Architecture）中表示：當一座建築之所有的部分，高與寬、寬與長都有了適當的比例，而整個都滿足了一切勻稱上的要求，那麼這建築必然是美的了。維氏認定這種情形，在雕刻、繪畫以及自然之中，也都同樣是眞的。〔註20〕

亞理斯多德把和諧建立在有機整體的概念上，認爲不僅對象中的各部分安排要見出秩序，形成融合的整體，而且體積大小也要與人的心理感受相適應才能見出和諧，主張「美包含在大小和有秩序的安排之中」。〔註21〕

法國建築家布隆德（Blondel）主張，和諧「乃是藝術所能提供之滿足的根源、起始的原因。」〔註22〕

派克（Dewitt Henry Parker, 1885～1949）以爲：「藝術品底形式乃是被意義間的關連所決定的，它是取法自然、人生與思想的，易言之，我們要求藝術品代表自然、人生與思想。它的形式與各部分一一相應。……藝術……只是各部分在整體之內彼此相關，……有許多和諧的關係以及線條與輪廓底均衡狀態，除了就它們本身加以了解之外，別無他法可想。……內在的形式乃是表現在一切藝術品之中的普遍因素……在藝術品之中的內在形式是最完美的。」〔註23〕以和諧爲藝術品之內在的形式。並作爲藝術定義之三種特性（即想像中產生的滿足、社會的意義、以及和諧的形式）之一。

（四）批　評

1. 在藝術創作和欣賞方面，老、陶咸強調真摯情感的重要

眞誠除了較值得激賞與表現外，創作者與欣賞者之間的距離，亦較易消解而引發共鳴。我們以爲藝術家若對自己所欲表達之情都不感動的話，就很難再感動觀眾了。粗製濫造的黃、黑色電影或小說，只能刺激觀眾的神經而不能眞的感動觀眾就是這個原因。然而，我們並不能把眞誠當作是藝術的充分而且必要的條件，因爲一個人創造不出動人心弦的作品，往往並非缺少誠心，而是因爲缺乏藝術之直覺或表現的能力〔註24〕。同一藝術品對於不同的人常會引起不同的感受；使一些人深受感動的文藝作品，很可能引不起另一

〔註20〕 參見劉文潭譯，《西洋六大美學理念史》，頁146。
〔註21〕 參見同前註，頁147。
〔註22〕 參見同前註，頁150。
〔註23〕 參見劉文潭，《現代美學》，附錄一：〈藝術底本質〉譯文，頁314～316。
〔註24〕 這點批評最先由杜卡司（C. J. Ducasse）提出。參見 Stolnitz, *Aesthetics and Philosophy of Art Criticism*, Boston: Houghton Mifflin, 1960, p.180。

些人的共鳴。一個創作者所以偉大，並不一定在於他能親歷他所表達的各種情感，而在於他能通過他的想像，把那些他未曾親歷的情感都深刻細膩的展現出來，使那些曾親歷的人都受到感動與引起共鳴。

我們承認藝術家的誠心，是其藝術品能使人感動的條件之一。在這個藝術已過分商業化的時代裡，強調真誠的重要也有其積極的意義。而真誠的情感經驗可以直接構成藝術品的重要內容，一方面是因為它帶有作者獨特的情感與趣味的色彩，它之所以可以成為令人激賞的價值，也部分是因為它提供了一個允許有個人趣味選擇的餘地。

2. 老、陶所激賞的「自然」，並不是事實義，而是就心境上說的價值義

亦即它是經由實踐而來的，此與一般西洋的自然概念有顯著的不同。相對於老、陶而言，作品中的自然並不是「第一自然」，而是「第二自然」，然而此「第二自然」是以「第一自然」為基礎的。自然除了提供藝術以媒材之外，還提供了可作為心靈對象的元素，亦即它不只是現象，還有法則（例如：多樣與統一，參差、主次、平衡、對稱、比例、和諧、秩序、節奏、變化、大小、部分與整體……等）。

結合此二者，構成了藝術品的客觀的現象性質與意義。我們以為老、陶著重「自然」之價值義，是深具藝術精神的，因為一個完全沒有觀賞價值的人造物，是不會被稱為藝術品的。藝術品具有觀賞價值，一般而言是指藝術品具有引發審美經驗的能力（capacity），這種潛能可說是藝術品的審美價值（aesthetic value）。

所謂「價值」大致可分成三種：工具價值、本身價值（inherent value）與內在價值（intrinsic value）。一物有工具價值，如果它被需求不是因為它本身的緣故，而是因為它能助某人（或某些人）達到其目的。例如：筆有工具價值，因為它可用來寫字；錢有工具價值，因為它能買到我們所需要的物品。內在價值指的不是物品而是有愉悅感或滿足感之經驗。例如：美感，因為它是某種愉悅感，顯然具有內在價值。一物有本身價值，如果它能給人帶來具有內在價值的經驗。例如：法國盧梭（Rousseau, 1884～1910）的油畫「夢」有本身價值，因為在欣賞它時可給我們帶來審美的享受。

本身價值與工具價值相同之處，在於皆指事物而不指經驗，不同之處在於前者與滿足感直接相關，後者只是間接地相關。而審美價值因為與經驗相關，所以，一個具有審美價值的物品，是否能給人帶來審美經驗（美感），除

了其本身審美價值的高低外，還得看欣賞者的條件。只有這兩方面配合得當審美經驗才會產生。美與具有內在價值的經驗總有一親密的關係，在這種經驗中，對象的性質與滿足感是不可分割地融合在一起的。

3. 老、陶在藝術的創造、欣賞和審美經驗方面，咸強調主客兩方面的條件，內外俱和諧的重要

我們認為既然審美價值與經驗相關，一個具有審美價值的物品，是否能給人帶來審美的愉悅感或滿足感，就得考慮主體的感受條件和對象的客觀的現象性質與意義。

老、陶在主體的感受條件方面，提出了一種內在和諧的關係，我們以為這是深刻的，因為構成這種關係的各部分如：視聽覺等官能的正常、有必備的知識、不受偏見左右等條件，若都能具備與符合，則較易形成主體內在的和諧而使主體更具鑑賞力。

老、陶在客體方面，強調對象的多種性質之間有秩序及和諧的關係。我們以為，客體對象的性質有表象（如顏色、聲音等）、形式、或意義等，而審美經驗是一種統一（unity）的經驗，因此審美對象本身的諸性質之間的和諧關係，與它所內存的審美價值有密切的因果關係。

由於審美經驗可給人帶來愉悅感或滿足感，我們也可以說愈有審美價值的作品，給人帶來的審美滿足感或愉悅感愈大。但這並不表示所有的藝術品都可在乍看或乍聽之下即給人帶來愉悅感，因為愉悅感並不只是狹義的感官之樂，它還可包括自我的解放、精神的高昇、生命力的充實等積極感受在內〔註 25〕。藝術所處理的題材很廣，除了可直接給人滿足感之外，還可包括醜惡、怪誕、荒謬等內容，事實上多數藝術品所給我們帶來的滿足感都是遠超過感性快感的。但不論在題材與表現手法上多麼千變萬化，如果作品中含有令人不愉快的成分，就應有其他令人滿足的因素去抗衡，並且壓倒那些令人不快的成分，否則作品就會因失去製造審美經驗的能力，而失去審美價值。一件藝術品就其整體來看，各部分都必須是和諧一致的，多餘的枝節在觀賞者的心目中，必致侵害主要的元素。

〔註 25〕參見 Beardsley, "Aesthetic Experience Regained," *Journal of Aesthetics and Art Criticism*, 28, 1969, p.9。

4.老、陶澹然與悠然的藝術精神，在整體風格上，凸顯出了一種以內
外關係的和諧為基本特徵的審美範疇——優美

優美的審美對象在形式方面，一般都具有小巧、柔和、淡雅、細膩、光
滑、圓潤、精緻、輕盈、舒緩、嫩弱、絢麗、微妙、漸次的流動變化等特徵；
在內容方面，一般都不呈現激烈的矛盾衝突，其基本內涵有平衡（或對稱），
相互呼應和襯托，色彩的調和悅目等，各組成部分之間處於多樣統一的一種
狀態。在形式和內容的關係上則表現為十分協調。

在具體的審美經驗中，人對優美對象的感受，也在主體和客觀對象融合
無間的和諧關係中進行。例如：人對自然（清風明月、鳥語花香、小橋流水、
湖光山色、幽谷小徑、雲霞虹霓等）和藝術（婉約詩詞、舒緩樂曲、樸素藝
術／Naive Art……）中優美對象的感受，在生理和心理上都較不會出現驚懼、
突兀、緊張、急迫和不可遏制的情緒激動，而是產生一種較平緩，親切、輕
鬆、隨和、舒坦、閑適、寧靜、愉快等心曠神怡的心境。

優美往往與人形成和諧關係，容易被人接受欣賞，無怪乎在人類審美意
識還不複雜、審美經驗還不十分豐富的古代，是人們審美的主要對象。而這
也正是畢達哥拉斯學派之所以會提出：美就是和諧。在內外俱和諧，主客「同
聲相應」欣然契合的關係裡，人才能愛美和欣賞藝術〔註 26〕的這種審美經驗
之看法。

第三節　澹然與悠然的藝術創作之特性

老子藝術創作的底蘊有三：(1)還我童心與為「美」日損：離合引生；(2)
在想像中產生滿足；(3)空納空成：無私、自由、主動的創造性。陶淵明藝術
創作的底蘊有二：(1)情感‧希望的滿足；(2)想像‧價值的激賞。

在前述兩節的比較檢討中，我們明顯的是以「捨異求同」的原則，來研
究老、陶所體會到的美、所激賞的價值。因為如果大家的看法是相同的或相
近的，則我們較能肯定某些看法的客觀性。我們知道老、陶的藝術精神有其
相契共鳴之趣，在本節中、我們既是比較老、陶藝術精神中藝術創作之特
性，是故本於「同中有異」的視點去究其所以，則較能理出兩人相同與差異
之處。

〔註 26〕參見朱光潛，《西洋美學史》上卷，台北：漢京出版社，1982 年，頁 18～19。

一、老、陶相同之處

（一）在想像中產生滿足的價值表現

「小邦寡民」是老子理想中的美麗新世界；而「桃花源」是陶淵明心靈嚮往的歸宿。它們同是一篇生命的超脫者的心靈自我獨白。是哲人的超越理境，也是詩人的心靈意境；是精神飛越之理境的開顯，也是生命自在之人格的投射。究其所以，兩人同是起於敏感的心靈對當時失落的人間世界，所作的反省與重建，這種根源於價值的欣羨，而在想像中滿足於他們自己虛設的夢想的創作，在當下即得的經驗之中，便可獲得愉悅感或滿足感。

（二）在具體的事物中寄託希望

老、陶都是從想像中設造一個世界以適合他們各自的希望。老子以「小邦寡民」、「嬰兒」、「眞人」等爲理想世界的象徵；陶淵明以「桃花源」、「歸鳥」、「停雲」等爲夢想世界的象徵，雖然兩人滿足希望的表現方式有所不同，但寄託希望於具體的事物中的創作動機，並無差別，兩人都包含著相同的創造性；兩人也都同樣地熱衷於具有直接性的事物，然而，這種創造活動是與夢之私有、封閉性不同的，因爲它們是發而爲詩文之可感覺的形式，包含著它們的社會意義與歷史意義，而隨時準備被同類的心靈所分享的。

二、老、陶差異之處

（一）老子：離合引生的藝術創造

老子主張「滌除玄覽」。「滌除」是爲「美」日損的「離」的工夫——把抽象思維曾加諸我們身上的種種偏減縮限的形象離棄，目的是還我童心。「玄覽」是「以物觀物」的「合」的過程——以直覺重新擁抱原有的具體世界，作用是消解距離。「引生」是完成的階段——將直覺所生的美感或藝境具現在作品之中。這種創作是自覺的意識活動，藝術家須將其所捕捉到的經驗定著下來，透過對媒材的選擇與運作，希求精確地、具體地表現這主動創造的經驗。

（二）陶淵明：物我合一的藝術創造

我們知道和諧是淵明所最激賞的價值，無論是人生與自然、物質與精神、現實與理想、內心與外境之間，都達到了融洽和諧的境界。淵明把這種藝境具現在詩文裡，這在藝術創造的活動或過程中，可說是一種「物我合一」——

一人與其生活環境完全合一，藝術與人生經驗密切地結合在一起——的狀態，陶詩的藝境可說是一種「寓偉大於平凡」的藝術創造，把平凡的生活中所蘊含的美，極爲自然質樸地表現出來。

三、檢討與批評

（一）藝術與想像

派克在其「藝術的本質」一文中，把想像提供的滿足當作藝術定義底第一項〔註 27〕。派克以爲：藝術乃是一種想像世界底自由創造，通過了這種創造，藝術家纔能爲他的欲望找到寄託，爲他的問題尋得答案。雖然在美感經驗之中，感覺的質料和想像的質料同等重要，但是一切質料畢竟都有想像的狀態，在想像之中，觀念或意義與感覺的形相是同等重要的。派克以詩歌和建築爲例指出：如果沒有感覺形式底美，詩便不能成其爲詩，如果沒有觀念與意義，所謂詩也不過只是甜美而空洞的音調而已。在建築之中，美底形式與效用也化爲一體，因爲審美的價值乃是實用價值轉入想像層面所生之結果，對於效用之回憶或預期——想像之二面——正是它的美寓存的所在，效用見之於行動，而美則見之於純粹的意義。由於想像意涵感覺的形相以及形相寓涵的意義，更可呈示出一個令人嚮往的世界，所以它能使藝術品增加其內存的價值。〔註 28〕

（二）藝術與欲望

榮格（Carl Gustav Jung, 1875～1961）在其《心理學與文學》（Psychology ond Literature）中，認爲人的基本心理活動具有四個領域：感覺活動、情感活動、思維活動和直覺活動。它們受本能制約，每一種活動又都可分爲內傾和外傾兩個方面。據此，他把藝術創作的方式分爲二種，即心理學式的藝術創作（The Psychological Mode of Artistic Creation）與靈見式的藝術創作（The Visionary Mode of Artistic Creation），前者處理的是人生的教訓、情緒的激動、熱情的經驗、命運的危機等，它祇對意識的內容加以解釋，並沒有超出人們可以互相理解的範圍。後者所產生出來的作品則不再使我們熟悉，它遠遠超出我們的理解之外，它乃是出於集體的潛意識（The collective unconscious）

〔註 27〕派克所提出之藝術定義包含三個部分：想像中產生的滿足、社會的意義，以及和諧的形式。參見劉文潭，《現代美學》，頁 316。

〔註 28〕參見同前註，頁 303～307。

——由遺傳的力量所形成之心靈的傾向。

而藝術品的要素，乃是超乎個人生活領域上的東西，與其說它是從詩人或藝術家個人的精神或心靈中所發出的心聲，還不如說它是以詩人或藝術家為代表，從人類的精神或心靈中所發出的心聲。藝術的創造性就和意志的自由一樣，包含著不可完全理解的秘密。每一個具有創造性的人，在榮格看來都具有雙重身份：一方面，他是一個具有個人生活的人；另一方面，他卻是一個非個人的創造過程，作為一個藝術家，他必是在一種較高的涵意之中——他仍是一個「集體的人」（Collective man）——成其為「人」。榮格由是主張：不是哥德創造出「浮士德」，而是「浮士德」創造出哥德。藝術家的作品迎合了他們所生存之社會的精神需要，並且也正是為了這個緣故，他的作品所顯示出來的意義，遠要超過他個人的命運。由以上專肆注重靈見式的創作來看，很明顯的，榮格是以眾人公同的欲望來解釋藝術的。〔註29〕

（三）藝術與直覺

柏格森（Henri Bergson, 1859～1941）從其一般哲學而來的藝術論之要義是：藝術活動是超脫了實用目的的活動，在這種活動之中所生的美感，則屬心靈與事物直接會通的結果。由此可見直覺（Intuition）的特性：它是對具體事物所生的知覺，而不是對抽象事物所生的知覺；它的對象是事物的本身，而不是事物的標籤；除了切實把握事物的真象，它沒有其他的目的。因此，藝術家的任務，乃是在征服下列雙重困難：

1. 他要解除一般人心靈之積習，此種積習使人但見森林，不見獨木，也即是使人但見事物之近似的類型，而不見事物之特有的性質與形相。
2. 他必須以獨特之方式，表現他所見及之獨特的事物。〔註30〕

克羅齊在其《美學》（Aesthetics）中主張：藝術即是直覺，而直覺在人類意識活動中，乃是處於根基的地位，所以藝術的地位是獨立的，內容是純粹的；又由於直覺是人類知識的基本形式，它既不是情感，也不是意志，所以它不是激動渾淪的而是清晰明確；直覺既是一種知識，它當然不能沒有內容或質料，而它的內容和質料便是各種感覺的印象。由於直覺本是一種意識的知解活動，而這種活動的本身，便天生具有管理和統一印象的形式，所以直

〔註29〕以上參見劉文潭，《現代美學》，頁81～93。
〔註30〕以上參見同前註，頁46～48。

覺的質料雖是得於自然，它的形式卻生於內心。直覺乃是心靈（或精神）活動的產物。

克羅齊在美學中所作的正面主張，相當於下列的等式：直覺＝表現＝創造＝欣賞（再造）＝美＝藝術。亦即他所注重的乃是純粹的美感或藝境，而純粹的美感或藝境都是心靈活動的產物，所以它們就必然不是現實事物所有的性質，藝術或美既不在於心外的現實，自然在於內心的想像了。亦即世間沒有現成的美。真正的藝術品即是生於藝術家內心的直覺或美感。因此它當屬心靈主動創造的產品，所以，除非我們先行產生與藝術家相當的直覺，否則我們就無從分享與知悉藝術家內心的美感與藝境。〔註31〕

卡萊（Joyce Cary, 1888～1957）在其《藝術與實在》（Art and Reality）一書中表示：直覺的作用在認知事物的獨特性，發現世界的新奇性，所以它與概念是敵對的，直覺同於美感或藝境，這是卡萊所同意的，然而，直覺和表現並不是同一回事，二者之間橫有一道難以跨越的鴻溝：如何將產生在內心的直覺定著下來，體現出來，在他看來必須要牽涉到技巧和媒介，因此，他不贊成克羅齊把藝術看成一種純粹的精神事實，這也即是說除了心靈的活動感受直覺，他還必濟之以技巧和經驗，而藝術的創造性，即是指技巧的發明與試探而言，照這樣看來，藝術家固必有美感或藝境，然而，有美感或藝境的人卻未必皆是藝術家。〔註32〕

（四）藝術與人生

杜威（John Dewey, 1859～1952）在其《藝術即經驗》〔註33〕一書中指出：「藝術是經驗作為經驗而言，最直接與完整的顯現。」（頁297）又說：「藝術代表自然的顛峰事件與經驗之高潮。」〔註34〕經驗是人為了適應環境而與其產生互動的結果。從主動方面看，「適應」就是人為了克服他與環境的疏離而做的努力。適應的良好使人之內部需要與外在環境的限制能保持平衡與和諧的關係。它給人帶來的不是表面與局部性的快感，而是深入吾人整個存在的幸福或喜悅。（頁17）

〔註31〕以上參見同前註，頁50～59。
〔註32〕以上參見同前註，頁60～61。
〔註33〕參見杜威，Art As Experience, New York: Capricorn Books, 1934，以下此書引文直接於文末註明頁數。
〔註34〕Dewey, *Experience and Nature*, New York: Dover Publications, 1958, p. 16.

所謂人生，從這種觀點看，常是平衡與和諧不斷失去與重建的過程，生活的韻律指的就是那能影響平衡與和諧之秩序的互動。人在流變的生活中與環境互動時，所達到的平衡與和諧狀態，可以給人帶來真實地活著的歡樂。這種狀態是與審美經驗很相似的。

真正活著的人善於把握現在。他的過去、現在與未來是在連續的互動中彼此交疊與融洽。他能在目前的工作中得到當下的滿足，這樣的人與其環境完全合一。藝術或審美經驗正是以這種「物我合一」的狀態著稱。所謂創作的靈感，就是過去的經驗被現在的情境引起新的情感擾動與表現的衝動。通過某種媒介在未來將之具體地表現出來的即可成就藝術品。這意謂著在藝術活動中之過去、現在、未來融和無間的狀態（參考頁 18、65）。審美經驗是提昇了的生命力。它所意謂的不是關於私人情緒與感覺中的存在，而是與世界之主動與靈活的交往。因為經驗是生物體在事物界的掙扎與成就，它是藝術的根源。（頁 19）〔註35〕

（五）批　評

1. 老、陶咸認為藝術創作之特性，乃是在想像中產生滿足的價值表現，並在具體的事物中寄託希望

吾人透過派克、榮格以及克羅齊等人的慧見檢視下，認為這種看法是合理的。首先，派克以為凡屬當作滿足看待的價值，都是出於對一般所謂欲望底消除，由於派克使用欲望這個名辭是取其廣義的，所以它立即成為一切經驗底動機，同時變成其內在的推力，美感經驗與日常經驗不同之處，乃在消除欲望的方式不同，在藝術創作中，欲望被引向內在的或虛設的事物之上，它在當下即得的經驗之中便可獲得滿足。由於它乃是一種滿足底根源，因此藝術不論是什麼，追根究柢，總不外是價值的表現。

這在榮格的學說中（如果撇開他形而上的假定——集體的潛意識——將藝術家獨特的個性完全抹煞，將藝術家特有的創造力澈底勾銷——之缺點不論），將藝術與價值間的關係所作的直截了當地闡釋，更可明顯地看出：由於欲望的產生，是對於具有價值之事物的需求，而欲望的滿足，是由於被需求之具有價值之事物的獲得，因此以欲望解釋藝術，便無異於同時在肯定藝術的產生是對於價值的欣羨，而藝術的成就是對於價值的體現了。

〔註35〕以上整理自劉昌元，《西方美學導論》，台北：聯經出版社，1986 年，頁 124～126。

　　雖然在克羅齊的美學裡，有「藝術家與欣賞者如何在內心產生共感？」的問題。然而克羅齊認為直覺必出於想像，也就是藝術必在想像之中的看法，卻與我們的立場相似。派克亦曾表示：藝術乃是一種想像世界底自由創造。不過藝術與夢境有明顯的不同，因為藝術價值底可傳達性（The communicability of the value of art）乃是有關藝術的一件極關緊要的事實，一件藝術品不能僅僅使我一個人感覺它美，因為它的美，也即是它的價值，實有賴於它能被眾人分享底可能性。因此想像底自由創造必須表現在具體的事物之中，唯有如此，它纔能在不同的時間之中，再生於眾多的心靈之內，亦即藝術家必須透過對媒材的選擇與運作，將其美感或藝境，在作品中表現為可感覺的、適當的藝術形式。

　　2. 「小邦寡民」、「桃花源」是老、陶所嚮往的自由世界，那是一個沒有異化、自然真樸的世界

　　當我們反省考察了老、陶所處的時代背景後，我們可以同意榮格所說的——藝術家的作品迎合了他們所生存之社會的精神需要，並且也正是為了這個緣故，他的作品所顯示出來的意義，遠要超過他個人的命運——是具有部分真理的。

　　很多偉大的藝術品確實是從人類的生活中，獲得它那動人的力量的，詩人或藝術家總道出了千萬人的心聲，揭發了他們所處的時代意識觀（The conscious outlook）。相對於老、陶而言，一個是思欲重整存在界的價值理序，一個是亂世人心的自求解放。然而，他們並未因此而喪失了個性，相對於老子而言，其「正言若反」的表達方式是甚具原創性的，相對於陶淵明而言，他並非一窩蜂的「儷采百字之偶，爭價一句之奇。情必極貌以寫物，辭必窮力而追新。」〔註36〕相反的，他卻是「一語天然萬古新，豪華落盡見真淳」（元遺山論詩絕句）。我們可透過老、陶的具體表現來會通榮格的觀點：藝術家不只是有個性，而且有不比尋常之更充實，更偉大的個性，因為他還能夠傳達出時代的心聲。

　　3. 離合引生是老子所持之藝術創作的特性，它可說是一種由直覺而生的主動創造

　　一般而言，藝術創造總有開始、進展及完成三個階段，在開始時，老子

〔註36〕語出劉勰，《文心雕龍‧明詩》。參見范文瀾《文心雕龍註》，香港：商務印書館，1960年。

主張「滌除」——還我童心，亦即他先要解除一般人心靈之積習，再以直覺確實把握事物的眞象。

在進展的階段，老子主張「玄覽」——以物觀物，亦即他要一般人放棄尋常「由我觀物」的方法，突破隔於實在與我們之間的迷霧，因爲在後者，是以自我來解釋「非我」的大世界，觀者不斷的以概念觀念加諸具體現象的事物上，設法使物象撮合意念；在前者，自我溶入渾一的宇宙現象裡，化作眼前無盡演化生成的事物整體的推動裡，去應和萬物素樸的自由興現。這種特殊的觀物法是以主體的虛位，去把定時、定位、定向的限制消解，任素樸的天機活潑興現。如此人所感知之充滿著形、色、光、聲的物質世界，以及千變萬化的心靈世界，必是新奇奧妙、多采多姿的。

在完成的階段裡，老子主張「引生」——將各個純粹直覺所得的美感或藝境具體地表現出來。此正是老子所以要以不落言詮定限、「正言若反」的獨特語文表達方式，去表現他所見及之獨特的事物。於此，老子透顯出了令人難以企及的洞見：正是由於語言文字及其他表達工具之缺陷，才使原創性（Originality）成爲必要。而藝術乃是出於一種希求精確地具現其直覺所得的熱切願望，這可從時下藝術的分殊性和雜多性來證明這一點。

從以上可見，在藝術創造開始時，老子主張要有「復歸於嬰」的直覺，這與柏格森和卡萊的見解是相同的，在產生美感或藝境的進展過程中，「以物觀物」是老子富於原創性的特殊觀物法，此時直覺因爲主體的虛位，所以有主客自由換位、主動鎔鑄的作用，這種富於創造美感或藝境的直覺，就其主動創造性而言，是與克羅齊相近的。因爲它亦賴心靈的鍛鍊與提昇，在藝術創造的完成階段，老子並不滿足於把直覺所生的美感或藝境，僅存於藝術家的想像之中，相反的，他要求以作品寄託其直覺，就此而言，老子的看法與柏格森和卡萊的論旨是相類的。

4. 物我合一是陶淵明所持之藝術創作的特性

就藝術與人生而言，陶詩把平凡生活中所蘊含的美，極爲自然質樸地表現出來，那種可以給人帶來眞實地活著的歡樂的審美經驗，是人在流變的生活中，與環境互動時所達到的平衡與和諧狀態。淵明通過了詩的藝術形式，把它具體地表現了出來，這意謂著在藝術活動中，人之過去、現在、未來是一種融和無間的狀態，就藝術與審美經驗和人生的密切融合而言，淵明所展現出的此種物我合一的創作特性，與杜威對藝術和審美經驗所持的看法是相

似的，因爲杜威認爲唯有當藝術具有人生的實質，而美感經驗成爲現實經驗之縮影時，藝術才可能在濃縮現實人生的美感經驗中發榮滋長，表現出價值與意義的累積，欲望與理想的滿足。

第四節　澹然與悠然的藝術欣賞與批評

　　本節我們比較老、陶澹然與悠然的藝術精神中，如何把握得到藝術品所體現的價值之提點，就審美態度、藝術的批評兩方面，檢討老、陶藝術欣賞的要義，並會通西洋美學的慧見，幫助我們去把握被藝術家體現在他們作品中的價值，從而產生如同其情的了解，增進美感的經驗，領會人生的價值。因爲「藝術的靈魂與生命，全靠藝術家與欣賞者的共感來維繫」、「藝術的欣賞者與批評家，除非能夠自行主動地創造出如同藝術家締創的藝境，體驗如同藝術家所曾體驗的美感，否則所謂『藝術』，充其量只能是一個空洞的名辭」，所以「對於藝術家在締創藝境之際，究竟是懷持著何種態度來應世觀物，我們便不能不儘可能地求取切實的了解。」〔註37〕審美態度的重要已如上述，藝術的批評（解釋、評價）又可以解釋創造和指示欣賞，可以說是創造與欣賞二者之間的橋樑，自是我們應該探究之列。

一、老、陶的審美態度

　　老子的審美經驗總的來說是一種主客合一的狀態，要達至這種狀態有三進程，首先是「滌除」——先使對象孤立——主體要洗去各種主觀雜染，去面對斷絕了和其他事物的關係後的孤立對象；其次是「玄覽」——再「以物觀物」——以主體的虛位消解主客之間的距離，有主客自由換位的超越視境；最後是「自然」——臻至主客合一的相交共感之境。陶淵明的審美態度總的來說是「心遠地自偏」，心之所以能遠在於無私心，並能與紛擾的人間世保持著心理的距離，這種距離是以藝術的心靈——抽離了現實人生的非功利、非認知、非道德的審美態度——去直接照見對象本身的眞相，從而產生物我渾融、交感共鳴的同情，而使心靈安息於孤立的對象之中。

二、老、陶藝術批評之審美判準

　　「有我而不知其有我」之境，可說是老、陶對藝術造詣所持之審美的判

〔註37〕以上參見劉文潭，《現代美學》，頁187。

準。這種藝術境界的眞相，在審美對象而言，其「自然」——藝術家使人世間的材料服從於他較高的意旨（歌德語）——有若天成；在審美主體而言，其心靈境界是「不覺知有我」的自由自在——如遊於「無何有之鄉」（莊子語）的無待。在前者，創造性是藝術家使人世間的材料服從於他較高的意旨；在後者，主動性乃是欣賞者產生美感或藝境的合作者（Co-author）的命根。亦即主動性和創造性乃是此種「有我而不知其有我」的藝術批評之審美判準，它們透露出了有關藝境之眞相底秘密，並構成了藝術活動底兩大特質。

三、檢討與批評

（一）美底孤立

閔斯特堡（Hugo Munsterberg, 1863～1916）在其《科學中之關連與藝術中之孤立》（Connection in Science and Isolation in Art, 1905）中以爲：關於事物之最高的眞理，是讓事物自身將其完滿的個性和意義呈現於我們的心靈之前，如果我們眞正想要把握事物底本身，唯一的辦法就是使它陷於孤立，斷絕它和一切事物的關連，讓它單獨地塡滿我們的心房，其結果就對象而言，它意味著完全的孤立；就感知對象的主體而言，他則意味著完全的安息。於此完全的安息之中，客觀的印象由是變成了我們最終的目的，它乃是眞正的美感經驗之唯一僅有的內容。總之，爲我的心靈把對象孤立起來；使對象顯示它本身的眞相；使我們的心靈安息於對象之中；使對象變美，乃是對於同一件事之四種不同的說法。

科學在於關連，而藝術在於孤立；無論是科學或藝術；知識或美感，都是獨立於個人私有的欲望，本能，以及幻想的，科學與藝術二者都在要求普遍性。如果我們永遠只能將此世界當作工具來應用，則此世界永遠不可能變成可被欣賞的對象，因爲它只能作爲實現別種目的的手段，本身缺乏究極性的價值，那末我們的心靈也就不可能以它爲歸宿而安息於其中。美的本質在於對象底孤立，而美的價值（或功效）則在於心靈底安息〔註38〕。值得注意的是，閔斯特堡的孤立乃是表示形式底完整與內容底自足，與福萊（Roger Fry, 1886～1934）及貝爾（Clive Bell, 1881～1964）所倡導的形式主義之說並不相同。

馬蒂斯（Henry Matisse, 1869～1954）在其〈一位畫家底備忘錄〉（Notes

〔註38〕以上參見同前註，頁 215～228。

dúm Peintre / Notes of A Painter）中說：「我本人總是充分地相信，一個畫家對於他的宗旨與才能所能給予之最佳解釋，乃是由他的作品來提供。」〔註39〕劉文潭教授以為：「這話實際上具有雙重的涵意：從一方面來看，藝術家所締創的美或藝境，即在於他的作品之中，當他從事於創作之時，他的全付精神也都專注於他的作品之內，換句話說，他的整個心靈，都安息在他的作品所含的美或藝境之中。由此可見，他的作品對他而言，絕對只能是目的而不是手段。既然如此，他所激賞的價值與體得的意義一概畢集於斯；從另一方面來看，如果想要切實地欣賞藝術品眞正的價值，認清藝術家眞正的成就，首要的條件即在於對上述方面有徹底的了解。」〔註40〕

（二）感情的移入

李普斯（Theodor Lipps, 1881～1941）在其《情移・內模仿・與身體感受》（Einfühlung innere Nachahmung und Organempfindungen）的論文裡表示：審美的享受（Esthetic enjoyment）乃是一種由觀照對象所引起的快感，此時被我觀照的知覺意象，即形成審美的對象而直接將其自身呈現於我之前。美事物之可感的表象，確實是審美的享受之「對象」，但它確實不是其「根由」（The ground of it），因為產生審美的享受之原因，乃是自我「內部的活動」（Inner activities）——包含我在自身之內所感覺到的企求、歡樂、意願、活力、憂鬱、失望、沮喪、興奮、驕傲……等等的狀態，這種根由所處的地位乃是處於審美的享受之對象與審美的享受本身之間的。因為審美的享受並不是對象享受（Enjoyment of an object）而是自我的享受（Enjoyment of a self），它乃是一種在自身之內所經驗到之直接的價值感（An immediate feeling of a value），此時，享樂的自我和那使得自我經驗到享樂的東西，簡直無從區分，因為在審美的享樂中，二者本是同一回事。

審美的享受不僅有對象，而它的對象同時也即是它的根由。因為由於自我客觀化其自身而與被感知的形相相合，所以不能說它是本然的自我（The ego as such）；而審美的享受之對象，也可以說是那被感知的形相則是在我自己的內心所經驗到的，所以也同樣不能說它是本然的形相（The figure as such），在這種形相與自我相互交融滲透的狀態中，彼此都失掉了原有之純粹的本性，而審美的享受之對象由是獲得了主客兼備之雙重的性格。亦即就其

〔註39〕參見同前註，附錄三：〈馬蒂斯的畫論〉譯文，頁333。
〔註40〕參見同前註，頁233～234。

為一種對象之享受（The enjoyment of an object）而言，它既為「享受」之對象（The object of enjoyment）所以不同於一般的對象，而為自我；就其為一種自我之享受（The enjoyment of the ego）而言，由於它是於審美之中纔被享受到，所以不是主觀的而屬客觀的。

情移的現象即是於此所建立起來的事實：對象即是自我，而我所經驗到的自我也同樣即是對象，情移的現象即是自我與對象之間的對立狀態，當下消失甚而尚未存在的事實。所以審美的享受之「對象」是指必與自我分立的對象（第一義）有別的，因為它是指可與根由（即自我）相合的對象（第二義）。我們只有憑著「觀賞的自我」（The contemplative self, or myself who is contemplating）——對象的第二義——始能產生審美的情移現象，因為我感覺到的活動，也即是當下的經驗，完全是觀照對象活動之所得，我將我自己投入那活動之中，並感到自己在進行相同的活動，這種「審美的模倣」（The esthetical imtation），因自我的意識進入特殊的狀態而生的「同一性」（identity）——指泯除對象與自我之分的意識內容，也即是意識中的「物我一如」——不僅是審美之情移現象成立底基礎，同時也是了解這種現象的關鍵。總之，必須消除「對象」的第一義始能建立其第二義，亦即消除具有第一義的對象，建立具有第二義的對象，乃是李普斯所倡導之全套情移說的宗旨。〔註41〕

（三）心理距離

布洛（Edward Bullough, 1880～1934）在其《現代之美學底概念》（The Modern Conception of Aesthetics）裡以為：「現代之『心理學』的美學（Modern "Psychological" Esthetics）底題材，誠如我所說，乃是加諸欣賞者的意識之上的美感印象，這也即是說，現代之『心理學的』美學，乃是一種對於由觀賞（主要是藝術品觀賞）而生之效應的研究。」在其《作為一個藝術中之要素與美學原理的『心理的距離』》（"Psychical Distance" as a Factor in Art and an Aesthetic Principle）中布洛指出：與藝術相關之「距離」，既非空間的距離（The spatial distance），也非時間的距離（The temporal distance），而是「心理的距離」（Psychical Distance）——介於我們自身，和那些作為我們的感動之根源或媒介的對象之間」（The Distance lies between our ownself and such objects as are the sources or vehicles of such affections）。布洛所注重之物我之間的關係，

〔註41〕以上參見同前註，頁 192～201。

乃是一種切身而又「帶有距離」（The personal, but, distanced relation）的關係，這種看似「距離底矛盾」（The Antinomy of Distance）的弔詭，又因距離底可變性（The Variability of Distance）──距離之變，不僅因個人之保持距離的能力而異，並且也因對象底特性而異──而容許有程度的差別。距離縱然可變，然而喪失距離，便等於喪失美感，亦即距離底消失點──「距離極限」（Distance-limit）──自也是美感底消失點或美感底變質點了。這種「切身而又帶有『距離』的關係」之實際的涵意，即是應合的程度以不使距離喪失為限，審美的態度的生成，乃是基因於心理的距離，而美感經驗乃是出於適當的心理距離。

藝術品之所以能夠感動我們，究其所以，至少有一部分是因為我們本身具有某種程度之待機而發的性向，唯有在裡應外合的情況下，藝術品纔能夠充分發揮它那動人的力量。如果藝術品與我們內在的性向絲毫不相應，那末我們對它便無從了解，既然無從了解，自是更談不上欣賞了。人們對藝術所表現的品味（Taste），其所以相差得十分懸殊，便是因為在藝術品底性格與欣賞者的性格之間，所產生的應和的關係（切身而又帶有「距離」的關係）不盡一致的緣故。〔註42〕

（四）藝術批評

劉文潭教授認為：唯有當藝術底創造、欣賞、與批評三方面的活動，在同一目標之下發揮相輔共成的作用之時，藝術始能在一種最完滿的意義之中獲得成就。創造的目的是為了贏得欣賞，而批評的目的是為了幫助欣賞，批評可說是創造與欣賞二者之間的橋樑。藝術批評的著眼點，主要有幾個方面：有的注重藝術品的起源，如創造的過程和藝術家生活的社會背景；有的關心藝術品在欣賞者的心目中所產生的效果；有的則專注藝術品之內在的結構。藝術批評能夠產生許多作用：它能增強我們的美感，使我們能對藝術品之豐富的內涵，作恰如其分的反應；它可以喚起我們的注意力，使我們覺察藝術品之感覺媒介的魔力、形式之奧妙、以及結構之奇特；它能使我們了解象徵的意義，以及整個作品所表現之特殊的情調；它能向我們指點藝術品之「審美的意向」（Aesthetic intention），使我們免於對藝術品作過多無謂的要求；它促進審美的同情與共感，拆除阻礙欣賞的障礙；它解釋藝術的成規，以及藝

〔註42〕以上參見同前註，頁242～254。

術家所處時代之社會的信念；它使藝術品與經驗相關，使我們能作深切的體會；同時，它還能開導感知、啓迪想像，充分發揮教化的作用〔註43〕。總之，正如柏拉德萊教授（Prof. A. C. Bradley）所說：文藝批評能使我們的美感經驗「更加恰切，同時也更加有味。」〔註44〕

（五）批　評

1. 老子在審美態度上以「滌除」、「玄覽」為觀物的方式

　　首先講「滌除」，他要人們在滌去了雜染，回復到原性的純淨清明後，再以直覺直接去把握事物的真相，此時事物將以完滿的個性和意義呈現於我們的心靈之前。「滌除」是消解耳目心知中夾纏的知識與欲望，使心靈得以虛靜。心靈虛靜用之於對象的觀照，其初步的效能，即是產生專一化、集中化的直覺，而此專一化、集中化的直覺所觀照之對象，乃被孤立起來，也就是此一對象即存在的一切，絕無時空中前後的因果關連，亦即佛家所謂「真境現前，前後際斷」。如此，則此一對象便脫離了分析比較的分別相，而顯現「在其自己」的自在相了。顯然的，老子是以主體的精神修養（滌除）為基礎，為我的心靈把對象孤立起來。

　　其次老子講「玄覽」，「玄覽」並非「以我觀物」而是「以物觀物」。「以我觀物」是從自我出發，對川流不息無際無涯的「非我」以概念、觀念來將之分割，以因果律、直線時間觀來把分割出來的事物擇要串連，界定意義，是從個體出發，定位、定向、定範圍；而「以物觀物」則反是，它從無窮大的視境去看，所以，中國的山水畫都用鳥瞰式，中國的山水詩中很多柳宗元式的句法：「千山鳥飛絕，萬徑人蹤滅」，中國山水畫裡前山後山、前村後村、前灣後灣都同時看見，是觀者不偏執於一個角度，以不斷換位的方式去消解視限、消解距離，而能意會到物物之間的無限延展，物物之間互依互存互顯的契合。這種類似電影鏡頭不斷轉移換位的特殊觀物法，見於橫的手卷如「清明上河圖」、夏圭的「清山溪遠」，或范寬的「谿山行旅」⋯⋯等等，不勝枚舉，是主體的虛位而還物自然，從而使對像顯示它本身的真相。

　　老子審美經驗所達至的境界，可說是一種主客合一的狀態，這種境界是由「對象孤立」、「以物觀物」的審美態度逐步開顯出的，因為主體在消解一

〔註43〕 以上參見同前註，頁 269～270。
〔註44〕 A. C. Bradley, "Poetry for Poetry's Sake", in *Oxford Lectures on Poetry*, London, 1909, p.2.

切情識造作之後，無任何之紛擾，則此時他眼中心中所直覺之對象，必然孤立化，既無情識造作之心，則所見之對象，無非是它「在其自己」的本性。準此，則就主體而言，乃以自然之道心觀物，就客體而言，乃以自然之性觀物，這主客二面，皆是究極之自然，根本是合而為一甚而兩忘的境界，亦正是我們心靈安息之所。

　　「對象孤立」雖至現代西方美學，才被正式提出為一種系統性的藝術理論。然而，藝術的審美觀照，必然要將對象加以孤立，實則是早已存在藝術實踐活動中的「共法」。劉文潭教授在論介了桑塔耶那、柏格森、克羅齊、貝爾、李普斯、渦林格（Wilhelm Worringer, 1881～1965）等現代美學之後，認為他們所見及之藝術特性雖各有不同，但所採取之觀點及發現特性的先決條件卻大體相同──孤立性乃是他們美學理論的共同根基〔註 45〕。此一「對象孤立」不但為西方現代美學之共法。甚至，我們可以發現在老子的藝術精神中也早已觸及──雖未曾形成完整的理論──首先，老子以主體精神修養為「對象孤立」的必然先決基礎。就其作為審美態度和孤立對象（造作藝境）的能力而言，老子與閔斯特堡相同。其次，老子「以物觀物」的觀點是由「對象孤立」進入「主客合一」之境的過渡。就其能使對象顯示它本身的真相而言，老子與閔斯特堡相似。最後，老子審美經驗的極致是一種主客合一，物我兩忘的境界。就其能獲得心靈底安息的審美價值（或功效）而言，老子與閔斯特堡相同，不過，閔斯特堡的「對象孤立說」，只是就對象時空關係的切斷面而立言，所以並未進入主客合一的境界，亦即他們在境界的層次上是有差別的。

2.陶淵明在審美態度上以「心遠」為觀物的方式

　　「心遠」是非實用的觀物態度，它是指自我與情感的對象之間的關係而說的，這種關係是一種切身的關係，因為它帶有個人情感的滲入，然而它並不宜與現實的人生距離太近，因為當我們與周圍的事物心距太近時，一旦它們的改變與我們的願望相違，就難免會使我們在情感上受到打擊或傷害。例如，當陶淵明從京都返鄉，而被暴風雨阻於規林的途中時，他所見到的南山，並不能使他產生「悠然」的美感，就是因為當時缺少了一種與現實保持著「心理底距離」的態度地緣故。我們以為淵明底「心遠」的審美態度，是產生「悠然」的審美經驗的一個因素，於此與布洛之說的要義──審美的態度的生成

〔註45〕參見劉文潭，《現代美學》，頁 215。

乃是基因於「心理的距離」——有可以相會通之處。

不過，我們以為有意的保持心距對審美經驗並非是充要的，因為對在需要我們主動的努力去保持心距的例子中（如布洛所舉的觀賞海霧的例子），審美經驗有適當的心距是很明顯的。然而，在不需要我們主動的努力去保持心距的例子中（如觀賞一幅中國的山水畫），則未必需要它。淵明揭露了美感經驗的其他秘密，陶詩說「採菊東籬下，悠然見南山」，正當採菊之時，淵明的注意力集中在此整個活動上，心靈因沈醉其中而悠然自得，無意間抬起頭來乍見南山，南山也就跟著悠然了起來。沒錯，「結廬在人境，而無車馬喧，問君何能爾？心遠地自偏」，這種切身而又帶有距離的關係，的確是一種先超脫了實用的態度的審美態度，然而「悠然」的審美經驗產生的先決條件——「心遠」（帶有心距）的審美態度——並不就等於此美感經驗本身，而是要有「採菊東籬下，悠然見南山」——孤立對象（造作藝境）的能力——的主動創造之直覺的配合。

布洛自己也說：「人們對藝術所表現的品味，其所以相差得十分懸殊，便是因為在藝術品底性格與欣賞者的性格之間所產生的應和的關係，不盡一致的緣故。」既然如此，就對象而言，審美經驗的產生與藝術品是否具有審美價值相關；就主體而言，審美經驗的產生與欣賞者是否具備藝術的修養、和注意力是否集中與是否集中在正確的地方（例如在看一幅畫時，我們應注意的是顏色的安排，而不是顏料需如何調配才可造成這種顏色）相關。可見，具有心理的距離底審美態度，雖可視為美感經驗的一個重要因素，但它並不就是美感經驗本身。一個為考試而聆聽音樂的學生的基本態度或動機並不是審美的，但只要他是注意及正確地在聽，他也可能獲得審美的享受。

雖然，我們並不能把「心理的距離」當作一個美學原理，不過誠如劉文潭教授所說的：「朗格（Konrad Lange, 1855～1921）的遊戲說中所謂的「假想」或「有意的自欺」蘊涵著距離；托爾斯泰雖注重情感底感染，卻不在乎藝境是真抑假，是出於實際的經驗抑是出乎想像中的虛構，也容納了距離；柏格森、克羅齊、卡萊等人所謂的直覺，都明白地含有距離；而佛洛伊德（Sigmund Freud, 1856～1939）所謂藝術家的看家本領便是表現「白日夢」，榮格所謂的「靈見式的藝術創作」定必超乎個人既有的經驗，也莫不在表明距離；強調藝術之媒材底重要性的學者們都著眼於媒材之超乎實用的本性，自是預設了距離；抬舉藝術形式的福萊（Roger Fry, 1886～1934）和貝爾，唯恐藝術不能

發揮使人超離現實的作用，也都認定不能缺少距離；主張不可偏廢感情之抽離作用的渦林格固然認清了距離底重要；即使注重感情之移入作用的李普斯和浮龍李（Vernon Lee, 1856～1935），也並沒有抹煞距離底必要；至於強調美底孤立性的閔斯特堡，其重視距離的程度，和布洛相較起來，幾乎只差沒有和布洛一樣採用相同的名詞了。」〔註46〕

　　他們的學說雖然都沒有明白地在作距離的要求，可是，卻無一不在作距離的肯定，所以「心理距離」的審美態度所給予我們的提示乃在，通過了它確實能使我們的藝術欣賞得以循著正途進入藝境。

3. 老、陶臻至主客合一之境的審美經驗，其關鍵在主體心靈的主動創造藝境

　　除了客體對象要具有內存的優越性和完滿性之外，主體心靈的主動創造藝境的能力（如果用閔斯特堡的話來說，也即是孤立對象的能力）更具有關鍵性的地位。這在欣賞自然物時是如此，在欣賞藝術品時更是如此。在前者，當我們靜觀自然而覺其美之時，那是因為我們以藝術的心靈去觀物，我們的心靈具有造作藝境的能力，所以才能在自然物裡見到美；在後者，欣賞者要具有體驗藝境的重創力（The capacity of re-creation）而成為藝術品底合作者（Co-author），所以才能在藝術品裡見到美，換句話說，缺乏創造性的心靈，既不能欣賞自然，也不能欣賞藝術。

　　卡西勒（Ernst Cassirer, 1874～1945）在他的《論人》（An Essay on Man）的第九章裡曾經強調說：「藝術家的眼睛並不是被動的眼睛（A passive eye）單只是接受和記錄事物底印象便了事，它乃是構造的眼睛（A constructive eye），並且也唯有藉著構造的活動，我們纔能發現到自然物底美。」〔註47〕的確，淵明就是少數能進一步地把自然轉化成為藝術品，以藝術品來體現自然（如此產生的美，即是一般所謂的「藝術美」）的詩人，其採菊之句的藝境，曾被王國維評為「無我之境」的代表，吾人以為陶詩把無生物之生命化，把無情物之有情化的藝境，深契李普斯所倡導之情移說底精髓，在其詩的藝境中，美的事物都著有淵明自身的色彩或帶有淵明自身的個性，所以其詩的藝境並非純是「無我之境」，而是一種「有我而不知其有我」的「物我合一」的境界。

〔註46〕參見同前註，頁266～267。
〔註47〕參見同前註，頁214所引。

「物我合一」或主客合一、物我兩忘的境界，可說是老子藝術精神中藝術境界的極致，外表看來與李普斯意識中的「物我一如」之境很酷似，不過吾人以為二者在層次上有所不同。因為李普斯認為審美享受之「對象」雖在事物之表象，但產生審美享受的原因卻是自我的「內部活動」，這「內部的活動」包含我在自身之內所感覺到的企求、歡樂、意願、活力、憂鬱、失望、沮喪、興奮、驕傲……等，而這種種心理情緒，卻是老子所極欲消解者，故二者之主體心靈狀態完全不同。其次，李普斯主客兼備的第二審美對象，是「對象」與「主體」相互交融滲透，彼此都失去主客原有之純粹本性，他的對象是一實有之外境（並且是視覺具體之形象，因為他的直覺乃依藉感官之知覺，尤其是視覺），他的主體是一充滿各種心理情緒之主體，準此，則將此一對象，通過此一直覺，以與此一主體交融之後，其所產生之主客兼備之第二審美對象，內容本質上當然是一正面的充滿情識造作的「實有」。這樣一個主客兼備的實有，與老子那種一切情識造作完全消解而物我兩忘的「虛有」境界是不同的。

4.「有我而不知其有我」是老、陶藝境之真相的審美判準

就藝術家創作底過程而言，主動性和創造性是藝術的命根，此所以英國著名的詩人兼文藝批評家艾略特（T. S. Eliot, 1819～1880）要說文學家的工作乃是：「和語文及意義之艱苦的纏鬥」（"The intolerable wrestle with words and meaning." -- The four Ouartets East Coker Sec.2）〔註48〕了，在語言藝術中的創作是如此，在視覺藝術中的創作亦是如此，「偉大的藝術家，他必須是一方面具有一般人難以企及之生產美感，造作藝境的能力（直覺力），而另一方面又同時具有一般人難以企及之誘發美感，指引藝境的能力（表現力）〔註49〕，而此直覺力和表現力是以主體究極之自由和自然為依歸的。

就藝術品內部的結構而言，它是形式和諧無比（部分與部分之間、部分與全體之間的整體和諧）、內容與形式不可分之有機整體的和諧。就藝術品加諸欣賞者的效果而言，它可產生一種「主客合一」、「物我兩忘」的和諧境界，亦即它可給予我們一種較平緩、親切、輕鬆、隨和、舒坦、閑適、寧靜、愉快等心曠神怡的優美心境。

然而，老、陶藝術精神下的審美判準，誠如老子「道」的性格一樣，它

〔註48〕參見同前註，頁104所引。
〔註49〕參見同前註，頁68。

並不是唯一或排他性的指標，相反的，它具有開放性的性格，亦即它允許其他不同的審美判準的參與，因爲藝術批評充其量只是手段而不是目的，其究極的目的乃是促成我們的美感經驗，唯有美感經驗纔是根本，亦即藝術批評之價值，全在它能培養並增進我們保持住成爲藝術品之合作者的身份與地位。艾略特說得好：「我最感激的批評家，乃是那使我看到我以前從未看到過的東西的人，那東西即使被我看到，也是用被偏見所蔽的眼睛看到的。他使我和藝術品面對著面，並留我單獨地和它在一起。從那開始，爲了獲得智慧，我必須信賴我自己的感性、理解、與能力。」〔註50〕

〔註50〕譯文引自同前註，頁 292，原註是 T. S. Eliot, "The Frontiers of Criticism," in *On Poetry and Poets*, New York, 1957, p.117。

第五章　結　論

第一節　澹然與悠然的藝術精神之特質

綜合前幾章的論述，我們可以將老、陶澹然與悠然的藝術精神，歸納出以下幾個摘要的特質：

一、美・美感經驗

（一）老、陶以爲美感與其它感官快感不同，美感是在知覺過程中，直接獲得之愉悅感或滿足感。

（二）老、陶以爲美不在效用，美與善是有區別的，但善與美常相伴隨。

（三）老、陶的美感之產生是建立在主（人之感官、心靈的構造）、客（對象本身具有的性質）兩方面的條件之關係上，是這兩方面的配合而產生的，其中心靈的主動創造性是關鍵所在。

（四）老、陶的美感經驗有默契相通之處，它的基礎是建立在人心的共感力之上。

（五）老、陶的審美經驗，在整體風格上，凸顯了一種以內外關係的和諧爲基本特徵的審美範疇——優美。

二、藝　術

（一）老、陶以爲眞誠的情感是藝術創作底重要因素，亦是藝術品的重要內容，同時也是令人激賞的價值之一。

（二）相對於自然而言，老子是一位靜觀自然而覺其美的藝術家；陶淵明則是一位將自然轉化成為藝術品，以藝術品來體現自然美的藝術家。自然（第一自然）是他們欣賞的對象，「自然」（第二自然）則是他們的藝術心靈所主動創造出的美感價值。

（三）老、陶以為一件藝術品就其整體來看，各部分間客觀的現象性質與意義，必須在整體之內構成統一的和諧。藝術品的內容、形式與媒材是不可分地結合在一起。

（四）老、陶藝術創作之特性，其相同之處，合而觀之，是主動、創造性的直覺，分而言之有二：(1)在想像中產生滿足的價值表現；(2)在具體的事物中寄託希望。

（五）老、陶藝術創作之特性，其差異之處，老子是「離合引生」——離：還我童心，合：以物觀物，引生：原創性的體現藝境——的藝術創造。陶淵明是「物我合一」——把與現實人生密切融合的美感經驗原創性的具現在作品中——的藝術創造。

三、審美態度・審美判準

（一）老子的審美態度是「滌除玄覽」：主體先洗去各種主觀的雜染，再以原性的純淨清明（純粹的直覺）直接去面對孤立的對象——物物「在其自己」的殊相。

（二）陶淵明的審美態度是「心遠地自偏」：以藝術心靈——抽離了現實人生的非功利、非認知、非道德的心距——去直接照見對象本身的真相。

（三）「有我而不知其有我」是老、陶藝境之真相的審美判準。就藝術家底創作過程而言，主動性和創造性是藝術的命根；就藝術品內部的結構而言，它是內容與形式不可分之有機整體的和諧；就藝術品加諸欣賞者的效果而言，它可產生一種「主客合一」、「物我兩忘」的和諧境界。

第二節　澹然與悠然的藝術精神之現代意義

雖然老、陶澹然與悠然的藝術精神各有其特殊的時代機緣與歷史意義，可是，如果我們僅從歷史的回顧裡去認取他們的意義，而遺忘了他們對普遍人性的啟示，或忽略了他們對當前人類文化的召喚，則未免埋沒了他們澹然與悠然的藝術精神之價值，因為，當我們思索如何舒解目前人類文化的苦

難，我們發現老、陶澹然與悠然的藝術精神，在現代人類文化中，具有如下
非常特殊的意義。

一、就審美態度而言

　　不論是對經濟掛帥的資本主義社會，還是政治支配一切的社會主義國
家，老、陶澹然與悠然的藝術精神是種值得重視的人生態度。這不是說功利、
政治的心態不重要，而是當它們過分支配我們的生活與知覺這個世界的方式
時，會使我們的生活失去當下即能獲得心靈底滿足與安息的情趣，使工作過
程本身的享受降低，而只盼望工作的結果或目的之實現，可以給我們帶來所
需要的東西，這將使我們的心靈失落於無止息的物慾追逐。

　　假使我們凡事都帶上經濟或政治的眼鏡去看，我們對事物的認識就愈來
愈具有偏見，所看到的也就愈來愈少。所謂俗人的一個意思就是從來或幾乎不
能以審美態度去對待事物的人。當然，這並不是說審美態度可以取代其他態
度在人生中的地位，而是提醒我們不要受其他態度的支配，而完全抹煞了審美
態度在人生中應有的地位。其實老、陶澹然與悠然的藝術精神反對的不是知
識、道德、功利本身，而是因為受這些束縛而所失去的自由與靈活的心。

二、就藝術欣賞而言

　　老、陶澹然與悠然的藝術精神，在東西文化的交流中有其正面的意義。
因為文化交流不是以一個既定的形態去征服另一個文化的形態，而是在互相
尊重的態度下，對雙方本身的形態作尋根的瞭解。準此，通過對老、陶澹然
與悠然的藝術精神之認識，將有助於西方人對中國的山水畫、中國的山水詩、
宋瓷的素彩、中國古典園林建築的風格……等等的欣賞，而有如同其情的瞭
解，和恰如其分的品味，以玉成他們的美感經驗。因為老、陶澹然與悠然的
藝術精神有其獨特的視境和審美範疇，前者是：「以物觀物」→物象本樣呈現
→物象本身自足性→物物共存性→齊物性（即否認此物高於彼物）→是故保
存了「多重角度」看事物的超越視境，此所以中國的山水畫都用鳥瞰式、中
國畫幅中很多長的手卷、書畫中的留白，中國的山水詩中很多柳宗元式的句
法：「千山鳥飛絕，萬徑人蹤滅」。後者是：優美——以內外關係的和諧為基
本特徵的審美範疇——老、陶的平淡影響了宋瓷的素彩、繪畫的白描、和田
園詩派的風格，此淡雅正是優美的審美對象，所具有的形式特徵之一；中國
古典園林的建築，追求人與自然和諧統一的情趣、和再現大自然的美等審美

的特徵,都可在老、陶澹然與悠然的藝術精神裡尋得美學的根源。

三、就藝術創作而言

　　從文化人類學的觀點來看:「藝術」應為土地與人民在特定時空背景下所呈現出來的文化表徵。然而,當我們檢視台灣近四十多年來的現代美術運動,前輩畫家們以追隨西方現代繪畫流派,或以中國古人遺風為學習的主導,以致造成藝術創作與本土文化脫節的迷亂現象。為何「巴黎秋天的浪漫」老是出現在台灣老油畫家的畫框裡?為何「紐約當代的新潮」始終是台灣年輕畫家追逐的影像?又為何「唐宋水墨的情懷」仍然是台灣當代水墨畫家模仿複製的意念?台灣這塊土地,逐漸找不到自己的文化形象!也逐漸聽不到自己心靈的呼聲,沒有畫和沒有音樂藝術的土地,那將和失去文化的國度一樣的悲哀!

　　於此,老、陶所強調的主動、創造性的藝術精神,和注重環境與生活體驗的省思,以及對真誠自我的心靈探索的創作意識,正揭示我們:藝術家原創性的創作和藝術回歸本土的發展的重要。同時,對近百年來(1880～1990)所風行的,具有批判現代文明的時代意義的樸素藝術(Naive Art)運動──以純真原始的心靈來描繪世界,其作品具有原創性、不受傳統文化約束的藝術──我們可在老、陶澹然與悠然的藝術精神裡,尋得他們這種源於人類心靈企求回歸單純素樸的藝術創作之美學根源。換句話說,我們可經由老、陶澹然與悠然的藝術精神去會通素樸藝術的創作,從而領略其美感。

四、就美育和人與自然的關係而言

　　在前者:工業化的文明,為人類的身體帶來了享受,卻為人類的精神帶來了桎梏,思想上的積習使得心靈落於空虛;孜孜於功利的生活方式,使我們過份講求實際,把一切事物都視同達成現實目的底手段;概念性的教育,只教我們看那些與事物相關的效果,卻不教我們看事物的本身,將我們引離了感受興趣的對象;而國內在沉重的升學主義壓力下的美育,亦未受到學校應有的重視,而只是敷衍了事,聊備一格罷了。凡此種種,使我們逐漸地喪失了富於創造性的想像力,使得生活中因缺少了美感經驗的滋潤,而益增心靈的苦悶與空乏。於此,老、陶澹然與悠然的藝術精神中,強調在想像中產生滿足的藝術創造,和使心靈可以主動創造美感或藝境的直覺能力之培養的美育,其呼籲不僅切中時弊,這種藝術精神的審美價值,更應大力提倡。

在後者：科技無限開發的膨脹與獨大。經濟掛帥唯利是用的建設，使得原本富於生機情趣，有聲有色的自然世界，往而不返的逐漸失去人與自然之間交感滋潤的關係，和作為審美觀照對象的原貌，所以，人與自然的關係，在今天不僅是環保的問題，也是美育的問題，因為大自然不但提供我們休遊藏息之所，它還提供我們審美觀照的對象。就藝術活動而言，藝術的媒材取自自然，藝術的形式和內容，或模仿自然，或從自然興發靈感與表現的意義；就美感經驗而言，原本有聲有色的山水田園，人們對它所生的美感，可能會因破壞（失色）而減低，可能會因污染而變質，甚或失卻美感經驗的愉悅和滿足，這對人類而言將是一大損失。於此，老、陶所強調的人與自然之間關係的和諧的藝術精神，於今，不但可在深層生態學的理論中得到印證，重要的是：它可使我們在具體的審美經驗中，在主客渾融的和諧關係下，得到優美的審美享受，這對舒解我們單調、苦悶的情緒，從而獲得精神上的慰藉與心靈上的充實而言，實有其正面的現代意義。

第三節　本文之回顧與展望

在扼要的歸結了老、陶澹然與悠然的藝術精神之特質，以及闡明老、陶澹然與悠然的藝術精神之現代意義後，我們將簡略地回顧本文研究之視點和未來研究的可能方向。

本文之撰述主要是探索詮釋老子與陶淵明澹然與悠然的藝術精神，這是嘗試在中國哲學、文藝的生命精神裡，去探索藝術心靈深邃的一面，並參酌西洋美學的慧見，作中西美學的會通，來從事中國美學的研究開發的一個開始，其目的是希望能幫助我們更能把握澹然與悠然藝術之創造的特性，從而產生如同其情的瞭解，以增進美感的經驗而豐富我們的人生。吾人檢視這種研究視點有以下三點特色：

（一）美學之研究必須以哲學為基礎，如此才能窺見各家理論的奧妙與限制。

（二）中國古代的美學思想大都沒有形成明顯完整的理論，然而卻有豐富的藝術活動與成果，我們若能透過「創造性的詮釋」方法，先理出相應於各家的思想生命精神，再以此為基礎去詮釋開發他們所根源的藝術精神，如此將有助於我們對中國的審美和藝術活動與成果的瞭解，而增進我們的美感經驗。

　　（三）西洋美學的發展，早已派別林立，蔚爲大觀，而各派美學詮釋藝術的著眼點，不外乎藝術家底創造活動、藝術品、和藝術的欣賞與批評等三個主要的方面，如果我們能據此審美三合一的視點，去參酌西洋美學的慧見，作中西美學的會通，將有助於中國美學的研究開發，從而間接地促進了東西文化的交流。

　　本文之研究至此暫可告一個段落，由於學力的限制，疏漏之處在所難免，將敬待方家學者之教正。一個結束可說是另一個起點的開始，本文未來研究發展之方向如下：

　　（一）康德美學與老子美學的會通（例如：研究康德的道德哲學，不但對進一步瞭解儒家很有幫助，研究康德的美學，對更進一層瞭解老子美學也很有幫助，因爲就「眞」與「善」因「美」而統一而言，兩人可說殊途同歸，均從美學統一了「自由」與「必然」；此中深刻相通之精義發人深省，值得更進一步的探究）。

　　（二）老子與柏拉圖美學思想之比較研究（例如：從最高的價值統會來看，柏氏所強調的「眞善美」並以之批判現實界的文藝而言，正類似老子所強調的「道」）。

　　（三）孔、老美學之比較研究（例如：就風格而言，孔子比較注重陽剛之美，老子則展現爲陰柔之美，然而兩人都不走極端，同樣肯定中庸和諧之美）。

　　（四）從「和諧」比較老子與畢達哥拉斯學派之美學思想。

　　（五）老莊與閔斯特堡、李普斯、布洛的審美態度之比較研究。

　　（六）石濤「一畫」與老莊美學的關係。

　　（七）道家與禪宗美感經驗的「意境」之比較研究。

　　但是，無論如何，目前只好掛一漏萬了，哲學之路是文化生命之路，沒有止泊歇息處，吾人將全力以赴。

參考書目

一、哲學類

（一）中國哲學

1. 方東美，《生生之德》，台北：黎明出版社。
2. 牟宗三，《中國哲學的特質》，台北：學生書局。
3. 牟宗三，《中國哲學十九講》，台北：學生書局。
4. 牟宗三，《才性與玄理》，台北：學生書局。
5. 牟宗三，《心體與性體》，台北：學生書局。
6. 牟宗三，《智的直覺與中國哲學》，台北：學生書局。
7. 牟宗三，《現象與物自身》，台北：學生書局。
8. 胡適，《中國古代哲學史》，台北：商務印書館。
9. 唐君毅，《中國哲學原論》，台北：學生書局。
10. 唐君毅，《中國文化之精神價值》，台北：正中書局。
11. 徐復觀，《中國人性論史》，台北：商務印書館。
12. 勞思光，《中國哲學史》，台北：友聯出版社。
13. 馮友蘭，《中國哲學史》，台北：泰順出版社。
14. Thomé H. Fang, *The Chinese View of Life*, Hong Kong: Union, 1957.
15. Thomé H. Fang, *Chinese Philosophy: Its Spirit and Its Development*, Taipei: Linking, 1981.

（二）西洋哲學

1. 孫振青，《康德的批判哲學》，台北：黎明出版社。
2. 傅偉勳，《西洋哲學史》，台北：三民書局。

3. 黑格爾著，賀自昭、王玖興譯，《精神現象學》，台北：里仁書局。

4. Frank Thilly 著，陳正謨譯，《西洋哲學史》，台北：商務印書館。

5. Mortimer J. Adler 著，蔡坤鴻譯，《六大觀念》，台北：聯經出版社。

6. Aristole, *Metaphysics*, trans. by W. D. Ross, contained in *The Basic Work of Aristole*，台北：馬陵出版社，1970 年。

7. Cassirer, Ernst, *An Essay on Man*, Yale, 1975.

8. Descartes, Rene, "Meditations," contained in *The Rationalist*, New York: Doubleday & Company, 1960.

9. Heidegger, M., *Kant and the Problem of Metaphysics*, trans. by James S. Churchill, Bloomington: Indian, 1962.

10. Heidegger, M., *Being and Time*, New York: Harper & Row, 1962.

11. Heidegger, M., *Identity and Difference*, New York: Harper & Row, 1969.

12. Heidegger, M., *On the Way to Language*, New York: Harper & Row, 1982.

13. Stace, W. T., *A History of Greek Philosophy*.

14. Sorokin, *Modern Historical and Soical Philosophy*，台北：虹橋出版社，1972 年。

15. Steenberghen, Van, *Ontology*, Belgium: Louvain, 1963.

16. Walsh, W. H., *Metaphysics*, London: Hutchinson, 1970.

（三）中西學術論著

1. 成中英，〈中國語言和中國哲學的密切關係〉，《清華學報》第十卷第一期。

2. 李杜，《中西哲學思想中的天道與上帝》，台北：聯經出版社。

3. 唐君毅，《哲學概論》，台北：學生書局。

4. 高懷民，《中國先秦與希臘哲學之比較》，台北：中央文物。

5. 劉福增，《語言哲學》，台北：東大圖書公司。

6. Charles Wei-Hsun Fu, "Creative Hermeneutics," *Journal of Chinese Philosophy* 3, 1976.

二、美學類

（一）中國美學

1. 《中國美學史資料彙編》，台北：明文書局。

2. 李澤厚，《美的歷程》，台北：元山出版社。

3. 李澤厚、劉綱紀主編，《中國美學史》，台北：谷風出版社。

4. 宗白華，《美學的散步》（I），台北：洪範出版社。

5. 徐復觀，《中國藝術精神》，台北：學生書局。

6. 孫旗，〈中國藝術哲學概觀〉，《出版與研究》第二十二期。

7. 馮滬祥，《中國古代美學思想》，台北：學生書局。

8. 葉朗，《中國美學史大綱》，台北：金楓出版社。

9. 劉去徐，〈中國藝術精神〉，《油花》第二十二期。

（二）西洋美學

1. 朱光潛，《西方美學史》，台北：漢京出版社。

2. 朱光潛編譯，《西方美學家論美與美感》，台北：丹青出版社。

3. 《西洋美學史資料選輯》，台北：仰哲出版社。

4. 托爾斯泰撰，耿濟之譯，《藝術與人生》（藝術論），台北：遠流出版社。

5. 克羅齊撰，朱光潛譯，《美學原理》，台北：正中書局。

6. 亞德烈撰，周浩中譯，《藝術哲學》，台北：水牛出版社。

7. 叔本華撰，劉大悲譯，《意志與表象的世界》，台北：志文出版社。

8. 柏拉圖撰，侯健譯，《理想國》，台北：聯經出版社。

9. 柏拉圖撰，朱光潛譯，《柏拉圖文藝對話集》，台北：蒲公英出版社。

10. 姚一葦箋註，《亞理斯多德詩學箋註》，台北：正中書局。

11. 桑塔耶那撰，杜若洲譯，《美感》，台北：晨鐘出版社。

12. 黑格爾撰，朱光潛譯，《美學》，台北：里仁書局。

13. 達達基茲撰，劉文潭譯，《西洋古代美學》，台北：聯經出版社。

14. 達達基茲撰，劉文潭譯，《西洋六大美學理念史》，台北：聯經出版社。

15. 劉文潭，《西洋美學與藝術批評》，台北：環宇出版社。

16. 劉文潭，《現代美學》，台北：商務印書館。

17. 劉昌元，《西方美學導論》，台北：聯經出版社。

18. 戴納、李普斯撰，陳永麟譯，《美學概論與藝術哲學》，台北：正文出版社。

19. Sir Herbert Read 撰，孫旗譯，《現代藝術思潮導論》，中國美術。

20. Beardsley, M. C., *Aesthetics*, New York: Harcourt, Brace & World, 1958.

21. Beardsley, M. C., "Aesthetic Experience Regained," *Journal of Aesthetics and Art Criticism*, 28, 1969.

22. Beardsley, M. C., *Aesthetics from Classic Greece to the Present*, New York: Macmillan, 1966; Alabama: U.of Alabama Press, 1977.

23. Bosanquet, Bernard, *A History of Aesthetics*, London: Sonnenschein, 1892; New York: Meridian, 1957.

24. Bradley, A. C., "Poetry for Poetry's Sak," *Oxford Lectures on Poetry*, Lon-

don, 1909.

25. Collingwood, R. G., *The Principles of Art*, Oxford U. Press, 1938.

26. Croce, Benedetto, *Aesthetic as Science of Expression and General Linguistic*, Second Edition, London, 1922.

27. Dessoir, Max, *Aesthetics and Theory of Art*, Detroit: Wayne U.Press, 1970.

28. Dewey, John, *Art as Experience*, New York: Capricorn Book, 1934.

29. Dewey, John, *Experience and Nature*, New York: Dover Publications, 1958.

30. Dickie, George, *Aesthetics*, Indianapolis, Ind: Bobbs-Merrill, 1970.

31. Duffrenne, Mikel, *The Phenomenology of Aesthetic Experience*, Northwestern U. Press, 1973.

32. Eliot, T. S., "The Frontiers of Criticism," *Sewanee Review*, Vol. 64, 1956.

33. Eliot, T. S., "The Music of Poetry," *On Poetry and Poets*, New York, 1957.

34. Hospers, John, *Understanding the Arts*, Prentice-Hall, 1982.

35. Kant, *Critique of Judgement*, trans. J. H. Bernard, New York: Hafner Publishing Co., 1972.

36. Osborne, Harold, ed., *Aesthetics*, London: Oxford U. Press, 1972.

37. Philipson, Morris, ed., *Aesthetics Today*, New York: New American Library, 1980.

38. Rader, Melvin, *A Modern Book of Aesthetics*, New York: 1973.

39. Stolnitz, Jerome, *Aesthetics and the Philosophy of Art Criticism*, Boston: Houghton Mifflin, 1960.

（三）中西學術論著

1. 丁履譔，《美學新探》，台北：成文出版社。

2. 王夢鷗，《文藝美學》，台北：遠行出版社。

3. 田曼詩，《美學》，台北：三民書局。

4. 石守謙等，《美感與造形》（中華文化新論——藝術篇），台北：聯經出版社。

5. 朱光潛，《文藝心理學》，台北：開明書局。

6. 朱光潛，《談美》，台北：開明書局。

7. 李安宅，《美學》，台北：正文出版社。

8. 胡秋原，《文學藝術論集》，台北：學術出版社。

9. 胡秋原，〈美與藝術之原理與藝術批評〉，《中華雜誌》。

10. 姚一葦，《藝術的奧秘》，台北：開明書局。

11. 《美感‧教育》，台北市立美術館。

12. 《美育》（雙月刊），國立台灣藝術教育館。

13. 馬凱照，《內界審美對象與外界審美對象之分界》。

14. 馬凱照，〈審美對象與一般對象〉，《鵝湖》第五十三期。

15. 梁宗之，〈中國審美思想窺探〉，《筆匯》第一卷第一期。

16. 張肇祺，〈美的概念之剖析〉，《哲學論集》，民國 65 年 7 月。

17. 戚廷貴，《藝術美與欣賞》，台北：丹青出版社。

18. 程兆熊，《美學與美化》，台北：明文書局。

19. 虞君質，《藝術概論》，台北：復興出版社。

20. 楊端敏，《藝術原理》，台北：遠東出版社。

21. 趙天儀，《美學與語言》，台北：三民書局。

22. 趙雅博，《文藝哲學新論》，台北：商務印書館。

23. 葉維廉，《飲之太和》（論文集），台北：時報文化。

24. 葉維廉，《歷史、傳釋與美學》，台北：東大圖書公司。

25. 劉文潭，《藝術品味》，台北：商務印書館。

26. 劉文潭，《新談藝錄》，台北：中華書局。

27. 《鵝湖雜誌》第五卷第六期。

28. Barnes, A. C., *The Art in Painting*, N. Y.: Harcourt, 1937.

29. Corrigan, R. W., ed., *Comedy*, San Francisco: Chandler, 1965.

30. Hanslick, Eduard, *The Beautiful in Music*, N.Y.: Liberal Arts Press, 1957.

31. Ingarden, R., *The Literary Work of Art*, Evanston: Northwestern U.P., 1973.

32. Kaufmann, Walter, *Tragedy and Philosophy*, N. Y.: Anchor, 1969.

33. Mast, G. and Cohen, M., eds., *Film Theory and Criticism*, London: Oxford U.P., 1974.

34. Meyer, L. B., *Emotion and Meaning in Music*, Chicago: U. of Chicago Press, 1956.

35. Scruton, Roger, *The Aesthetics of Architexture*, London: Methuen & Co., 1979.

36. Wellek, R. and Austin, W., *Theory of Literature*, N. Y.: Harcourt, 1956.

三、老子部份

1. 王弼，《老子指略》，台北：華正書局。

2. 王弼注，樓宇烈校釋，《老子注》，台北：華正書局。

3. 河上公注，《老子道德經注》，台北：藝文出版社。

4. 蘇轍，《老子解》，台北：藝文出版社。

5. 魏源，《老子本義》，台北：漢京出版社。

6. 王邦雄，《老子的哲學》，台北：東大圖書公司。

7. 王淮，《老子探義》，台北：商務印書館。

8. 任繼愈，《老子新譯》（修訂本），台北：谷風出版社。

9. 吳澄，《道德眞經注》，台北：廣文書局。

10. 林語堂，《老子的智慧》，台北：德華出版社。

11. 《帛書老子》，台北：河洛出版社。

12. 袁保新，《老子形上思想之詮釋與重建》，台北：文化哲研。

13. 張揚明，《老子斠證譯釋》，台北：維新出版社。

14. 陳鼓應，《老子今註今譯及評介》，台北：商務印書館。

15. 蔣錫昌，《老子校詁》，台北：東昇出版社。

16. 嚴靈峰，《老子達解》，台北：華正書局。

17. Chung-Hwan Chen, "What Does Lao-Tzu Mean by the Term 'Tao,' "，《清華學報》，民國 53 年 2 月。

四、陶淵明部份

1. 元・李公煥，施元之箋注，《陶淵明詩》（附蘇東坡詩），台北：中庸出版社。

2. 清・方宗誠，《陶詩眞詮》，台北：藝文出版社。

3. 清・古直，《陶靖節詩箋附年譜》，台北：廣文書局。

4. 清・陶澍，《陶靖節集注》，香港：太平出版社。

5. 方祖燊，《陶潛詩箋註校證論評》（修訂本），台北：台灣書店。

6. 王叔岷，《陶淵明詩箋證稿》，台北：藝文出版社。

7. 李辰冬，《陶淵明評論》，台北：東大圖書公司。

8. 李辰冬，〈陶淵明作品繫年〉，《大陸雜誌語文叢書》第一輯第一冊。

9. 李辰冬，〈陶淵明作品繫年〉，《大陸雜誌語文叢書》第三輯第五冊。

10. 孫守儂，《陶潛論》，台北：正中書局。

11. 梁啓超，《陶淵明》，台北：商務印書館。

12. 黃仲崙，《陶淵明評傳》，台北：帕米爾出版社。

13. 楊勇，《陶淵明集校箋》，香港：吳興出版社。

14. 楊勇，《陶淵明年譜彙訂》，香港：新亞書院。

15. 郭銀田，《田園詩人陶潛》，台北：三人行出版社。

16. 蕭望卿，《陶淵明批評》，台北：開明書局。

17. *T'ao the Hermit, Sixty Poems by T'ao Chien*, trans., introduced, and annorrated by William Acker, Thames and Hudson, London New York, 1952.

18. *The Poetry of T'ao Chien*, trans. with Commentary and Annotation by James

Robert Hightower, Oxford: Clarendon Press, 1970.

五、其　他

1. 漢・司馬遷，《史記》，台北：鼎文書局。
2. 東漢・許慎撰，清・段玉裁注，《說文解字注》，台北：漢京出版社。
3. 劉勰撰，范文瀾注，《文心雕龍注》，台北：開明書局。
4. 鍾嶸撰，汪中注，《詩品注》，台北：正中書局。
5. 房玄齡，《晉書》（樂志、藝術傳），台北：藝文出版社。
6. 張彥遠，《法書要錄》，台北：藝文出版社。
7. 郭熙，《林泉高致集》，台北：華正書局。
8. 宋・朱熹，《四書集註》，台北：藝文出版社。
9. 宋・魏慶之，《詩人玉屑》，台北：佩文出版社。
10. 董其昌，《畫禪室隨筆》，台北：廣文書局。
11. 郭若虛，《圖畫見聞志》，台北：廣文書局。
12. 石濤，《石濤畫譜》，台北：學生書局。
13. 唐岱，《繪事發微》，台北：華正書局。
14. 鄒一桂，《小山畫譜》，台北：華正書局。
15. 黃賓虹，《中國書畫論集》，台北：華正書局。
16. 傅抱石，《中國繪畫理論》，台北：華正書局。
17. 清・沈德潛，《說詩晬語》，四部備要本。
18. 清・劉熙載，《藝概》，台北：廣文書局。
19. 王國維，《人間詞話》，台北：開明書局。
20. 郭慶藩，《莊子集釋》，台北：華正書局。
21. 王邦雄，〈禪宗理趣與道家意境〉，《鵝湖》第一○九期。
22. 王煜，《老莊思想論集》，台北：聯經出版社。
23. 王熙元，〈田園詩派的形成與陶淵明詩的風格〉，《幼獅學誌》第十四卷第二期。
24. 方東美，〈從比較哲學上曠觀中國文化裡的人與自然〉，《中華文化復興月刊》第六卷第十二期。
25. 中華民國老莊學會，《第一次世界道學會議第四屆國際易學大會會後論文集》。
26. 牟宗三，〈道家的「無」底智慧與境界形態的形上學〉，《鵝湖》第一卷第四期。
27. 吳宏一主編，《中國古典文學論文精選叢刊》（詩歌類），台北：幼獅文化。

28. 何志韶編，《人間詞話研究彙編》，台北：巨浪出版社。

29. 沈振奇，《陶謝詩之比較》，台北：學生書局。

30. 俞劍華，《中國繪畫史》，台北：華正書局。

31. 邢光祖，〈老莊的藝術天地〉，《出版與研究》第五十五期。

32. 曾昭旭，〈論文學之虛〉，《鵝湖》第九十八期。

33. 曾昭旭，〈論文學的眞與假〉，《鵝湖》第一一二期。

34. 黃永武，《中國詩學》，台北：巨流出版社。

35. 湯用彤，《漢魏兩晉南北朝佛教史》，香港：中華書局。

36. 楊隱，《中國音樂史》，台北：學藝出版社。

37. 葉嘉瑩，《王國維及其文學批評》，台北：源流出版社。

38. 葉嘉瑩，《迦陵談詩》（一、二），台北：三華書局。

39. 葉嘉瑩，〈對人間詞話「境界」一辭之義界的探討〉，《幼獅文藝》第三十九卷第三期。

40. 葉維廉，〈中西山水美感意識的形成〉，《中外文學》第三卷七、八期。

41. 逯欽立，〈形影神詩與東晉之佛道思想〉，《中研院史語所集刊》第十六輯。

42. 劉大杰等，《中國文學批評史》，台北：典文出版社。

43. 陳榮捷，〈戰國道家〉，《中研院史語所集刊》第四十四輯。

44. 錢鍾書，《談藝錄》，香港：龍門書局。

45. 錢穆，《莊老通辨》（論文集），台北：三民書局。

46. 顏崑陽，《莊子藝術精神析論》，台北：華正書局。

47. 鄭昶，《中國美術史》，台北：中華書局。

48. 鄭昶，《中國畫學全史》，台北：中華書局。

49. 蔣經國，《勝利之路》，台北：幼獅文化。

50. 嚴靈峰，《老莊研究》，台北：中華書局。

51. 日・富士正晴撰，張良澤譯，《中國的隱者》，高雄：文皇出版社。

52. *An Anthology of Chinese Verse: Han Wei Chin and the Northern and Southern Dynasties*, trans. and annotated by J. D. Frodsham, Oxford, 1967.

53. Chang Chung -- Yuan, *Creativity and Taoism*, New York: Harper & Row, 1963.

54. *The Origin of Chinese Nature Poetry*, by J. D. Frodsham, from Asia Major VIII, Lund Humphries Publisher' Ltd., 1960.